L'AFFAIRE
MITFORD

ŒUVRES DE MARIE BENEDICT
AUX PRESSES DE LA CITÉ

Madame Einstein, 2018
La femme qui en savait trop, 2020

Marie Benedict

L'AFFAIRE MITFORD

Traduit de l'anglais (États-Unis)
par Nathalie Serval

Les Presses de la Cité

Publié aux États-Unis sous le titre original THE MITFORD AFFAIR par Sourcebooks Landmark, une marque de Sourcebooks, Inc., en 2023.

Les Presses de la Cité, un département Place des Éditeurs
92, avenue de France 75013 Paris

ISBN 978-2-258-20547-5
Dépôt légal : septembre 2023

1

Nancy

7 juillet 1932
Londres, Angleterre

Une musique mélodieuse flotte dans la salle de bal. Des domestiques versent du champagne doré dans des coupes en cristal. Fidèle à sa réputation, la grande maison de Cheyne Walk respire la perfection dans ses moindres détails.

Celle-ci ne s'incarne nulle part mieux que dans la silhouette sculpturale de son hôtesse, moulée dans une longue robe fourreau en soie platine qui rappelle la couleur de ses yeux. Avec une sérénité imperturbable, elle tend ses bras chargés de diamants dans un geste de bienvenue d'une élégance olympienne. Si je ne la connaissais pas aussi intimement que moi-même, son sourire de sphinx me semblerait affecté, ou pire. Mais Diana est exactement ce qu'elle paraît.

Mon regard se détache à regret de ma sœur pour balayer la salle, qui brille de tous ses ors et ses marbres. Elle est si vaste que 300 invités y tiennent à l'aise. Les couples de danseurs tournent autour de Diana comme les planètes autour du Soleil. Enfant, déjà, elle était au centre de toutes les attentions, et nous, ses sœurs, restions dans son ombre. Si la presse nous décrit toutes les six comme le « noyau » des Bright Young Things, ce groupe de jeunes aristocrates fêtards, Diana en est assurément l'âme.

Cette réception a tout d'un prétexte pour célébrer la nouvelle demeure de ma sœur et de son mari, Bryan Guinness, un garçon aussi beau que gentil, plutôt que l'entrée dans le monde de notre cadette, Unity. Celle-ci est incroyablement grande pour ses 18 ans, pourtant je ne l'aperçois nulle part. C'est bien son genre de se fondre dans le décor pour fuir l'intérêt qu'elle devrait susciter lors d'un événement donné en son honneur ! Je finis par la repérer dans un recoin sombre, en compagnie de Pamela et de notre frère chéri, Tom. Seules manquent Jessica et Deborah, trop jeunes pour fréquenter la société.

Unity semble ne prêter qu'une oreille distraite à la conversation. Elle accorde toute son attention aux danseurs. À Cheyne Walk, au moins, personne n'exigera d'elle qu'elle enchaîne deux révérences et s'éloigne à reculons, comme lorsqu'elle a été présentée au roi et à la reine, au palais de Buckingham. La pauvre Bobo – c'est ainsi que nous la surnommons – est réputée pour sa maladresse. Ce jour-là, mes autres sœurs et moi retenions notre souffle, craignant qu'elle ne trébuche et ne s'étale aux pieds de Leurs Majestés. Elle s'est exécutée sans grâce et, en se retirant, elle a trouvé le moyen de déchirer le bas de sa robe. Le craquement s'est entendu dans tout le salon de réception.

Diana circule maintenant parmi les invités, scintillant sous les lumières. De loin, Unity et elle se ressemblent comme des jumelles : toutes deux sont grandes, avec des traits délicats et des cheveux d'un blond éclatant. Mais, de près, il est impossible de les confondre, et pas seulement parce que la première porte ce soir un fourreau argenté sans couture visible, et la seconde une robe gris et blanc qui tombe mal malgré d'innombrables retouches. Pour la millième fois au moins, je me réjouis d'être brune avec des yeux d'un noir de jais, car pour rien au monde je ne voudrais qu'on me compare à Diana.

Au moment où la musique s'arrête, j'aperçois Evelyn Waugh à l'autre extrémité de la salle. Seule l'apparition soudaine de mon fiancé officieux me procurerait plus de plaisir que la vue de cet ami si cher. Cela ne risque pas de se produire, car Hamish m'a fait savoir qu'il n'était pas disponible pour cette occasion, offrant ainsi à Muv et Farve, mes parents, une raison supplémentaire de le détester. « Qu'est-ce que ton fiancé chimérique a donc de si important à faire qu'il ne puisse assister au bal donné en l'honneur de ta sœur ? » s'est interrogé Farve sur un ton lourd de mépris.

Dans les moments de doute, je me demande si je n'aurais pas mieux fait d'épouser sir Hugh Smiley. Pour ennuyeuse qu'elle ait été, cette union m'aurait évité mes problèmes financiers actuels ainsi que les reproches incessants de Muv. À presque 30 ans, me répète-t-elle inlassablement, il serait temps que je renonce à ma « vie de débauche » pour me ranger.

Evelyn jette un coup d'œil dans ma direction. Je lui fais signe de se joindre à notre petite bande. Mes amis, parmi lesquels le poète John Betjeman et le photographe Cecil Beaton, constituent ma famille de cœur. Contrairement à mes parents et à la plupart des hommes de mon milieu, ils apprécient ma culture et raffolent de mes plaisanteries, surtout les plus inconvenantes. C'est le seul groupe auquel j'aie jamais eu le sentiment d'appartenir. Même avec mon frère et mes sœurs, j'ai toujours eu l'impression d'être une pièce rapportée. Ils allaient tous par paires – Jessica et Unity, Pamela et Deborah, Diana et Tom, tels des jumeaux solaires –, me laissant à l'écart.

Tout en lissant ma robe, je répète en mon for intérieur quelques-uns des mots d'esprit que j'ai préparés à l'intention d'Evelyn. Puis je passe la langue sur mes dents pour en effacer d'éventuelles traces de rouge à lèvres, afin d'accueillir mon ami avec un sourire parfait. Aucun de nous n'aime être la cible de ses piques. Son ironie mordante nous fait beaucoup moins rire lorsqu'elle vise l'un des membres de notre cercle et non un étranger.

Mais, au lieu de s'approcher de moi, Evelyn se dirige droit vers Diana, comme attiré par un aimant. Mon cœur se serre. Jadis, j'avais l'exclusivité de son amitié. Puis, alors qu'il se documentait sur les frasques de la haute société, il a souhaité rencontrer Diana, dont les journalistes vantaient la beauté et le charisme depuis ses débuts remarqués dans le monde. Je les ai présentés l'un à l'autre à l'occasion d'une fête tropicale que ma sœur et son mari organisaient à bord d'un bateau à aubes.

Evelyn était résolu à détester le jeune couple, dont il projetait de faire les protagonistes frivoles du roman *Ces corps vils*. Je n'avais donc aucune raison de m'inquiéter. Mais il est tombé sous le charme de Diana. Il s'est entiché d'elle au point de grimacer quand il m'entend la désigner par le surnom malveillant que je lui ai donné petite : « Bodley », en référence à la maison d'édition The Bodley Head, car la tête de ma sœur est légèrement trop grosse. Toutefois, cette menue imperfection passe presque inaperçue tant sa beauté est saisissante.

Je détourne vivement les yeux (un regard trop insistant de ma part trahirait une faiblesse inacceptable) et lance une boutade pour cacher ma déception :

— Apparemment, lady Tennant n'a pas découvert la fontaine de Jouvence pendant sa cure à Baden-Baden !

Si cette sortie suscite les ricanements escomptés, je m'en veux de verser dans la facilité. Parfois, j'aimerais avoir à ma disposition d'autres armes qu'une langue et une plume acérées. Mes amis enchaînent avec des observations toutes plus vachardes, jusqu'à me faire pleurer de rire.

En tamponnant mes paupières, j'aperçois soudain Diana au centre d'un cercle d'admirateurs. En soi, rien d'étonnant, mais elle n'accorde d'attention à aucun d'eux. Pas même à son mari, qui l'adore pourtant et nage dans l'opulence. L'homme qu'elle fixe de son regard incandescent à travers la piste de danse est bien le dernier sur lequel j'aurais parié.

2

Diana

7 juillet 1932
Londres, Angleterre

Diana détourne le regard et s'enfonce parmi la foule des invités, qui s'écartent devant elle. Certains l'arrêtent pour la saluer ou plaquer un baiser sur sa joue. Des mains effleurent sa robe chatoyante. Elle pourrait prétendre ne devoir ces hommages qu'à son statut d'hôtesse de cette réception somptueuse, où sa famille et la bonne société côtoient ses amis des Bright Young Things, mais elle déteste la fausse modestie. Elle est Diana Mitford Guinness ; le monde est à ses pieds.

Dans la cacophonie des conversations, elle entend Winston Churchill, le mari de sa cousine Clementine, dénigrer le tableau de Stanley Spencer exposé au mur. Sa représentation du monument aux morts de Cookham serait erronée. Il n'y a que Winnie pour remarquer ce genre de détail ! En général, Diana trouve ses réflexions politiques intéressantes, quoique déplaisantes. Pourtant, ce soir, elle ne prête aucune attention à ses propos, pas plus qu'à la réplique cinglante de son fils, Randolph. Cela fait longtemps qu'elle soupçonne ce grand ami de son frère adoré, Tom, d'avoir le béguin pour elle.

Son mari vient de la rejoindre. Consciente de l'effet qu'ils produisent côte à côte, Diana lève un bras chargé d'un lourd bracelet de diamants et fait signe à l'orchestre d'attaquer un nouveau morceau. Une sensation de toute-puissance l'envahit quand les musiciens et les danseurs obéissent à son signal. *Tout ceci m'appartient*, songe-t-elle avec une pointe d'incrédulité. La maison de Cheyne Walk et son fabuleux mobilier, avec des tapisseries d'Aubusson jusque dans les chambres des enfants ; leur manoir campagnard du XVIIIe siècle, Biddesden House, où Bryan et elle accueillent chaque été pléthore d'invités ; ses deux merveilleux fils, Jonathan et Desmond, qu'elle aime passionnément depuis qu'ils sont entrés dans sa vie en vagissant ; son mari, Bryan, héritier d'une baronnie et de la brasserie Guinness ; une armée de parents, amis et connaissances toujours à sa disposition.

Alors, comment expliquer qu'elle s'ennuie autant ? Pas à chaque instant, bien sûr. Son existence dorée est semée d'étincelles de joie et de diversions telles que ce bal ou les traits d'esprit du cher Evelyn Waugh. Certains soirs, elle prend plaisir à faire la lecture à ses fils au moment du coucher. Mais un sentiment de désœuvrement et d'insatisfaction pèse sur ses journées.

Elle repousse aussitôt cette pensée. Comment peut-elle se plaindre de son sort quand, en ce moment même, des Londoniens moins chanceux s'agglutinent contre les grilles de la maison pour partager le dégoût que leur inspire cet étalage de luxe en pleine dépression mondiale ? Comment Bryan et elle osent-ils dilapider leur fortune en réceptions et autres futilités alors que tant de malheureux souffrent de la faim et du chômage ?

Les gens la croient inconsciente ou, pire, insensible au message de cette foule en colère, mais c'est faux. Diana sait au chiffre près combien de personnes attendent dehors et ce qu'elles espèrent. La beauté n'est pas un rempart contre la réalité. Mais que peut-elle y faire ? Aucun homme de son entourage n'est prêt à se jeter dans la mêlée pour sauver la société du naufrage qui menace. Pas même Bryan, qui a pourtant l'intelligence, l'argent et les relations nécessaires, et cette inaction excite la rancœur de Diana à son encontre.

La musique ralentit. Le chef d'orchestre et les invités s'immobilisent, attendant qu'elle donne le signal de la prochaine danse. Elle lève le bras, et la salle reprend vie. Tandis que les danseurs virevoltent autour d'elle, de Bryan, d'Evelyn et de leur cercle rapproché, elle l'aperçoit de nouveau, *lui* : un homme brun qui ne la quitte pas de ses yeux noirs, même quand un couple se déporte dangereusement vers lui. Sir Oswald Mosley, « M »… Elle n'espérait pas sa venue.

Cette fois, elle soutient son regard et, soudain, elle se sent plus vivante qu'elle ne l'a été depuis une éternité.

3

Unity

7 juillet 1932
Londres, Angleterre

Unity regrette de ne pas avoir amené son rat. Il aurait tenu sans peine dans son sac à main, et il lui aurait évité les silences gênés, lui fournissant un sujet de conversation. Ce n'est pas qu'elle ait eu beaucoup d'occasions de parler à quiconque jusqu'ici : bien que le bal soit en son honneur, son carnet de danses reste désespérément vierge. À tout le moins, cela l'aurait réconfortée de caresser Ratular et de sentir ses moustaches la chatouiller. Si elle l'osait, elle se cacherait sous la table la plus proche, comme à la maison quand la tension devient insupportable.

Elle est serrée dans la robe Hartnell gris et blanc que Diana lui a fait confectionner, refusant de la voir ressortir celle qu'elle portait à Buckingham, sous un manteau de fourrure également offert par son aînée. Hormis Diana, personne n'a un sou vaillant dans la famille. Tout au long de cette effroyable saison de débutante, elle a apporté un soutien précieux à Unity, bien plus qu'aucune de ses autres sœurs. Sa préférée, Jessica, que tous surnomment Decca, est certes trop jeune pour paraître dans le monde à ses côtés, mais Nancy ? Comme toujours, elle ne se préoccupe que de ses amis si intelligents, qu'elle refuse catégoriquement de lui présenter.

Zut ! Ne serait-ce pas Nina Sturdee, là-bas, près de Nancy ? Unity frissonne. Bavarder avec une ex-condisciple de la Queen's Gate School est la dernière chose dont elle ait envie. Cette punaise se ferait un plaisir de lui rappeler que la direction de l'école, la jugeant inapte à la vie en communauté, l'a rapidement renvoyée chez ses parents, à leur grand désespoir. Unity sait très bien que Muv, qui tenait à ce que ses filles soient éduquées à domicile, a fait une exception pour elle uniquement pour ne plus devoir subir au quotidien sa « singularité ». Mais, ce soir entre tous, Unity n'aspire qu'à se fondre dans la masse, une tâche impossible quand on dépasse le mètre quatre-vingts.

Diana se dirige à présent vers un angle de la salle où un groupe de jeunes gens s'abreuvent de champagne comme si leur vie en dépendait. Tandis qu'elle s'approche du plus grand et lui parle à l'oreille, ses trois compagnons se tiennent au garde-à-vous. Unity aimerait produire cet effet sur les hommes, ou au moins sur un.

Le grand jeune homme se détache du groupe – avec réticence, remarque Unity – et marche droit vers elle, un sourire aux lèvres. Elle se retient de lui sourire en retour, craignant que la vision de ses plombages ne l'effraie.

— M'accordez-vous cette danse ? demande-t-il comme l'orchestre recommence à jouer.

Elle acquiesce d'un signe de tête : honteuse de ses dents, elle préfère attendre pour ouvrir la bouche qu'ils aient gagné la piste, moins éclairée que le reste de la salle. Heureusement, Diana lui a choisi un cavalier aussi grand qu'elle. Hormis trois bals et quelques soirées particulières, son expérience de la danse se limite aux deux leçons hebdomadaires que Muv lui impose. Avec un partenaire plus petit, elle aurait du mal à enchaîner les pas.

— Quel style de musique écoutez-vous ? reprend le jeune homme.

Le genre de questions inoffensives que son professeur de danse lui a suggérées pour amorcer une conversation mondaine. Comme elle regrette de ne pas y avoir pensé la première !

Incapable de s'en tenir aux banalités qu'exige l'étiquette, elle opte pour une réponse sincère :

— J'ai une tendresse toute particulière pour l'opéra.

Consciente d'avoir commis un impair, elle se met à parler à tort et à travers :

— Surtout l'opéra allemand… Mon grand-père était très proche du compositeur Richard Wagner et de sa famille. C'est pourquoi mes parents m'ont donné le deuxième prénom de Valkyrie.

Alors qu'elle espérait y lire l'émerveillement, le regard de son cavalier n'exprime que le vide. Se pourrait-il qu'il ignore tout de Wagner ?

— En l'honneur de son œuvre la plus célèbre, *L'Anneau du Nibelung*, croit-elle devoir préciser.

— Oh ! Intéressant, lâche son partenaire du bout des lèvres.

À l'évidence, il la trouve mortellement ennuyeuse. Elle change de tactique :

— Vous aimez les rats ?

Il s'écarte légèrement. Unity enchaîne les pas comme si de rien n'était : ils se rapprochent peu à peu de Diana, et elle ne veut pas décevoir sa sœur.

Mais lorsqu'elle tourne le regard vers celle-ci, espérant un signe de tête approbateur, elle constate que Diana n'a même pas conscience de sa présence. Elle est en grande conversation avec un homme dont le visage ne lui est pas inconnu. Unity se fait la réflexion qu'ils se tiennent beaucoup trop près l'un de l'autre, quand le nom de l'homme lui revient subitement : il s'agit de sir Oswald Mosley, le « fasciste de salon », comme l'appelle Farve.

Que peut-il bien avoir à dire à Diana pour la coller ainsi ?

4

Nancy

24 janvier 1933
Londres, Angleterre

— Es-tu certaine de ton choix, Bodley ? Tu es bien jeune pour prendre une décision aussi lourde de conséquences. Il me semble que Bryan et toi venez à peine de vous marier !

Je me rapproche de Diana, cherchant la moindre trace de doute ou d'hésitation dans son regard. Même la plus minuscule lueur d'appréhension me fournirait la brèche que Muv m'a suppliée de trouver. Mais je ne lis que l'excitation dans ses yeux, et elle ne m'a jamais paru aussi belle.

Elle éclate d'un rire cristallin, comme si je venais de lancer une plaisanterie, alors que je souhaite juste sonder son cœur et la dissuader de s'engager dans une voie qui ne la mènera qu'à la destruction.

— Tu ne vas pas t'y mettre aussi, Naunce ! Pas toi, ma plus fidèle et souvent unique alliée. Je te signale que je suis mariée depuis cinq ans, durant lesquels j'ai donné naissance à deux garçons. Je m'estime donc assez vieille pour savoir exactement ce que je désire.

Je devine qu'elle n'a pas voulu me vexer en me rappelant qu'à l'âge vénérable de 22 ans, elle a déjà accompli l'exploit de trouver un mari et de devenir mère. Bien qu'étant son aînée, je ne puis en dire autant. Merci Hamish St Clair-Erskine, ses faux-fuyants et ses atermoiements sans fin ! Elle a pourtant touché un point sensible. Je range cette blessure d'amour-propre dans un recoin de ma mémoire pour un usage ultérieur. Les sœurs Mitford n'oublient jamais un affront, elles feignent seulement de pardonner.

Je tire longuement sur ma cigarette en regardant autour de moi. Quoique à des années-lumière de la somptueuse demeure de Cheyne Walk et du manoir de Biddesden, la petite maison d'Eaton Square que loue Diana est toujours mieux que mon appartement.

— Bon sang ! Tu ne pourrais pas te contenter d'avoir une liaison avec lui ? Rien ne t'oblige à divorcer pour l'épouser. Bryan est adorable. Je pense sincèrement qu'il préférerait semer des pétales de roses sur votre lit d'adultère plutôt que de te perdre à jamais.

Le rire mélodieux de Diana retentit de nouveau, cette fois avec une pointe de malice.

— Qui te parle de l'épouser ?

Je reste sans voix, ce qui ne m'arrive jamais. Comment nous, ses proches, aurions-nous pu supposer qu'elle renoncerait à une vie de rêve, auprès d'un mari qui l'aime avec une ferveur et un dévouement rares pour un homme de son milieu, afin d'assouvir des désirs charnels, et non pour lier son sort à son maudit M ? Muv et Farve, mortifiés, nous ont déjà interdit, à nous ses sœurs, de la voir, sauf dans le cadre de cette tentative désespérée pour lui faire entendre raison. Je n'ose imaginer la fureur de notre père quand il apprendra qu'elle n'a pas l'intention de convoler en justes noces. J'ai depuis longtemps perdu le compte des assiettes et des tasses ayant fait les frais de sa colère lorsque, enfants, nous omettions d'essuyer une coulée de confiture sur le pot. Combien de pièces du service en porcelaine va-t-il sacrifier pour une infraction d'une telle gravité ?

— Naunce chérie, poursuit Diana, imperturbable, ce n'est pas parce que j'ai demandé à divorcer de Bryan que je projette de me remarier avec M.

Son teint d'ivoire s'est légèrement empourpré à l'évocation de son précieux M – un homme certes charismatique, mais connu pour changer de convictions au gré de ses intérêts, et coureur de jupons par-dessus le marché.

— Il ne quittera jamais sa femme, comprends-tu. Alors, je me contenterai des moments qu'il m'accordera. Et, pour être franche, je ne serais pas fâchée d'avoir un peu de temps pour moi. Bryan était plutôt envahissant.

Je suis atterrée. Comment Diana peut-elle se satisfaire de miettes, alors que n'importe quel homme lui offrirait sans hésiter le gâteau entier ? Pourtant, elle paraît enchantée de partager son amant avec Cimmie, son épouse depuis treize ans et l'une des héritières de l'immense fortune des Curzon, ainsi qu'avec ses innombrables conquêtes.

Je m'apprête à lui poser la question quand une cavalcade retentit dans l'escalier. Serait-ce Jonathan ou Desmond ? Je croyais que la nurse avait emmené les garçons au parc. Il fait un soleil éclatant en dépit du froid hivernal.

Une voix sonore s'élève alors dans le vestibule :

— Lady !

Je devine aussitôt qu'il s'agit de Bobo. Il n'y a qu'elle pour m'appeler Lady, et je ne connais personne d'aussi bruyant.

En me levant pour l'embrasser, je constate qu'elle porte une robe en tweed trop serrée pour elle et appartenant à Diana. Je suis tentée de lui dire qu'elle ne lui va pas du tout, mais la crainte de la voir piquer une colère m'en dissuade. Au lieu de ça, je lui demande :

— Tu n'es pas au courant du décret de Muv et Farve au sujet de Bodley ? Elle est *persona non grata*.

À 29 ans, j'ai d'autant moins de scrupules à passer outre les instructions de nos parents qu'ils ne m'apportent aucun soutien financier. Unity, en revanche, dépend toujours d'eux. Je suis surprise qu'elle ait osé enfreindre leurs ordres.

Elle sourit, dévoilant ses dents grisâtres.

— J'étais de passage à Londres. Je ne pouvais pas ignorer Nard, surtout dans une période si difficile pour elle, achève-t-elle en posant sur notre sœur un regard empli d'adoration.

Je remarque qu'elle a employé le surnom qu'elle donne à Diana dans les moments où sa tendresse pour elle est la plus forte.

J'aurais dû me rappeler que nos parents, cédant à ses prières, ont autorisé Unity à suivre les cours de l'académie de dessin de Harley Street. Par conséquent, elle séjourne à Londres plus souvent que ne l'exige le calendrier mondain.

— Moi aussi je suis à Londres, dis-je sur le ton de la plaisanterie. Et pourtant, tu m'ignores.

Je devrais être froissée qu'elle ne m'ait pas avertie de sa venue, mais la vérité m'oblige à dire que je n'apprécie guère sa compagnie. Ses sautes d'humeur me fatiguent et ses centres d'intérêt sont trop extravagants. En outre, je déteste Ratular. Grand Dieu, il n'y a qu'elle pour avoir l'idée d'adopter un rat !

— Entre l'écriture et tes amis, répond-elle, tu es trop occupée pour me consacrer du temps, Lady.

Elle s'assied sur le sofa à côté de notre sœur et lui prend la main. Comment Diana fait-elle pour s'entendre aussi bien avec Unity ? De quoi parlent-elles quand elles sont seules ? Leur proximité ne manque jamais de m'étonner. Enfants, Diana et Tom étaient inséparables, mais leurs liens se sont distendus. Notre frère ne lui a pas complètement pardonné d'avoir quitté son ami Bryan, et lui-même mène une vie bien remplie.

Je ne relève pas le reproche déguisé et enchaîne :

— Ça me fait plaisir de te voir, Bobo. Il me semble qu'il s'est écoulé une éternité depuis mon dernier séjour à Swinbrook.

Swinbrook House, la résidence de Muv, Farve et de nos plus jeunes sœurs – Pamela, Decca et Deborah, que tout le monde appelle Debo –, est une maison de campagne plutôt agréable, bien que toujours en chantier. Toutefois, chacune de nous lui reproche de n'être ni Batsford Mansion ni Asthall Manor, où nous nous ébattions librement avant que des choix malavisés et la crise économique ne ruinent notre père, nous contraignant à déménager. Pour nous qui avons grandi comme une portée de chats sauvages, sans autre compagnie que la nôtre (nous évitions autant que possible la vacuité de Muv et le caractère versatile de Farve), notre environnement revêtait une importance cruciale.

Comment vais-je pouvoir ramener la conversation sur le divorce de Diana alors que Unity se tient à ses côtés tel un chien de garde ? Je réfléchis à une tactique quand une sonnerie retentit. Une domestique frappe à la porte du salon.

— Pardon de vous interrompre, Mrs Guinness, mais on demande Miss Nancy Mitford au téléphone.

Qui cela peut-il être ? Seuls Muv et Farve sont au courant de ma visite à Eaton Square, mais ils n'oseraient jamais appeler chez Diana après l'avoir bannie.

J'écrase ma cigarette dans le cendrier et m'arrache de mon fauteuil tapissé de soie vert céladon. En promenant mon regard sur le somptueux mobilier qui m'entoure, je songe que Diana n'a pas la même notion du sacrifice que la plupart des gens.

Je me glisse dans la minuscule pièce du téléphone, saisis le combiné et lance un « Allô ? » circonspect. À ma grande surprise, j'entends alors la voix de Hamish.

5

Diana

24 janvier 1933
Londres, Angleterre

Tel un oiseau qui s'envole de son perchoir, Nancy s'extrait de son fauteuil. Celui-ci a été livré trois semaines plus tôt. Bryan a insisté pour que Diana garde tout le mobilier de Cheyne Walk. Après tout, lui a-t-il rappelé d'un ton lourd de regrets, c'était elle qui l'avait choisi en premier lieu. Il faut admettre qu'il s'est comporté en parfait gentleman tout au long du divorce. Diana l'a remercié pour les meubles, mais elle a fermement refusé de conserver les œuvres d'art et les bijoux de famille des Guinness qu'il lui a lui-même apportés à Eatonry – le surnom de sa nouvelle maison –, même si les diamants lui manqueront. Quand elle a plongé son regard dans les beaux yeux bleus de son ex-mari, lors de cette ultime entrevue, elle a ressenti une pointe de nostalgie vite effacée : elle sait que son avenir est auprès de M.

La seule évocation de son amant la fait frissonner. Dès leur rencontre, en février dernier, lors d'une réception chez les St John Hutchinson pour les 21 ans de leur fille

Barbara, elle s'est sentie irrésistiblement attirée par lui. Durant le dîner, où ils étaient assis côte à côte, il l'a séduite par sa critique vigoureuse de l'apathie dans laquelle végète la Grande-Bretagne. Ils se sont accordés sur l'inefficacité des partis politiques actuels et sur la nécessité d'un bouleversement. À la fin de la conversation, elle avait la conviction qu'il était l'homme de la situation. Et lorsqu'il a fondé l'Union des fascistes britanniques, l'UFB, quelques mois plus tard, elle s'est offerte à lui corps et âme. Le souvenir d'une étreinte clandestine dans les étages de Biddesden, durant une fête champêtre donnée par Bryan et elle, diffuse en elle une chaleur délicieuse.

Ses pensées reviennent vers le salon ensoleillé de sa nouvelle maison et vers Unity, assise près d'elle. L'appel de Hamish est tombé à pic : Nancy la fatiguait à ramener sans cesse sur le tapis son divorce et ses relations avec M. Diana a failli lui avouer qu'elle savait pertinemment que leurs parents étaient derrière cette ultime tentative pour lui éviter un suicide social. Comment ont-ils pu croire que Naunce réussirait là où a échoué l'offensive conjointe de Farve et du père de Bryan, sans parler du plaidoyer fervent de Tom en faveur de son ami ? Son aînée étant trop maligne pour se laisser manipuler, Diana en a déduit qu'elle est convaincue d'agir dans son intérêt. C'est très chic de sa part, mais ça ne la fera pas revenir sur sa décision.

— Nancy croit me sauver de moi-même, murmure-t-elle à l'oreille de Unity.

Celle-ci émet un grognement que Diana interprète comme un rire. Elle retient une grimace devant les manières grossières de sa cadette.

— Penses-tu qu'elle serait venue si elle avait soupçonné que tu préparais quelque chose ? demande Unity avec un sourire tenant davantage du rictus.

Elle paraît ravie de partager le plan secret de sa sœur, ce qui ne se serait jamais produit si elle n'avait pas débarqué à l'improviste une heure avant l'arrivée supposée de Nancy.

— J'en doute, répond Diana. Elle l'ignore, mais c'est moi qui vais la sauver d'elle-même aujourd'hui. Elle m'en voudra sur le moment, mais un jour elle me remerciera.

Même si elle ne l'admettrait pour rien au monde, Diana a pris un vif plaisir à inventer ce subterfuge. Elle est lasse d'incarner un idéal féminin passif. Elle aspire à l'action, pas seulement à recevoir les marques d'adoration sous lesquelles Bryan la noyait.

Un cri retentit. Les deux sœurs se ruent dans le vestibule jouxtant la pièce du téléphone. *Pourvu que j'aie bien fait !* pense Diana. Elle ne supportait plus que Hamish mène Nancy par le bout du nez. À presque 30 ans, celle-ci désespérait de le voir lui passer un jour la bague au doigt tandis qu'il multipliait les relations avec des hommes et inventait sans cesse de nouveaux prétextes pour retarder leur union.

Pendant des années, Nancy a entretenu l'illusion qu'il pourrait changer par un simple effort de volonté. En réalité, ses préférences sexuelles n'ont rien à voir avec les expériences que Tom a pu vivre à Eton, dans le contexte particulier d'un internat de garçons, avant d'enchaîner les liaisons avec des femmes mariées ou non. Nancy mérite mieux, et à la lumière de son propre éveil, Diana refuse de laisser sa sœur se languir plus longtemps. C'est pourquoi elle a exigé de Hamish qu'il rompe en prétendant se fiancer avec une autre, car c'est à ce prix seul que Nancy acceptera de renoncer à lui.

On entend Nancy crier à travers la porte :

— Dis-moi qui ! Qui vas-tu épouser ?

En général, Diana ne regrette pas ses choix, mais la réaction de sa sœur la plonge dans le doute.

Nancy recommence à hurler :

— Je t'ai attendu pendant toutes ces années, Hamish ! J'ai décliné d'autres propositions pour être avec toi. Comment peux-tu me faire une chose pareille ?

Un silence angoissant s'abat, interrompu par un bruit de chute. Nancy a-t-elle fait un malaise ? Est-ce le choc d'avoir perdu Hamish, ou celui d'avoir gaspillé un temps précieux avec lui ?

Diana, paniquée, tente d'ouvrir la porte, mais on l'a verrouillée de l'intérieur.

— Nancy ? crie-t-elle en tambourinant dessus. Nancy, ouvre-moi !

Pas de réponse.

À son tour, Unity pèse contre la porte en appelant leur sœur, sans plus de succès.

Diana se tourne alors vers la bonne :

— Y a-t-il une autre clé quelque part ?

La domestique explore les placards de la cuisine tandis que Diana et Unity fouillent en vain les tiroirs du salon, du vestibule et de la salle à manger. Diana finit par dénicher un gros anneau chargé de clés dans la bibliothèque.

— Il y en a forcément une qui marche ! dit-elle à Unity.

La dix-huitième clé tourne dans la serrure, et la porte s'entrouvre en grinçant. Nancy, cette jeune femme brillante et sûre d'elle, insensible à l'opinion des autres et réputée pour son esprit sarcastique, est recroquevillée sur le sol, le visage sillonné de larmes. Sa pâleur naturelle a pris une teinte cendreuse et elle fixe le mur d'un regard absent.

Diana et Unity s'agenouillent près d'elle et l'entourent de leurs bras. Nancy ne réagit pas. Plus inquiétant encore, elle reste silencieuse. Diana se jure de la garder chez elle, à Eatonry, jusqu'à ce qu'elle redevienne elle-même. Ou, plutôt, une meilleure version d'elle-même, plus forte.

Surtout, Diana prie le ciel pour que Nancy ne découvre jamais le rôle qu'elle a joué dans cette affaire, même si elle a agi dans son intérêt. Et, si elle l'apprend un jour, pour qu'elle veuille bien lui pardonner.

6

Unity

24 janvier 1933
Londres, Angleterre

Unity noue ses bras vigoureux autour des épaules de Nancy. Celle-ci est si frêle qu'il lui semble qu'elle se briserait comme une brindille sèche si elle la serrait un peu trop fort. Mais ce n'est pas convenable de penser ainsi. Elle se dit alors que, pour une fois, ce n'est pas elle que l'on plaint, mais son aînée si prompte à se moquer de ses centres d'intérêt et de sa maladresse en société, et elle savoure sa revanche.

— Naunce, dit Diana d'une voix douce, tu veux bien revenir au salon ? Une tasse de thé devrait aider à tarir ces flots de larmes.

Nancy prend appui sur ses sœurs pour se relever. En se redressant, Unity entend un craquement discret. Pourvu qu'elle n'ait pas déchiré la robe empruntée à Diana ! Le ravissant fourreau en tweed bleu rehaussé de fils argentés était un peu juste pour elle. Elle espérait qu'il lui permettrait d'approcher la beauté de son aînée, mais en s'examinant dans la glace elle n'a décelé chez elle aucun signe de transformation. Peu importe, elle poursuivra ses efforts. Ce matin, déjà, elle a essayé le maquillage de Diana. Elle emploiera tous les moyens pour compenser son manque d'esprit et d'atouts, et pour se distinguer autrement que par sa taille et ses manières, disons, excentriques.

Diana charge une domestique de préparer du thé, puis elles installent Nancy dans le fauteuil qu'elle occupait avant le coup de fil de Hamish. Diana s'assied ensuite près d'elle et lui chuchote des paroles de consolation en lui tenant la main. À présent, elle accorde toute son attention à Nancy. Unity n'aime pas du tout cela. Elle n'est pas venue à Eatonry pour être mise à l'écart.

Si elle préférerait avoir Diana pour elle seule, elle apprécie néanmoins l'attitude de son cher M. Lors de sa précédente visite, la semaine dernière, il l'a accueillie par ces mots au bas de l'escalier : « Salut, camarade fasciste ! » Venant du fondateur de l'UFB, le compliment l'a profondément touchée. Elle partage la conviction de Diana que Mosley est l'homme dont l'Angleterre a besoin. Ne sachant quoi répondre – aucun manuel d'étiquette n'indique comment s'adresser à l'amant de sa sœur –, elle s'en est tenue à un simple « Bonjour ».

« J'ai quelque chose pour toi », a-t-il ajouté en plongeant la main dans la poche de sa veste.

Il y avait une éternité que personne n'avait offert de cadeau à la jeune fille. Elle s'est avancée pour prendre le petit paquet qu'il lui tendait et l'a ouvert. Il contenait une broche en or ornée de l'emblème de l'UFB. Non seulement l'Union des fascistes britanniques l'acceptait en son sein, mais elle lui conférait d'emblée un grade élevé. D'abord muette de stupeur, Unity a fini par pousser un cri perçant.

« Tu permets ? » a demandé Mosley en tendant la main vers l'insigne.

Incapable de formuler une phrase cohérente, Unity a hoché la tête. Mosley s'est approché d'elle. Pendant qu'il piquait la broche sur le revers de son manteau, elle respirait son eau de Cologne et fixait des yeux son menton hérissé d'un léger duvet, juste sous la moustache. Cette proximité avec celui que sa sœur appelle parfois « le chef » avait quelque chose d'enivrant et, un instant, Unity a entretenu l'illusion d'être Diana.

Mais aujourd'hui il n'y a ni Mosley, ni compliments, ni menus cadeaux. Aujourd'hui, il n'y en a que pour Nancy. La fière Nancy à la langue acérée, réduite à l'état de loque pathétique. Unity pourra toujours se consoler en se répétant que, pour une fois, ce n'est pas elle le vilain petit canard, et que Diana finira par lui accorder de nouveau sa pleine attention. Mais pour ce qu'elle en voit, elle devra patienter longtemps.

À son grand étonnement, Nancy se penche alors vers elle et lui presse la main en murmurant :

— Merci, ma chérie. Tu as été adorable. Cela compte beaucoup pour moi.

Cette preuve d'affection inattendue laisse Unity sans voix. Cet épisode marque-t-il un tournant dans leurs relations ? Annonce-t-il un rapprochement entre elles, au-delà des liens du sang ? Elle réprime un sourire tandis qu'un plan se forme dans son esprit. Qui sait, peut-être parviendra-t-elle à rallier Nancy à sa cause ?

7

Nancy

28 avril 1933
Londres, Angleterre

Je jette un coup d'œil à Peter, qui lit le journal dans un des fauteuils de Diana. Une mèche blond vénitien retombe sur son front. Mon *fiancé*... J'aime tant prononcer ce mot, ne serait-ce qu'en pensée ! Je dois ce merveilleux retournement de situation à Diana, et je l'en remercie. Si elle ne m'avait pas dorlotée pendant un mois, consignée dans ma chambre jusqu'à ce que je cesse de me morfondre à cause de Hamish, puis traînée de force à des soirées, je n'aurais jamais rencontré Peter Rodd, un jeune banquier, fils de diplomate, tellement brillant qu'il a étudié au prestigieux Balliol College d'Oxford.

Durant ma retraite forcée, le désespoir a peu à peu cédé le pas à une colère dirigée contre la lâcheté de Hamish, pour qui j'ai gaspillé ma jeunesse, puis au soulagement. J'ai fini par admettre que je me berçais d'illusions en m'imaginant qu'il partageait mes sentiments. Hamish n'aime que lui-même et, brièvement, les hommes dont il s'entiche. Il n'y aura jamais de place pour moi dans son cœur.

Mais je ne suis plus cette créature pitoyable, reléguée sur l'étagère poussiéreuse où se languissent les ex-débutantes sans fiancé. Et, curieusement, je ne redoute plus la monotonie d'une existence rythmée par les humeurs d'un mari, l'éducation des enfants, l'intendance d'un bataillon de nurses et de domestiques. Je me demande même si mes craintes ne découlaient pas surtout de la perspective d'une vie conjugale avec Hamish. Quoi qu'il en soit, je suis fermement résolue à réussir mon mariage.

Pourtant, quand je suis seule chez moi, avec sur les genoux Milly et Lottie, mes bouledogues, une pensée indésirable se fraie parfois un chemin dans mon esprit : mon bonheur ne provient-il pas en partie du fait que, pour une fois, j'éclipse Diana ? Depuis son divorce, la coqueluche du Tout-Londres est devenue une paria tandis que je suis fêtée et félicitée. Quelle différence avec l'indifférence ou les regards gênés qui avaient salué l'annonce de mes fiançailles avec Hamish ! Même Muv et Farve sont fiers de moi. Si Peter n'est pas exactement le gendre dont ils avaient rêvé, ils le préfèrent mille fois à Hamish.

Le pas léger de Diana retentit dans l'escalier, suivi de celui, plus bruyant, de Unity. Ces derniers temps, on ne les voit jamais l'une sans l'autre, sauf quand Diana rapplique au coup de sifflet de son cher Mosley. Si Muv savait que Unity enfreint éhontément ses ordres…

— Prodd ? dis-je.

Dans la grande tradition des Mitford, mes sœurs et moi avons attribué un sobriquet à Peter. La contraction de son prénom et de son nom de famille s'est imposée à nous, et nous prenons toutes un vif plaisir à l'employer.

Il détache les yeux de son journal.

— Oui, chérie ?

— Tu es prêt ?

Peter se lève d'un bond. Je le trouve superbe dans sa chemise noire. Je m'approche négligemment de lui et laisse courir un doigt sur son revers.

— Cet uniforme te va si bien que je regrette que nous n'assistions pas plus souvent à des meetings.

— Je pourrais te retourner le compliment ! répond-il en riant.

Il se penche vers moi pour m'embrasser.

— Le chauffeur nous attend ! lance alors Diana depuis le vestibule.

— Une minute, Bodley ! Je me repoudre le nez !

Puis je glisse à Peter :

— Emporte à boire pour le trajet. Je crois que nous en aurons besoin.

— Bon sang, Lady ! hurle Unity. On ne va pas au bal, mais à un meeting politique !

Depuis mon rétablissement, elle a presque cessé de m'appeler par mon prénom ou par son diminutif affectueux, Naunce. Elle me surnomme plutôt Lady, indiquant par là que je l'agace d'une manière ou d'une autre. Je me demande parfois ce que j'ai bien pu faire pour l'énerver autant.

Je prends néanmoins le temps de me repoudrer et de remettre du rouge à lèvres devant le miroir. Puis nous nous entassons à bord de la voiture que Mosley a louée pour nous. Notre tenue à tous les quatre associe une chemise noire à diverses pièces de vêtements.

— Qui aurait pu imaginer que le noir était aussi seyant ? dis-je pour détendre l'atmosphère.

Ma plaisanterie me vaut un regard désapprobateur de Diana.

— Naunce, les membres de l'UFB ne portent pas du noir par coquetterie, mais parce qu'il est le symbole du fascisme. Ce signe d'appartenance exprime la conviction que nous sommes tous égaux en dépit de nos différences sociales.

Grand Dieu, on croirait entendre Mosley ! Au cours des derniers mois, j'ai eu tout le temps de me familiariser avec l'homme, ses opinions sur l'état de la Grande-Bretagne et du continent européen. Comme il se plaît à le rappeler, il a fondé l'UFB dans le but de moderniser le pays, en rompant avec un modèle démocratique à bout de souffle au profit d'un régime autocratique qu'il juge plus efficace. Mosley tient en haute estime les gouvernants actuels de l'Italie et de l'Allemagne. Bien dirigée, pense-t-il, l'Angleterre redeviendra leur égale. Il est tout juste de retour de Rome, où il a rencontré son héros, Benito Mussolini. Chaque fois qu'il se lance dans une tirade interminable sur son projet politique, Diana le couve d'un regard d'adoration qui m'emplit de gêne.

Avec trois millions de chômeurs, une crise financière et le communisme à ses portes, je suis fermement persuadée que notre nation a besoin de changement. Toutefois, Mosley me paraît trop extrémiste. Mes opinions sont plus modérées. Je n'aurais jamais accepté d'assister au meeting de ce soir si Peter n'avait pas manifesté de la curiosité et si Diana ne m'avait pas implorée de l'y accompagner.

Un milicien en uniforme fasciste nous accueille à l'entrée de l'Albert Hall et nous escorte jusqu'au premier rang avec une précision militaire. Avant de m'asseoir, je jette un coup d'œil à la marée noire qui a envahi la salle. Si l'UFB recrute le gros de ses troupes dans la classe moyenne, on raconte qu'elle fait de plus en plus d'adeptes dans la haute société. Le public se compose principalement de garçons au teint rougeaud, auxquels se mêlent quelques hommes plus âgés à la mine sombre et une poignée de jeunes femmes exubérantes.

— Ce n'est pas ce à quoi je m'attendais, me murmure Peter.

— Moi non plus. Je pensais voir une meute de voyous.

— Chut ! nous souffle Diana.

Rayonnante, elle n'a d'yeux que pour Mosley, qui s'avance vers la scène entre une haie d'honneur de bras tendus.

L'apparition du chef à l'allure virile, à la chevelure et à la moustache aile-de-corbeau déclenche un tonnerre d'applaudissements et d'acclamations. Quelques miliciens circulent dans les allées pour maintenir l'ordre.

Les poings sur les hanches, Mosley se tourne brièvement vers la foule en bombant son torse moulé dans un maillot à col roulé noir. Je le soupçonne d'avoir choisi un vêtement plus ajusté que nos chemises réglementaires pour mettre en valeur son physique athlétique, presque léonin.

Fascinée, je le regarde traverser la scène en grande conversation avec ses assistants, tapant parfois du pied ou pointant l'index vers l'un d'eux. Face à ce Mosley qui m'est inconnu, je commence à entrevoir ce qui attire Diana, ainsi que ses nombreux partisans.

Mais tandis qu'il poursuit son manège, ses gestes me semblent de plus en plus calculés et outrés. Soudain, le ridicule de tout cela me saute aux yeux, et je pouffe malgré moi. Diana me fusille du regard, les lèvres pincées. Puis j'aperçois Unity, et mon rire se bloque dans ma gorge. Devant la dévotion abjecte qui se lit sur son visage, un frisson me parcourt et mon amusement cède la place à la frayeur.

8

Diana

28 avril 1933
Londres, Angleterre

M sera ravi, songe Diana, les yeux levés vers la scène. En plus de Unity, toujours loyale, elle a réussi à amener Nancy et Peter au meeting. Si seulement Muv et Farve acceptaient de la recevoir avec Mosley, elle sait qu'elle parviendrait à les rallier à sa cause. Comme elle, ils verraient en lui l'homme qui répond aux questions pressantes que pose l'époque. Un leader à même de remédier aux déficiences de la société et du gouvernement actuels. Mais, jusqu'à présent, Farve a accueilli ses propositions de rencontre par un grognement mécontent, quand il ne refuse pas de prendre ses appels.

A posteriori, son existence avant M lui paraît frivole et factice, hormis Jonathan et Desmond, ses enfants. Il lui a offert une raison de vivre plus forte que dans ses rêves les plus fous, et elle fera tout ce qui est en son pouvoir et au-delà pour l'aider dans son combat.

Bien sûr, elle l'a déjà vu discourir, mais jamais devant une assemblée aussi nombreuse, et jamais en compagnie de

Nancy. Elle souhaite ardemment que son aînée, si difficile à satisfaire, s'incline devant le magnétisme de son amant. Ce revirement effacerait ses réserves initiales au sujet de son divorce. Sans doute le bonheur dont Nancy jouit maintenant avec Peter a-t-il adouci son jugement sur M… Cela dit, si Diana l'osait, elle confierait à sa sœur ses propres réticences à propos de son fiancé. Quoique intelligent, Peter lui paraît tristement banal, et sa réputation de don Juan n'est pas un gage de félicité conjugale. Mais elle ne s'en sent pas le droit. Elle a renoncé à de nombreuses prérogatives en quittant Bryan.

L'orchestre commence à jouer. Le cœur de Diana bat au rythme lancinant des tambours. Pourquoi est-elle nerveuse, alors qu'elle a à peine éprouvé une pointe d'inquiétude en renonçant à Bryan pour vivre sa passion avec M ? Est-ce de voir son amant dans un théâtre aussi vaste, ou la sensation d'être prise dans le tourbillon de l'Histoire ?

Quelle chance que Cimmie, la femme de M, ait renoncé à assister à ce meeting ! Sans cela, Diana n'aurait pu venir. Malgré les milliers de regards fixés sur lui, il se déplace d'un pas ferme et décidé. Il est non seulement à l'aise devant la foule, mais il semble la dominer. Une vague de désir envahit Diana en songeant à ses mains expertes, qui ont exploré et réveillé des parties de son corps jusque-là endormies.

Sont-ce ses prouesses sexuelles qui la lient à lui, ou l'impression de puissance qu'il donne ? Elle l'ignore, ne pouvant que constater l'attrait qu'il exerce sur elle. Depuis leur première nuit, elle se dévoue entièrement à lui et évite de s'interroger sur la place qu'il lui accorde.

Les premiers temps ont été difficiles. Diana avait l'habitude d'être au centre de toutes les attentions. L'existence de Bryan tournait entièrement autour d'elle. Ils déjeunaient presque chaque jour ensemble au Savoy. Et dans les bals, où l'étiquette interdit que des époux se tiennent côte à côte, elle a plus d'une fois surpris Bryan la couvant du regard à travers la salle. Si cette adoration effrénée l'avait séduite au début de leur mariage, elle était devenue de plus en plus étouffante au fil du temps. M ne lui appartient pas, lui, et il lui a fait comprendre que cela n'arrivera jamais. Ce défi à relever, c'est peut-être ce qui l'attire le plus chez lui.

Sa femme occupera toujours la première place, lui a-t-il dit. Cette réalité gênante s'est étalée aux yeux du monde entier pas plus tard que ce mois-ci, lorsque Cimmie l'a accompagné en visite officielle à Rome. Tous les journaux ont publié des photos les montrant tous les deux avec Benito Mussolini sur le balcon du Palazzo Venezia. Parfois, Diana a l'impression de moins compter pour M que ses belles-sœurs, Irene et Alexandra, surnommée Baba. Pourtant, elle se contente des miettes de son temps. Et qui sait ? En la voyant l'acclamer dans le public, peut-être finira-t-il par lui accorder la priorité sur Cimmie.

La musique s'arrête. La salle fait silence tandis que M s'approche du micro dans la lumière d'un projecteur. Soudain, son regard croise celui de Diana, et, pendant un bref instant, c'est comme s'ils étaient seuls, les yeux dans les yeux, enlacés dans leur lit. Il lui adresse un discret signe de tête et commence à parler :

— Mesdames et messieurs, nous sommes réunis ici ce soir pour évoquer le programme du fascisme britannique…

M a répété son discours devant Diana. Elle en connaît chaque mot, mais sur cette scène, face à cette foule, la voix de son amant prend une ampleur qui la fait frissonner comme jamais auparavant.

Lorsque ses partisans poussent des clameurs enthousiastes, elle crie avec eux, s'attirant le regard désapprobateur de Nancy. Quel plaisir de baisser la garde et de se laisser emporter par la ferveur générale, surtout quand M en est l'objet !

— Il est temps de dénoncer les soi-disant dirigeants qui nous ont plongés dans les crises de 1914 et 1931 en dilapidant les promesses et les atouts de notre belle nation. Il est temps que de nouvelles mains hissent notre drapeau et lui rendent sa gloire d'antan…

Pendant plus d'une demi-heure, Mosley parvient à captiver son auditoire en expliquant comment, si l'UFB est amenée à gouverner le pays, elle soumettra l'économie et la société à une discipline de fer. Rien ni personne ne pourra entraver sa course vers le pouvoir, car tel est son destin. Diana partage sa conviction, bien sûr, et elle n'imagine pas un instant qu'on puisse penser autrement.

Il achève son discours par les paroles qu'il lui a murmurées lors de leur première nuit. Mais, ce soir, celles-ci revêtent une signification toute nouvelle pour elle :

— Une grande aventure commence pour nous.

9

Unity

28 avril 1933
Londres, Angleterre

Comment Nancy et Peter osent-ils ricaner et boire l'alcool qu'ils ont apporté pendant que Mosley parle ? Unity est lasse de l'apathie politique de sa famille – hormis Diana, bien sûr, et Decca qui, Dieu seul sait pourquoi, s'est mis en tête que le salut de l'Angleterre viendrait du communisme. Comment les autres peuvent-ils ignorer que le monde est à l'aube d'un bouleversement qui entraînera la destruction de tout ce qu'ils ont toujours connu ? Unity, quant à elle, est bien décidée à jouer un rôle central dans cette transformation plutôt que de la subir.

Tout en promenant son regard sur les rangées de fauteuils occupés par de jeunes hommes vigoureux, elle rajuste la chemise noire qu'elle s'est offerte pour l'occasion et dont la coupe accentue sa minceur. Muv aimerait qu'elle consacre le maigre pécule qu'elle lui a attribué à l'achat de robes, mais Unity préfère dépenser cet argent (qui se déprécie rapidement en raison de l'inflation) pour la cause qu'elle défend. La clé de son avenir réside dans le fascisme. Elle ne brillera jamais en société, mais, ici, elle peut espérer trouver sa place.

Si le « réveil » de Diana fut assez tardif, Unity et Decca, qui partagent la même chambre à Swinbrook, se sont intéressées très tôt à la politique, peut-être chacune en réaction contre les opinions de l'autre. Tandis que sa cadette développait une passion de plus en plus dévorante pour le communisme, Unity a peu à peu acquis la conviction que le fascisme était le remède aux maux qui affectent leur pays. « La Grande-Bretagne a besoin d'être dirigée d'une main ferme, a-t-elle martelé à Decca lors d'une de leurs nombreuses discussions enflammées. On ne peut pas fonder un gouvernement sur les caprices du peuple, et l'État ne peut accorder de liberté à celui-ci que sous son contrôle. »

À un moment, la situation est devenue tellement tendue entre elles qu'elles ont divisé symboliquement leur chambre en traçant une ligne au sol. D'un côté, les ouvrages de propagande de Decca, son buste de Lénine et sa collection du *Daily Worker*, le quotidien du parti communiste britannique ; de l'autre, les insignes fascistes de Unity, ses photos de Mussolini et de Hitler, une croix gammée et des disques de chants nazis pour la jeunesse.

Si d'aucuns qualifieraient Decca de communiste de salon, Unity respecte son engagement, qu'elle préfère de beaucoup à l'indifférence générale pour l'avenir de la nation. Et, malgré leurs désaccords, elle adore la fougue de sa cadette. Leurs disputes lui ont toujours paru plus nobles que les chamailleries de leurs sœurs à propos de livres, de vêtements ou d'épingles à cheveux. Decca et elle sont des adversaires politiques, mais pour tout le reste elles sont les meilleures amies du monde.

Tandis que Mosley parle, elle étudie discrètement l'auditoire, en s'attardant sur certains jeunes hommes. Çà et là, elle remarque quelques femmes. Si leurs chemises noires montrent une grande variété de styles – cols ronds ou droits, avec ou sans cravate –, toutes affichent le même air sérieux. Elle se fait la réflexion que ces femmes sont sans doute plus proches d'elle que la famille à laquelle le sort l'a enchaînée, quand l'une d'elles retient son attention.

Cette idiote arbore un cardigan rouge, la couleur du communisme ! Comment peut-elle ignorer le message qu'elle envoie au reste du public ? Ne craint-elle pas les réactions que sa tenue risque de susciter ? La provocatrice se retourne alors, et Unity réprime un cri : on dirait Decca ! Non, c'est impossible. Muv ne permettrait jamais à sa cadette de se rendre à un meeting fasciste. Et, quand bien même, il aurait encore fallu qu'elle trompe la vigilance du service d'ordre pour se faufiler à l'intérieur de la salle.

Bientôt, elle perd de vue la fille en rouge. Le discours de Mosley monte en puissance. Quelques hommes grattent des allumettes et leur clarté vacillante crée une ambiance presque sacrée.

Un courant électrique paraît traverser la foule. Les paroles de Mosley résonnent profondément en Unity. Elle connaît ses idées par cœur pour avoir lu son programme et l'avoir souvent écouté les exposer chez Diana. Mais ici, dans ce cadre, elles semblent prendre vie… même si la diction hypnotique de Hitler leur donnerait encore plus de force.

— Je viens à vous porteur d'une conception nouvelle et révolutionnaire de la politique, de l'économie, de l'existence même !

Ensorcelée par la voix de M, Unity ne pense plus qu'au rôle central qu'elle entend jouer dans son triomphe.

Le destin l'appelle, ce même destin qui a uni Diana à Mosley, l'amenant à épouser son combat et à introduire sa jeune sœur dans son cercle intime. Et, bientôt, le destin l'éloignera du fascisme britannique, cette pâle copie, pour se faire une place dans le cœur vibrant de cette grande cause : l'Allemagne.

10

Nancy

3 septembre 1933
Londres, Angleterre

Comment ai-je pu entretenir le vague espoir que mes sœurs sacrifieraient une parcelle de leur précieux temps pour m'aider à organiser mon mariage avec Peter ? Aveuglée par la générosité de Diana alors que je pleurais Hamish, j'ai eu la sottise de compter sur le fait qu'elle, Unity ou, dans une moindre mesure, Pamela m'entoureraient durant mes fiançailles et accompagneraient mes premiers pas dans une vie conjugale si longtemps désirée.

Au lieu de quoi, je ne peux m'appuyer que sur Muv. Decca et Debo sont trop jeunes pour ce rôle, et Pamela s'est proposée pour diriger la ferme de Bryan, l'ex-mari de Diana. J'avoue n'avoir jamais compris sa passion pour la campagne. Ses penchants rustiques, avec ses multiples vertus féminines, expliquent en partie son surnom de « Woman », *la* Femme. En revanche, je n'ai aucun mal à admettre qu'elle puisse préférer la compagnie des vaches à celle de nos parents. Diana et Unity, pour des raisons connues d'elles seules, ont quant à elles ressenti le besoin impérieux de se rendre en Allemagne.

— Chérie ?

Peter lève l'assiette en porcelaine outrageusement fleurie qu'il tient à la main pour me la montrer. *Juste ciel !* Pourquoi celle-ci, parmi toutes les pièces de vaisselle exposées chez Asprey ? Je ne puis croire qu'il envisage sérieusement de choisir ce motif. L'a-t-il prise parce que c'était la plus proche sur l'étagère, ou a-t-il juste hâte d'en finir avec cette corvée pour boire le cocktail que je lui ai promis ensuite ? C'est tout à fait le genre d'antiquités victoriennes qui sommeillaient dans le buffet de ma grand-mère, lady Clementine Ogilvy, avant d'être dispersées entre ses héritiers.

— Oui ? dis-je en m'efforçant de cacher ma répulsion.

— Comment trouves-tu celle-ci ?

La question que je redoutais. Je veille à ne pas le froisser :

— Tu veux un avis sincère ?

— Toujours ! répond-il avec ce sourire en coin qui m'a immédiatement séduite.

Je le connais assez pour savoir que sa quête de sincérité ne s'étend pas à tous les domaines. Mais, sur ce point précis, je ne risque rien à faire preuve de franchise. Grâce à la générosité d'une de ses tantes, qui nous offre un service complet comme cadeau de mariage, j'aurai ces assiettes sous les yeux tous les jours de ma vie. Pas question de grimacer chaque fois que je passerai à table.

— Je la trouve extrêmement fâcheuse.

À ma grande joie, Peter s'esclaffe. Mon fiancé comprend et apprécie mon humour. C'est le cas de très peu d'hommes, en dehors de mon cercle d'intimes. En réalité, mon intelligence rebute la plupart d'entre eux. Pour irréfléchie qu'elle ait pu paraître, ma décision de l'épouser est l'une des plus sages que j'aie jamais prises. Même s'il plaisantait à moitié en me faisant sa demande. Je me penche vers lui et l'embrasse au beau milieu du rayon.

— Nancy ! grommelle Muv.

Elle me manifeste sa désapprobation en glissant une mèche brune sous son chapeau et en lissant du plat de la main le corsage à ruchés de sa robe démodée. Après m'avoir vue languir après Hamish, elle devrait se réjouir de mon bonheur. Mais tout chez moi semble lui déplaire, à commencer par le modeste succès de mes deux romans inspirés du conflit de générations entre les Bright Young Things et leurs parents, *Highland Fling* et *Christmas Pudding*. Elle a été choquée par les similitudes entre certains protagonistes et des personnes de notre connaissance, et en particulier par le portrait à peine voilé que je brosse d'elle.

Au lieu de commenter sa réaction, je recours à une tactique de diversion bien rodée. Indiquant un élégant service Art déco dans l'allée voisine, je m'exclame :

— Avez-vous vu cette merveille ?

Une fois la vaisselle choisie et les cocktails éclusés, nous laissons Peter au bar du Savoy pour nous rendre à Mayfair. Nous avons rendez-vous chez Norman Hartnell, un couturier dont j'admire la modernité. J'aime particulièrement la coupe épurée de ses robes, enrichie d'une foule de détails romantiques. J'en ai repéré une que je désire essayer, et je crains d'attirer la malchance en la dévoilant à mon fiancé avant le grand jour. J'ai déjà eu plus que ma dose de malheur dans mes relations avec les hommes.

On nous introduit dans un éblouissant salon de style Art moderne aux murs couverts de miroirs. En prévision de notre visite, j'ai demandé à la vendeuse d'accrocher la robe que j'ai choisie dans la cabine afin que Muv la découvre sur moi. La connaissant, si je lui permets d'y jeter un coup d'œil avant, elle trouvera un tas de raisons de la critiquer. Et je dois à tout prix conserver ses bonnes grâces, car Farve et elle financent non seulement l'achat de la robe, mais aussi la réception : cérémonie à l'église St John's, à Smith Square, suivie d'un déjeuner à Rutland Gate, dans la maison qu'ils ont louée pour la saison de débutante de Unity.

Tandis qu'une vendeuse m'aide à enfiler la robe de mousseline, à la fois simple et élégante avec son corsage en croix, Muv prend place sur un sofa et accepte le sirop que lui propose une seconde vendeuse.

— Crois-tu que Peter sera en état de retourner au bureau ? demande-t-elle soudain.

— Que voulez-vous dire, Muv ?

Je ne l'écoute qu'à moitié, plus intéressée par ma robe que par sa question.

— Il était déjà bien éméché quand nous l'avons quitté, non ?

Elle a adopté le ton pincé que mes sœurs et moi nous plaisons à imiter dans son dos.

— Il n'y a pas lieu de vous inquiéter. Il ne commencera son nouveau travail qu'à notre retour d'Italie.

Je comprends aussitôt mon erreur. Je ne lui ai pas dit que Peter a démissionné sur un coup de tête et qu'il a dû faire des pieds et des mains pour retrouver un emploi.

— Qu'est-ce que tu racontes ? Il ne travaille pas dans une banque ?

— Oh ! fais-je d'un air faussement enjoué. Je ne vous ai pas dit qu'on lui avait offert un poste à la Banque de Hambourg ? L'occasion était trop belle. En plus, ils sont disposés à attendre qu'il revienne à Londres.

Malgré ma hâte d'être mariée, je dois avouer que la perspective d'une lune de miel dans l'appartement que les parents de Peter possèdent à Rome m'enthousiasme davantage que celle de m'installer dans notre future maison.

Muv ne me répond pas directement, mais je l'entends marmonner à travers la porte. Apparemment, elle redoute que ce « hiatus » n'entraîne une nouvelle discussion au sujet de nos subsides avec mes beaux-parents. Ces marchandages sordides entre nos familles respectives me fatiguent. On croirait qu'ils cherchent à acheter un tapis dans un souk égyptien.

Il est temps de détourner l'attention de Muv en lui faisant découvrir ma robe. En sortant du salon d'essayage, j'aperçois mon reflet dans le miroir derrière elle. Je me tourne d'un côté et de l'autre, admirant ma silhouette. La soie ivoire met le noir de mes cheveux et de mes yeux très en valeur.

Muv m'examine sans un mot.

— Nous ne sommes pas pauvres à ce point, Nancy, lâche-t-elle enfin.

Même voilée, l'insulte m'atteint comme une gifle. Tout en sachant que je ferais mieux de me taire, je ne peux m'empêcher de rétorquer :

— Pourquoi dites-vous cela ?

— Pour une robe de mariée, elle est affreusement quelconque.

J'ai envie de pleurer. Pour une fois, elle pourrait tenir compte de mes sentiments, ou au moins admettre que j'en ai. Ce n'est pas parce que je suis toujours prompte à décocher des piques que rien ne me blesse. Le jour où Diana a essayé sa robe de mariée devant elle, Muv n'arrêtait pas de la complimenter. Il est vrai qu'elle avait alors un public en la personne de la mère de Bryan, et de plusieurs de ses cousines.

Je regrette amèrement que Diana ne soit pas là pour l'amadouer. Même Decca et Debo auraient atténué sa mauvaise humeur, mais leur présence n'était pas souhaitable, car nous devons acheter ensuite les pièces de lingerie qui compléteront mon trousseau. Pamela s'est décommandée, prétextant qu'elle avait trop de travail à la ferme. Malgré son caractère imprévisible et ombrageux, j'aurais encore préféré la compagnie de Unity à… *ça*.

Que se passe-t-il de si important à Munich pour que Diana et elle aient décidé d'y séjourner tout le mois de septembre ?

11

Diana

3 septembre 1933
Nuremberg, Allemagne

Le claquement de milliers de bottes résonne en rythme avec les battements de son cœur. Diana se laisse soulever par cette vague qui culmine en un rugissement : « *HEIL HITLER !* » Le souffle court, elle promène son regard sur la foule rassemblée pour le *Parteitag*, le congrès du Parti national-socialiste. Jamais la version allemande du fascisme ne lui a paru aussi prometteuse. Elle aura beaucoup de choses à raconter à M à son retour… si elle parvient à lui parler.

Debout au côté de Unity sur l'estrade réservée aux invités de marque, elle assiste au défilé parfaitement synchronisé des troupes en uniforme. Même le groupe des Jeunesses hitlériennes, des garçons en chemises kaki, marche en cadence. Le spectacle est saisissant. Unity, aussi ébahie qu'elle, lui prend la main.

— Combien de soldats sont rassemblés ici ? demande-t-elle à Putzi Hanfstaengl, le chef du Département de la presse étrangère du Reich, qui les a conviées à cet événement.

— Quatre cent mille, répond-il dans un anglais parfait.

Il leur a confié que sa mère était américaine et qu'il avait étudié à Harvard.

— J'ignorais que Nuremberg pouvait accueillir une garnison aussi importante, s'étonne Diana.

Sa sœur et elle sont arrivées de Munich quelques jours plus tôt. La vieille cité bavaroise l'a charmée avec ses toits de tuiles pointus et ses nombreuses églises. Presque toutes les enseignes et les devantures arborent la bannière rouge du Parti nazi, donnant à la ville l'allure d'un cadeau de Noël entouré de ruban. Comment imaginer que ce pays a été en guerre contre la Grande-Bretagne, et que Farve lui-même l'a combattu ?

— Ce n'est pas le cas, répond Hanfstaengl. Ces régiments ont été acheminés de toute l'Allemagne par des trains spéciaux afin de célébrer la victoire de notre Führer.

Il attendait ce moment depuis presque aussi longtemps que Hitler. Sa famille et lui ont offert un refuge au futur chancelier après l'échec du putsch de 1923 et l'ont soutenu pendant qu'il était emprisonné. Plus tard, il l'a introduit dans la haute société allemande et a contribué financièrement à son accession au pouvoir.

Diana secoue la tête, impressionnée par cette prouesse d'organisation. Depuis l'estrade, les milliers d'hommes parfaitement alignés lui évoquent les soldats de plomb que possédait son frère Tom, enfant. Mais ces soldats ne sont pas des jouets. Ce sont les emblèmes vivants de la puissance de Hitler. Comparés à ce congrès, les meetings de l'UFB paraissent ridiculement étriqués, même si elle n'oserait pas émettre un tel jugement devant son bien-aimé.

Elle ne remerciera jamais assez Unity de l'avoir presque suppliée de venir à Munich, et pas seulement parce que cela lui permet d'assister à cet événement. Elle n'aurait pas supporté de rester à Londres une minute de plus. Depuis qu'une infection foudroyante due à une péritonite a emporté Cimmie, en mai, M est inconsolable. Si Diana a compris dès le début de leur relation qu'il n'avait pas l'intention de quitter sa femme, elle s'était persuadée que leur union n'était qu'une façade. L'intensité de son chagrin, en lui révélant la profondeur des sentiments qui le liaient à la défunte, a ravivé ses doutes sur la place qu'elle-même occupe dans sa vie.

Toutefois, elle n'a rien laissé paraître de son trouble. Durant presque tout l'été, elle s'est rendue disponible pour M chaque fois qu'il désirait sa compagnie, sans jamais exiger plus que ce qu'il lui offrait.

Elle ne s'est même pas départie de sa sérénité quand il lui a avoué être dévoré de remords à cause de ses multiples infidélités. Il ne sortait de son apathie que pour s'immerger dans le travail. Puis elle a appris qu'il cherchait la consolation non seulement dans ses bras, mais aussi dans ceux de Baba, la sœur de Cimmie, qui avait depuis longtemps des vues sur lui. Après avoir juré à Diana que leurs relations étaient purement platoniques, voilà qu'il projetait de sillonner la France avec elle, en août, en laissant ses trois enfants sous la surveillance d'une nurse. Elle a alors décidé de fuir le plus loin possible pour lui rappeler qu'elle n'était pas une femme qu'on pouvait traiter à la légère.

Sa première rencontre avec Hanfstaengl, en juillet, lui a fourni l'occasion dont elle rêvait. Ce soir-là, elle était invitée chez Mrs Richard Guinness, une cousine éloignée de Bryan. En entrant dans le salon, elle y a trouvé un inconnu en train de jouer du Brahms au piano. L'homme était si grand que l'instrument paraissait minuscule à côté de lui, ce qui créait un effet presque comique. Son talent, en revanche, ne faisait aucun doute. Plus tard, leur hôtesse l'a pressé de questions sur le nouveau régime allemand. « Je suis là pour vous faire découvrir la réalité du nazisme et démentir les rumeurs qui font état de violences et de mauvais traitements envers les Juifs, a-t-il expliqué. Je vous incite toutes et tous à venir constater les effets salutaires des réformes engagées par le chancelier Hitler ! »

Mrs Guinness a ensuite présenté Hanfstaengl à Diana comme étant un ami personnel de Hitler.

« On m'a beaucoup parlé de vous », lui a-t-il dit alors.

Tandis que la jeune femme se demandait avec inquiétude quels ragots avaient pu parvenir à ses oreilles, il a ajouté qu'on la lui avait dépeinte comme une fervente adepte du fascisme.

Au terme de leur conversation, il l'a officiellement invitée à assister au premier congrès prévu sous le gouvernement de Hitler, en lui faisant espérer une entrevue avec celui-ci. Diana a alors flairé une occasion d'exciter la jalousie de M, tant sur le plan personnel que professionnel. L'enthousiasme de Unity a achevé de la décider, et après avoir confié leurs fils à Bryan pour les vacances, elle a pris les dispositions nécessaires pour leur voyage à Munich.

Diana jette un coup d'œil à Unity. La flamme dans son regard trahit une fascination qui va bien au-delà de la simple adhésion au fascisme.

— La seule chose qui pourrait rendre cette journée encore plus parfaite serait de rencontrer le chancelier, murmure la jeune fille d'un ton rêveur.

Diana se tait. Unity a déjà demandé à Hanfstaengl s'il pourrait leur ménager une entrevue avec le Führer, et elle ne veut pas l'encourager à renouveler sa requête. En voyant les centaines de milliers de soldats défiler et les nombreux gardes du corps qui entourent Hitler, elle a compris qu'il serait impossible de l'approcher. En outre, sa sœur et elle sont les seules invitées venues d'Angleterre, et elle ne souhaite pas attirer davantage l'attention. Les plaies dues aux pertes et aux sacrifices de la Grande Guerre sont encore à vif. Leur père, à tout le moins, voue à l'Allemagne une haine si féroce qu'on pourrait croire que l'armistice n'a été signé que la veille.

Mais Hanfstaengl répond à Unity :

— Le chancelier nous rejoindra ici même, sur cette estrade, dans un moment.

Celle-ci le dévisage avec une expression que Diana ne connaît que trop.

— Vous ne vous moquez pas de moi, j'espère ? lâche-t-elle avant que son aînée puisse intervenir.

Hanfstaengl lui sourit avec indulgence.

— Quand il s'agit du Führer, je ne plaisante jamais. Au cas où l'occasion de vous le présenter s'offrirait à moi, ajoute-t-il en tendant un mouchoir soigneusement repassé à Unity, je vous suggère d'ôter votre rouge à lèvres. Votre sœur et vous êtes deux parfaits spécimens de femme aryenne, mais le chancelier préfère un style naturel. Les seuls embellissements qu'il tolère sont ceux qu'apportent le sport et le grand air.

Unity s'exécute docilement tandis que Diana s'interroge : Hanfstaengl les a-t-il invitées pour prouver au reste du monde que même des « spécimens de femme aryenne » britanniques peuvent adhérer au nazisme ? Six militaires à la poitrine chargée de décorations montent alors sur l'estrade, escortant un homme à la mèche noire et à la moustache caractéristiques qui arbore un brassard rouge sur son uniforme brun clair.

Une clameur rugissante s'élève du public et retombe dès que Hitler prend place devant le micro. Diana est à la fois impressionnée et un peu effrayée de constater que sa seule présence réduit des milliers de spectateurs au silence.

Pendant qu'il prononce son discours, elle ne l'aperçoit que par intermittence depuis le côté de la scène, mais le pouvoir de sa voix est indéniable. Si elle ne saisit pas tous les mots, il suffit d'observer les réactions de la foule pour comprendre qu'il apporte à ce peuple ruiné par le traité de Versailles et la crise économique un bien précieux entre tous : l'espoir.

À coup sûr, M sera vert de jalousie quand elle lui racontera ce qu'elle a vu. Ce voyage décidé sur un coup de tête, pour punir son amant, lui offre une occasion unique de conforter sa place auprès de lui. Pour réussir, il aura besoin des contacts qu'elle est en train de nouer dans l'entourage de Hitler. À n'en pas douter, ce jour marque un tournant dans leur relation.

12

Unity

3 septembre 1933
Nuremberg, Allemagne

Pour une fois, Unity se réjouit de mesurer plus d'1,80 mètre. Malgré cela, elle doit se hisser sur la pointe des pieds pour apercevoir Hitler par-dessus les têtes des soldats qui l'entourent. Soudain, deux officiers à l'air sévère s'écartent, lui dégageant la vue sur leur chef. Elle retient son souffle : c'est bien l'homme dont elle a affiché le portrait dans sa chambre des années plus tôt.

Elle sursaute lorsque Hitler élève la voix et abat son poing sur le pupitre. Un frisson parcourt l'assistance, et Hanfstaengl se raidit. Qu'a dit le chancelier ? Unity regrette de ne pas parler l'allemand, surtout quand la foule pousse un rugissement assourdissant. Comment communiquer avec son héros si elle ignore sa langue ? C'est décidé, elle l'apprendra, ici, à Nuremberg, ou peut-être à Munich.

Mais elle devra trouver des arguments imparables pour obtenir le consentement de ses parents. À moins de leur mentir… Au cours des derniers mois, elle n'a cessé de les duper avec une facilité déconcertante. S'ils savaient toutes les heures qu'elle a passées à Eatonry en compagnie de sa sœur *verboten*, ils deviendraient dingues. Et s'ils apprenaient que Diana et elle ne sont pas venues à Munich pour découvrir l'opéra, les musées et pour l'architecture bavaroise, mais en qualité d'invitées d'honneur au *Parteitag* de Hitler, ils seraient mûrs pour l'asile d'aliénés – surtout Farve, qui déteste les « Boches », comme il les appelle. Quelle perspective délicieuse !

Unity rit sous cape en imaginant leur réaction. Combien de sorties avec des « amies » a-t-elle inventées afin de distribuer le journal de l'UFB, *La Chemise noire* ? Bien sûr, pour donner le change, elle veillait toujours à rentrer à l'heure, à assister aux inévitables événements mondains et à cacher l'insigne offert par Mosley. Pour le moment, Muv et Farve ne voient en elle qu'une débutante ordinaire, comme l'ont été ses sœurs et les autres jeunes filles de leur entourage. Enfin, pas tout à fait *ordinaire*. C'est un mot que personne n'a jamais employé pour la qualifier. Mais elle est persuadée qu'elle réussira à embobiner ses parents le temps d'apprendre l'allemand en immersion. Cette étape la rapprochera encore un peu plus de l'union dont elle rêve avec Hitler.

Elle repense ensuite à sa conversation avec Hanfstaengl, avant l'arrivée du chancelier. Devinant que son insistance à vouloir rencontrer le Führer agaçait Putzi, elle a tenté une diversion.

— Saviez-vous que je suis née dans une ville appelée Swastika ?

Devant l'expression de Diana, elle a cru qu'elle venait de commettre une nouvelle bévue. Mais la réaction de l'Allemand l'a étonnée.

— C'est vrai ? a-t-il demandé à Diana, comme si Unity n'était pas la première concernée.

— En effet, a répondu sa sœur avec un sourire pincé. Allez savoir pourquoi, nos parents s'étaient mis en tête d'exploiter une mine d'or au Canada. Ils ont vécu un temps à Swastika, une colonie de mineurs, dans une cabane de planches.

Hanfstaengl a alors dévisagé Unity comme s'il la voyait pour la première fois.

— Notre Führer croit beaucoup aux signes, a-t-il dit ensuite. Sans vouloir trop m'avancer, je pense qu'il sera sensible au fait que vous soyez née à Swastika.

Unity a rougi. Pour une fois, sa singularité va-t-elle jouer en sa faveur ?

Entre-temps, Hitler a terminé son discours, et un photographe en uniforme vient de monter sur l'estrade. Hanfstaengl lui fait signe de les rejoindre.

— Le chancelier serait certainement heureux d'avoir un souvenir de votre visite, dit-il aux deux sœurs. Vous voulez bien poser pour lui ?

Si Diana hésite, Unity accepte avec enthousiasme.

— Ce serait un honneur !

Hanfstaengl, qui a perçu la réticence de Diana, n'insiste pas. Il invite Unity à poser seule au milieu d'un groupe de militaires aux poitrines chargées de décorations. S'approchant d'elle, il sort le col de sa chemise noire de sa veste en tweed pour qu'il soit bien visible.

— Veuillez saluer pour la photo ! dit-il en anglais, puis en allemand.

À la seconde où le photographe appuie sur le déclencheur, faisant jaillir un éclair de l'appareil, Unity ressent un frisson d'excitation. Hanfstaengl compte-t-il vraiment offrir ce cliché à Hitler ? Va-t-il lui raconter l'histoire de sa naissance ? À cette idée, les battements de son cœur s'accélèrent. Il lui semble que, enfin, la roue du destin se met en mouvement.

13

Nancy

7 juin 1934
Londres, Angleterre

— Peter, mon cher, êtes-vous obligé de toujours apporter un cocktail aux meetings ? demande Diana d'une voix suave.

Alors que le reste des invités s'est déjà mis en route pour le lieu du rassemblement, mes deux sœurs, Peter et moi attendons la voiture que Mosley nous a envoyée.

— Bodley, pour le meeting, nous avons du whisky, dis-je en agitant une flasque en argent. Le cocktail est destiné au trajet.

Le rire de Peter a pour moi les accents d'une petite victoire. Ces derniers jours, la tension était vive à Rose Cottage, la charmante maison du Strand-on-the-Green, un quartier pittoresque sur les bords de la Tamise où nous avons emménagé. Si j'ai vécu sur un nuage les quelques mois précédant notre mariage, notre « lune de miel » a rapidement dissipé mes illusions. À Rome, nous avons fait semblant de visiter la ville, moi titubant sur mes talons hauts à cause d'une entorse et Peter toujours en quête d'un bar, jusqu'au moment où il s'écroulait, assommé par l'ivresse, en fin d'après-midi.

Diana ne partage pas l'hilarité de Peter. Devant son visage renfrogné, je remercie le ciel que Mosley ne soit pas là pour me passer un savon.

— Il n'y a pas de place pour l'alcool dans un meeting fasciste, scande-t-elle. Il enverrait un mauvais message au public.

On dirait une des institutrices collet monté dont nous n'avons jamais eu à subir la férule : nos parents ne croyaient pas aux bienfaits de l'école traditionnelle pour leurs six filles. Seul Tom a étudié à Eton et à Oxford. Nous autres, ses sœurs, devons notre éducation à une succession de préceptrices vite congédiées et à la bibliothèque familiale. C'est stupéfiant tout ce qu'on peut – ou pas – apprendre par soi-même.

Je tente une plaisanterie :

— J'ai peur que cette abstinence forcée ne constitue un frein à mon adhésion pleine et entière au fascisme.

Ces discours édifiants commencent à me lasser, alors que le mouvement de Mosley ne cesse d'étendre son influence au sein de la société anglaise. Il attire même un nombre étonnamment élevé d'aristocrates craignant pour leur train de vie et leur fortune au cas où le communisme gagnerait du terrain. Si la maison de Diana n'est pas le siège officiel de l'UFB, elle y ressemble de plus en plus, dominée par la haute stature physique et morale de Mosley, « Monsieur l'Ogre », comme je le surnomme en privé.

Mon mari se tord de rire à cette sortie, qui se voulait drôle mais pas nécessairement hilarante. Est-ce le fait que la discussion tourne autour de son passe-temps favori qui l'amuse autant ? Notre séjour à Rome m'a donné un aperçu éclairant de son penchant pour la boisson. Un mois à peine après notre retour à Londres, la banque qui venait de l'embaucher l'a renvoyé parce qu'il peinait à retrouver le chemin de son bureau après des déjeuners copieusement arrosés. Actuellement, nous vivons de mes maigres revenus d'auteur et des pensions que nous versent nos familles. Pourtant, Peter contracte des dettes et dépense comme si nous disposions de fonds illimités. Après un an de mariage à peine, un huissier a déjà frappé à notre porte.

Diana secoue la tête d'un air pincé, toutefois elle ne nous confisque pas nos cocktails. Sans doute a-t-elle compris que c'était la condition *sine qua non* de notre venue au meeting. Or elle tient à assurer le spectacle en exhibant sa famille.

Unity apparaît à son tour dans le petit salon, portant la panoplie de la parfaite fasciste, gants de cuir inclus.

— Bon Dieu, Naunce ! s'exclame-t-elle sans préciser la cause de sa réprobation.

La connaissant, j'ai dû me rendre coupable d'un nombre incalculable d'infractions. Son voyage en Allemagne n'a fait que renforcer son adhésion aveugle aux règles du fascisme. Désormais, personne n'est à la hauteur de ses exigences, hormis peut-être Hitler, son héros. Depuis qu'elle a brièvement posé les yeux sur lui, à Nuremberg, elle est devenue encore plus insupportable. Bien sûr, nos parents ignorent tout de cette escapade. Si Farve savait que ses filles ont été invitées chez les Boches, il ferait une crise d'apoplexie.

Comme de coutume, on nous a attribué des fauteuils au premier rang afin d'assister à la prestation de Mosley. Mais ce soir il ne se produit pas sur sa scène habituelle, l'Albert Hall. Depuis qu'il a reçu le soutien d'un quotidien grand public, le *Daily Mail*, le nombre de ses partisans s'est considérablement accru. Il a donc loué une salle plus grande, l'Olympia, dans le quartier de Hammersmith. Il a confié à Diana qu'il espérait au moins 10 000 spectateurs. En balayant du regard la foule composée des habituels jeunes gens des deux sexes en chemises noires, mais aussi d'ouvriers et même de familles, je constate qu'il est en passe de gagner son pari.

Peter attrape la flasque que j'ai glissée dans mon sac tandis que l'orchestre joue des airs patriotiques. Une file de miliciens portant le drapeau de l'UFB remonte l'allée centrale. Annonce-t-elle l'arrivée de Mosley ? Cela fait déjà presque une demi-heure qu'il devrait être là. Le public s'impatiente, et moi aussi.

Soudain, la salle s'assombrit. Dans un effet spectaculaire, les projecteurs convergent vers la scène, dessinant un cercle de lumière au sein duquel s'avance Mosley. Enfin ! Peu importe que son discours égrène une rhétorique que je connais par cœur, pourvu que cesse cette attente interminable. À la vue de leur leader, de nombreux partisans tendent le bras pour un salut fasciste. Simultanément, des huées s'élèvent. À notre arrivée, nous avons traversé un groupe de manifestants où se mêlaient des communistes, des pacifistes et des travaillistes. J'aurais cru que le service d'ordre leur interdirait l'accès à la salle, mais certains ont dû revêtir une chemise noire pour tromper sa vigilance.

Les protestations s'éteignent quand Mosley s'approche du micro. Mais à peine ouvre-t-il la bouche qu'un slogan fuse du dernier balcon :

— Dehors, Mosley ! Dehors, les fascistes !

Les sbires alignés dans les allées rompent les rangs et bondissent par-dessus les fauteuils afin de rejoindre les opposants. Le silence retombe, et Mosley commence son discours.

Au bout de quelques mots, une femme l'interrompt en criant :

— À bas le fascisme !

Un projecteur se braque sur elle. Le public découvre alors que des Chemises noires l'ont ceinturée et l'entraînent vers la sortie. Leur réaction me paraît disproportionnée, mais l'UFB avait prévenu qu'elle ne tolérerait aucune perturbation.

Mosley tente de reprendre son discours. Cette fois, les huées et les sifflets viennent de toutes les directions. Les agitateurs ont dû se répartir dans la salle pour augmenter l'effet de leurs interventions. En quelques secondes, les miliciens se déploient, et des bruits de lutte ponctués de cris de douleur parviennent à nos oreilles.

Le tumulte devient général. Sur la scène, Mosley exhorte en vain l'assistance à se calmer. Les projecteurs tentent de localiser les manifestants. Perché à presque 50 mètres du sol, un homme balance des tracts sur la foule. Des Chemises noires convergent vers lui, progressant le long des poutres métalliques telles des fourmis. Un cri d'effroi monte de milliers de poitrines, dont la mienne, quand il s'élance dans le vide pour atteindre une poutre libre. Craignons-nous qu'il se rompe les os ou qu'il nous assomme dans sa chute ? Avant que je puisse répondre à cette question, l'homme pousse un hurlement et s'écrase à terre avec un bruit sinistre.

Tandis que la foule paniquée se rue vers les portes, je reste clouée sur place, sidérée par ce déploiement de violence. Une troupe de miliciens armés de matraques court dans notre direction, poursuivant un groupe de jeunes manifestants. Peter m'entraîne alors vers une issue de secours. En vain, je cherche mes sœurs du regard. J'entends Diana crier mon prénom, mais le vacarme couvre aussitôt sa voix.

Nous atteignons la porte lorsque quelqu'un me tire brutalement en arrière. Je lâche la main de Peter et tombe au sol. On me marche dessus, puis tout devient noir.

14

Diana

7 juin 1934
Londres, Angleterre

Diana, paniquée, demeure immobile dans son fauteuil. Le chaos fait rage autour d'elle ; les projecteurs balaient la salle, l'empêchant de voir ce qui se passe sur scène. Tout ce qui lui importe à cet instant, c'est M. Il ne peut pas, ne doit pas être blessé. Trop de choses dépendent de lui, à commencer par elle.

Comment ces gens osent-ils s'en prendre à lui ? Ne comprennent-ils pas que tout ce qui compte pour lui, c'est le peuple d'Angleterre ? Que lui seul peut les sauver du marasme économique et psychologique qui a failli engloutir l'Allemagne ? Sans lui, ils sont tous perdus. Il éradiquera la pauvreté et le chômage qui accablent le pays. Il rendra sa gloire d'antan à l'Empire britannique. Au lieu d'entretenir les conflits qui déchirent l'Europe depuis trop longtemps, il unira le continent tout en réarmant la Grande-Bretagne pour parer à toute éventualité. Mais cela, ces morveux abreuvés de propagande communiste et pacifiste ne peuvent le concevoir. Ils sont aussi faibles et incompétents que les dirigeants actuels.

Des Chemises noires surgissent devant elle et l'aident à se lever.

— Le chef nous a ordonné de vous conduire en sécurité, Mrs Guinness, lui dit le plus haut gradé. Il vous attend en coulisse.

— Et mes sœurs ? proteste-t-elle tandis qu'ils l'entraînent vers la scène. Je ne peux pas les abandonner !

Elle jette un coup d'œil à la rangée de fauteuils derrière elle, puis au sol, craignant que Nancy et Unity n'aient été piétinées, mais elle ne les voit nulle part.

Elle se retient de hurler. Nancy peut au moins compter sur Peter, pour ce qu'il vaut. Mais Unity ? S'il lui est arrivé quelque chose, Muv et Farve ne le lui pardonneront jamais, d'autant qu'ils lui ont expressément interdit de l'amener au meeting. Déjà qu'ils lui parlent à peine depuis le divorce…

— Il faut nous dépêcher, madame, insiste le gradé.

Elle cesse de résister. Formant un bloc autour d'elle, les miliciens parviennent à l'extraire de la marée humaine et lui font monter les quelques marches menant à la scène vide. Ils se dirigent vers la loge où M doit l'attendre sous bonne garde quand une femme surgit de l'obscurité et se jette sur elle.

Diana tombe à la renverse.

— Chienne ! Comment peux-tu laisser ce sale fasciste te toucher ? vocifère la femme.

Pendant qu'elle lui laboure la joue de ses ongles, Diana pense à ses deux fils chéris, Jonathan et Desmond. Qui prendra soin d'eux si elle meurt ? Il y a quelques jours à peine, ils ont posé tous les trois pour le peintre surréaliste russe Pavel Tchelitchev, qui les a représentés avec de longs cheveux dorés et nimbés d'ombres bleutées. Comme elle aimerait pouvoir remonter le temps jusqu'à ce moment !

Les hommes éloignent la femme à coups de matraque. Sitôt relevée, Diana défroisse sa robe et se recoiffe avec des gestes tremblants. Elle doit être parfaite pour M.

Tandis qu'un milicien pousse la furie menottée hors de la scène, Diana s'adresse à l'officier :

— Vous pouvez me conduire auprès du chef, maintenant.

Les Chemises noires l'escortent ensuite jusqu'à une loge gardée par d'autres miliciens. Après un bref salut de la tête, l'un d'eux ouvre la porte.

M se tient au centre de la pièce. Les mains sur les hanches, un pouce glissé sous la large ceinture qui souligne son torse athlétique, il a la prestance du leader-né qu'il est… Le meneur qu'il deviendra à coup sûr.

Diana se jette dans ses bras et enfouit son visage dans le creux de son cou.

— Qu'est-il arrivé à ta joue, ma chérie ? s'enquiert-il en lui relevant le menton. Quelqu'un t'a attaquée ?

— Ce n'est rien, mon amour. Je m'en tire avec une simple égratignure. Tout ce qui compte, c'est que tu sois sain et sauf !

— Ce n'est pas une poignée de perturbateurs qui me détournera de ma route, répond M avec un rire forcé.

Sa pâleur trahit sa frayeur. Mais, bien sûr, il n'en laissera rien paraître devant sa maîtresse.

— Si je me terre dans cette loge, poursuit-il, c'est uniquement pour éviter la mauvaise publicité que me vaudrait ma participation à une rixe… même si je brûle d'en découdre avec ces canailles.

— Ils ne feraient pas le poids contre toi, murmure Diana. J'ai été idiote de m'inquiéter pour ta sécurité.

Lorsqu'il la serre contre lui, elle constate que les derniers événements n'ont pas émoussé son appétit sexuel. Mais il semble préoccupé par les échos de l'échauffourée qui leur parviennent.

— J'espère que cet incident ne ternira pas l'image de l'UFB auprès du public, marmonne-t-il. Nous avons besoin de soutiens.

Diana se réjouit alors d'avoir attendu pour lui dévoiler son plan. Elle ne pouvait rêver meilleur moment pour lui expliquer en quoi elle peut l'aider dans son combat et lui faire comprendre qu'il ne peut se passer d'elle.

15

Unity

7 juin 1934
Londres, Angleterre

La plus grande confusion règne dans la salle de l'Olympia. Si Unity réprouve le manque de respect et la grossièreté des manifestants, elle en veut surtout à l'UFB. Comment une organisation prônant l'ordre et l'autorité a-t-elle pu laisser de potentiels perturbateurs infiltrer le public d'un événement aussi important ? Hitler aurait coupé le mal à la racine, comme un chirurgien enlève une tumeur. Cet incident révèle la faiblesse de Mosley.

Où sont passés Nancy et Peter ? La haute taille de Unity lui permet de voir par-dessus les spectateurs paniqués qui tentent de fuir. Mais elle a beau tourner la tête en tous sens, elle n'aperçoit nulle part le chapeau de sa sœur et la chevelure blonde de son beau-frère. Diana, restée jusque-là assise comme si de rien n'était, les mains élégamment croisées sur ses genoux, a également disparu. Unity se réjouit de ne pas avoir amené Ratular : il aurait pu être écrasé dans la bousculade.

Comment se tirer de cette situation ? Même si elle parvient à dénicher un téléphone, elle peut difficilement appeler ses parents pour leur demander de l'aide. Ils deviendraient fous furieux en apprenant qu'elle a désobéi.

Tandis qu'elle hésite sur la conduite à tenir, elle est prise dans un remous de la foule. Pressée contre des hommes, des femmes et même des enfants de tous âges et de toutes origines sociales qui tentent d'atteindre la sortie, elle peine à garder son équilibre. En cas de chute, elle risque d'être piétinée à mort.

Alors qu'elle passe sous un balcon abritant une suite de loges luxueuses, il lui semble entendre crier son prénom. Pensant qu'il s'agit de Diana, elle se retourne vers le premier rang, mais son aînée est toujours invisible. L'a-t-elle laissée tomber pour rejoindre son précieux Mosley ? Même si Unity se targue d'être forte et autonome, cet abandon la blesse et la met en colère.

— Unity !

Cette fois, aucun doute : quelqu'un l'a appelée.

De nouveau, elle cherche Nancy et Peter du regard quand elle entend un « Par ici ! » venant d'en haut.

Elle lève les yeux vers le balcon et distingue dans l'ombre une femme en pull-over rouge. Ne serait-ce pas celle qu'elle a aperçue au précédent meeting ?

La femme se penche alors en avant, exposant son visage dans la lumière : Unity reconnaît Decca, sa jeune sœur. La dernière personne qu'elle s'attendait à voir !

— Qu'est-ce que tu fabriques ici ? lui crie Unity.

— Ne t'occupe pas de ça pour le moment. Prends l'escalier à ta droite et rejoins-nous.

Unity met quelques secondes à repérer l'escalier sous le balcon. Elle s'extrait de la cohue et monte les marches deux à deux. Sa sœur l'attend en haut. Unity n'a jamais été aussi heureuse et soulagée de la voir.

Decca la serre dans ses bras en l'appelant tour à tour « Bobo » et « Boud chérie ».

— Tu n'as rien ? s'inquiète-t-elle. Tu étais dans un sacré pétrin. Et d'abord, qu'est-ce que tu fais là ?

— Je pourrais te retourner la question... *petite* sœur. Muv et Farve seraient dans tous leurs états s'ils te savaient en train de manifester... Toute seule, en plus !

— Je ne suis pas seule, Bobo. Le cousin Esmond m'accompagne.

Une silhouette familière surgit d'un couloir et s'avance vers elles. La mère d'Esmond Romilly, Nellie, est la cousine germaine de Farve et la sœur de Clementine Churchill.

— Nos parents seraient tout aussi furieux de te savoir ici, fait remarquer Decca.

— Je ne crois pas, réplique Unity. Pour commencer, je suis ton aînée. Ensuite, je ne suis pas venue seule non plus. J'étais avec Nancy et Diana.

Decca éclate de rire.

— C'est presque pire ! À leur âge, Nancy et Diana devraient faire preuve de plus de jugeote. Tandis qu'Esmond et moi sommes assez jeunes pour qu'on nous pardonne nos bêtises.

Unity devrait être en colère contre Decca, mais elle est incapable de garder rancune à sa cadette. Si ses croyances sont erronées, elle n'a que de bonnes intentions.

— Même quand vous vous joignez à des factieux pour perturber un meeting ?

Maintenant qu'elle a vu Esmond, Unity comprend mieux la présence de sa sœur. Si les convictions de Decca ne sont pas un secret pour elle – il ne manque à sa moitié de chambre qu'un papier peint illustré de faucilles et de marteaux –, à sa connaissance, elle n'avait encore jamais pris part à une manifestation. À 16 ans à peine, Esmond est d'une autre trempe. Depuis qu'il s'est déclaré communiste, un an plus tôt, il a lancé un magazine, écrit des éditoriaux pour différentes publications, fondé son propre groupe politique et organisé des meetings. Même s'il est de la famille, Muv et Farve n'apprécieraient pas que leur fille traîne avec lui.

En voyant sa sœur rougir, Unity devine qu'elle a visé juste. Pour autant, elle serait dans de sales draps si leurs parents apprenaient la vérité, comme ne manque pas de le lui rappeler Decca :

— Crois-tu que cela leur ferait plaisir de savoir que tu projettes de partir à Munich pour devenir une vraie nazie ?

— Si tu gardes mon secret, je garderai le tien, promet Unity.

Plutôt préserver ses chances de succès que d'exposer les machinations bolcheviques de Decca !

— Tu ne m'as pas vue, et je ne t'ai pas vue non plus, ajoute celle-ci.

Puis les deux sœurs scellent leur accord par une poignée de main.

16

Nancy

4 octobre 1934
Londres, Angleterre

Mon réveil en sursaut m'arrache à un cauchemar récurrent. Depuis le déchaînement de violence auquel j'ai assisté à l'Olympia, l'angoisse d'être jetée au sol et piétinée hante mon sommeil. Si les scénarios diffèrent, le rêve s'achève toujours de la même manière : privée d'oxygène, je cherche en vain mon souffle avant de perdre connaissance.

Avide de réconfort, je tends le bras à travers le dessus-de-lit en soie offert par Diana afin de toucher l'épaule de Peter, mais ma main ne rencontre que le vide. Je jette un coup d'œil au réveil sur la table de chevet. Il est 3 heures du matin. *Où diable traîne-t-il encore ?* me dis-je, moins étonnée qu'agacée. Les absences de Peter constituent une des rares constantes de notre vie conjugale.

Je me rallonge, sachant que je ne parviendrai pas à me rendormir. Dans mon esprit, des bribes de mon cauchemar se mêlent aux interrogations sur les occupations nocturnes de mon mari. Je ferais peut-être mieux de me mettre au travail. Mon éditeur attend le manuscrit de mon nouveau roman, *Charivari*, et nous avons désespérément besoin de l'argent qu'il doit me verser. Peter a encore perdu son emploi. À l'heure actuelle, les quelques articles qu'il parvient à placer dans des journaux constituent sa seule source de revenus.

Je marche de long en large dans le salon, ne m'arrêtant que pour allumer une cigarette et guetter par la fenêtre les premières lueurs de l'aube sur la Tamise. J'adore voir leurs reflets danser au plafond. Ils me donnent l'impression d'être à bord d'un bateau voguant vers une île lointaine. Quand nous avons emménagé ici, j'étais déterminée à devenir une parfaite maîtresse de maison et à construire un foyer douillet avec Peter. À présent, je tiens juste un rôle. Par un étrange signe du destin, le précédent occupant de Rose Cottage était un ancien artiste ambulant, le Grand Sequah, qui se faisait passer pour un authentique chef indien d'Amérique, alors qu'il était anglais jusqu'à la moelle. Lui et moi, nous sommes des imposteurs.

Je m'assieds à mon bureau, face à une large baie vitrée qui donne sur le fleuve. Je n'ai pas encore écrit un mot qu'un trottinement parvient à mes oreilles. Mes chiennes chéries, Milly et Lottie, lèvent vers moi des yeux ensommeillés. Elles semblent me reprocher de m'agiter ainsi au beau milieu de la nuit. Puis elles se couchent en rond à mes pieds tandis que je me replonge dans mon manuscrit.

Comme mes deux précédents romans, *Charivari* est une comédie inspirée de mon entourage et de ma vie. Mais cette fois la frivolité apparente du propos n'est que le paravent des questions qui travaillent ma conscience. L'action tourne autour d'un spectacle historique dans un paisible village anglais. Le personnage principal, Eugenia Malmains, n'est pas sans rappeler Unity : elle prononce des discours enflammés sur la pelouse communale et a adhéré à un groupe, l'Union Jackshirts, ainsi nommé en l'honneur de son chef, le Capitaine Jack, plus ou moins calqué sur Mosley. Je ne pouvais guère ignorer mon environnement politique et familial, et ma désaffection pour le fascisme m'a incitée à en faire le sujet de mon livre.

La violence avec laquelle les Chemises noires, probablement aux ordres de Mosley, ont réagi à des provocations somme toute mineures lors du meeting à l'Olympia m'a ôté mes dernières illusions. Après cela, je ne pouvais plus feindre de partager les opinions de mes sœurs. Nos institutions ne garantissent-elles pas la liberté de parole ? Mosley ne peut-il supporter la moindre contestation ? Soudain, les bravades et les poses martiales avec drapeau dont je me moquais en privé me sont apparues plus menaçantes que risibles. J'ai éprouvé le besoin de démasquer Mosley et sa clique, et l'idée d'user de mon arme favorite, l'écriture, pour détourner Diana et Unity de la voie dans laquelle elles se sont engagées s'est rapidement imposée à moi.

Toutefois, j'ai su dès le départ que je ne pourrais pas attaquer frontalement l'UFB ni traiter Mosley et Hitler de fous à lier. Mes sœurs prendraient mes critiques pour elles et je les perdrais à jamais. Aussi ai-je opté pour un ton gentiment satirique : en tournant en dérision le fascisme, j'espère ouvrir les yeux du lecteur sur le danger qu'il représente. Il n'est qu'à voir l'exemple de l'Allemagne pour comprendre ce qui arriverait s'il accédait au pouvoir chez nous.

Bien sûr, quand elle a découvert le sujet de mon roman, Diana s'est mise dans tous ses états, craignant que je ne ridiculise son amant. Elle se soucie comme d'une guigne de la manière dont je pourrais les dépeindre, Unity et elle, car dans son esprit elles ne sont l'une et l'autre que des pions au service du « chef ». C'est précisément ce que j'entends dénoncer : sans le soutien aveugle de leurs partisans, les leaders fascistes n'auraient aucun pouvoir. Personne ne nous oblige à devenir les victimes de leur tyrannie, comme le sont déjà les Allemands. Mais c'est ce à quoi aspirent mes sœurs, et c'est pour cela qu'elles ne veulent pas voir mon livre publié.

Parfois, je ne les comprends plus du tout, et pas seulement à cause de nos divergences politiques.

En parcourant le chapitre que je viens de rédiger, je me demande si je n'ai pas exagéré le dévouement au fascisme d'Eugenia. Le discours que j'ai mis dans sa bouche n'est-il pas trop emphatique ? En le relisant à voix haute, je suis frappée par la similitude de ton et d'inspiration avec les diatribes de la « vraie » Unity, et je renonce à le retoucher.

Soudain, la porte d'entrée s'ouvre à la volée, me faisant sursauter.

— Prodd ?

J'en veux terriblement à Peter de sortir jusqu'à pas d'heure sans moi. Comme elle paraît lointaine, l'époque où nous rentrions bras dessus, bras dessous au point du jour, croisant en chemin l'équipe du matin de la Pier House Laundry, l'énorme blanchisserie voisine de Rose Cottage ! Cependant, toute rancœur mise à part, je préférerais que ce soit lui plutôt qu'un rôdeur.

Mon mari apparaît alors sur le seuil. Les cheveux en bataille, le regard vague et la démarche traînante, il n'a plus rien de séduisant.

— C'est toi, Nancy ?

Il cligne des yeux comme s'il avait du mal à me distinguer à travers le brouillard. D'une certaine manière, c'est le cas.

— En personne, je réponds sans lever les yeux de mon travail.

J'ai juste hâte qu'il se couche et sombre dans un sommeil réparateur avant que je dise quelque chose que je regretterais ensuite.

Je l'entends fourgonner dans la cuisine.

— Tu perds encore ton temps avec ton stupide manuscrit ? me lance-t-il.

— En effet. Il faut bien que quelqu'un paie les factures, ne puis-je m'empêcher d'ajouter.

Le bruit s'interrompt. Puis le son caractéristique des glaçons s'entrechoquant dans un verre en cristal s'élève dans mon dos.

— Touché ! dit-il. Je constate que tu n'as pas déchargé toute ta colère sur ce pauvre Jasper Aspect. Tu en as gardé un peu pour me la cracher au visage, n'est-ce pas ?

Il est vrai qu'en temps normal j'épanche mon irritation dans mon roman, en particulier dans les chapitres où intervient Jasper, un oisif en quête d'une riche héritière à épouser. Le personnage ressemble beaucoup à Peter, même si, en fait d'héritière, celui-ci a tiré le mauvais numéro. Mais je suis étonnée qu'il ait seulement conscience de mes sentiments, et plus encore qu'il ait réussi à prononcer une phrase complète vu son état.

L'expérience m'a appris à ne pas discuter avec lui quand il a bu. Je maintiens le regard fixé sur ma page en priant pour qu'il quitte la pièce et aille s'écrouler sur notre lit, comme chaque nuit ou presque.

Enfin, je l'entends monter l'escalier. Je pousse un soupir de soulagement. Je désirais tellement me marier que j'ai volontairement fermé les yeux sur ses défauts. Maintenant que je ne peux plus les ignorer, je prends sur moi pour sauver notre union. Je souhaite devenir mère, et je ne supporterais pas de subir quotidiennement l'infamie du divorce, comme Diana.

Pour autant, je n'ai pas l'intention de me taire. L'écriture me permet de me faire entendre autrement. Je me replonge donc dans un passage concernant Jasper, le coureur de dot alcoolique et irresponsable dont j'ai chaque jour le modèle sous les yeux, et place dans sa bouche ma réflexion désenchantée sur le mariage : « *C'est courir un risque effroyable. Autant miser tout son argent sur un cheval*[1]. »

1. Nancy Mitford, *Charivari*, trad. Anne Damour, Éditions 10/18, 2012. *(N.d.l.T.)*

17

Diana

4 octobre 1934
Munich, Allemagne

Diana regrette un peu de devoir quitter le charmant petit appartement de Ludwigstrasse, au centre de Munich. Elle y a vécu un séjour enchanteur, entourée de meubles Biedermeier, servie par une femme de chambre et une cuisinière, dans un environnement à 100 % nazi. Unity s'est révélée une excellente guide. Visiblement, elle a tiré le meilleur profit des mois qu'elle vient de passer à parfaire son éducation sous la conduite de la baronne Laroche. Même si les renseignements les plus utiles qu'elle a fournis à son aînée ne provenaient pas de son école, mais de son expérience personnelle…

Il est temps de regagner Londres, où l'attendent ses fils et l'homme qu'elle aime. M sera fier d'elle. Son voyage a été fructueux au-delà de leurs espérances, et elle a accompli la première étape de leur plan. Les relations qu'elle a nouées ici, à Munich, et à Nuremberg durant le *Parteitag* annuel les aideront à réaliser leur ambition : faire de l'UFB la première force politique du Royaume-Uni.

Officiellement, elle a profité de ce que les garçons séjournaient chez leur père pour venir s'assurer que sa petite sœur allait bien. Ni sa famille ni Bryan ne connaissent la vraie raison de ce déplacement. Unity est la seule à savoir au moins une partie de la vérité.

Ce n'était pas gagné d'avance. Quand les deux sœurs ont débarqué à Nuremberg, le 5 septembre, elles n'avaient ni point de chute ni billets pour aucun des événements organisés à l'occasion du congrès. Elles s'étaient adressées à Hanfstaengl, mais celui-ci, échaudé par le blâme que lui avait valu sa décision d'inviter deux Anglaises outrageusement maquillées à la précédente édition, les avait éconduites si brutalement qu'elles n'avaient pas insisté.

N'ayant pas envie de passer la nuit sur un banc de gare au cas où leurs efforts seraient restés vains, Diana était sur le point de renoncer. C'était compter sans Unity. Celle-ci avait la ferme intention d'assister au *Parteitag*, avec ou sans billet et chambre d'hôtel, et ce n'était pas la rebuffade de Hanfstaengl qui l'aurait fait changer d'avis. Sa persévérance est digne d'admiration, du moins lorsqu'elle ne vire pas à l'entêtement.

Le train pour Nuremberg partait avant l'aube. Mais quand elles sont arrivées à destination, les rues grouillaient déjà de monde et tous les cafés étaient bondés. Ce que voyant, Diana a tiré de son sac les horaires des trains pour le retour.

Unity, loin de se décourager, lui a adressé un sourire radieux, oubliant même de cacher ses dents grises.

— Bodley, quelle chance que nous soyons venues ! Tu ne trouves pas ça merveilleux ?

Sans lui laisser le temps de répondre, Unity l'a prise par la main et l'a entraînée vers un *Biergarten* proche de la gare, en jouant des coudes à travers la foule. Pourquoi une telle hâte ? Une Mitford n'agit jamais dans la précipitation.

— Réfléchis, lui a expliqué Unity. En passant la nuit dans la rue, nous serons aux premières loges pour assister au défilé et voir le Führer demain. En définitive, nous n'avons pas besoin d'une chambre d'hôtel !

Diana s'apprêtait à protester quand deux hommes âgés ont quitté la table qu'ils partageaient avec d'autres clients. Elle a compris alors pourquoi Unity était aussi pressée : deux chaises libres !

Une fois assises, elles ont hélé une serveuse et commandé deux bières en dépit de l'heure matinale. Unity a aussitôt lié conversation avec leurs voisins. Malgré les quelques leçons d'allemand que sa sœur lui avait données depuis son arrivée, Diana n'a pas saisi un traître mot de cet échange animé.

Puis sa cadette s'est écriée en la regardant :

— Nard, c'est un vrai miracle !

— Quoi donc, Bobo ?

Supposant qu'aucun de leurs compagnons de table ne parlait anglais, Diana n'éprouvait aucune gêne à utiliser leurs surnoms respectifs en public.

Unity lui a désigné un personnage aux cheveux et à la barbe broussailleuse d'un blanc neigeux.

— Ce monsieur est l'un des plus anciens membres du Parti nazi, a-t-elle expliqué en battant des mains.

Diana n'a pas demandé de précisions. Le ton enthousiaste de sa cadette indiquait que celles-ci viendraient d'elles-mêmes.

— Tu vois cet insigne doré sur sa poitrine ?

Diana a acquiescé.

— Eh bien, il est réservé aux 100 000 premiers adhérents…

— En réalité, est alors intervenu le vétéran (en anglais), j'étais le centième à rejoindre le parti. *Parteigenosse Nummer Hundert*, a-t-il traduit à l'intention du reste de la tablée.

Unity a écarquillé les yeux. Diana n'aurait su dire si c'était à cause de l'information qu'il venait de lui livrer ou parce qu'il parlait leur langue.

— Le centième ! s'est-elle exclamée. Mais alors, vous avez connu les débuts du Führer ?

Le vieil homme lui a souri avec bienveillance.

— En effet, et il a parcouru beaucoup de chemin depuis. C'est une joie de voir deux belles Anglaises fêter notre Führer. J'espère que vous diffuserez son message chez vous !

Il leur a porté un toast, et elles ont bu quelques gorgées de bière avec lui et ses compagnons, un mélange hétéroclite d'ex-soldats et de ménagères bavaroises.

— Où logez-vous ? leur a ensuite demandé le vétéran nazi.

Lorsque Unity a exposé leur situation, la tablée a poussé des cris d'effroi à l'idée que les deux jeunes femmes dorment dans la rue pendant toute la durée du *Parteitag*. Le vieil homme a tiré un calepin et un crayon de sa poche. Après avoir griffonné quelques mots sur une page, il a arraché celle-ci et leur a indiqué un petit bâtiment au toit de tuiles rouges :

— Présentez-vous au service de l'hébergement avec ce papier. Ils vous trouveront quelque chose.

Unity a alors prononcé un flot de paroles en allemand – probablement des remerciements chaleureux, car tous les occupants de la table l'ont tour à tour serrée dans leurs bras.

Diana se remémore cette rencontre providentielle tout en faisant ses bagages. Les jours suivants, en plus d'assister à des discours grisants sur les réussites du chancelier en matière d'emploi, d'agriculture, d'industrie et d'infrastructures (toutes choses que la presse britannique a passées sous silence, préférant s'appesantir sur l'antisémitisme nazi), elle a côtoyé plusieurs membres influents du parti. Rentrée à Munich, elle a reçu ses nouvelles connaissances dans le petit appartement de Ludwigstrasse. Tout cela pour M et pour l'avenir de l'UFB. Avec l'appui du IIIe Reich, rien ne sera impossible à son amant.

À la réflexion, son succès n'est pas étonnant. Quand elle se fixe un objectif, elle met tout en œuvre pour l'atteindre. Il n'y a rien qu'elle désire plus que d'assurer sa place auprès de M. Pour l'avoir tout à elle, elle lui offrira ce que personne d'autre ne peut lui donner, et surtout pas l'horrible Baba. Elle lui servira le soutien de Hitler sur un plateau.

18

Unity

4 octobre 1934
Munich, Allemagne

À la fin du dernier cours, Unity se lève d'un bond. Dépassant les autres élèves, pensionnaires ou externes, de la baronne Laroche, elle dévale l'escalier et se rue vers la sortie.

— *Fräulein Mitford !* tonne une voix familière derrière elle.

Dans son for intérieur, Unity a surnommé sa propriétaire « la geôlière ».

Elle se retourne vers la ravissante maison familiale, située dans un quartier autrefois aristocratique. La baronne, presque ruinée par la Grande Guerre, en tire un revenu en y accueillant des jeunes filles de la bonne société venues parfaire leur éducation à Munich. Depuis qu'elle a assisté au dernier *Parteitag* avec Diana, Unity sait que son avenir est ici. Mais il a fallu que Muv et Farve autorisent Decca à passer une année à Paris pour qu'elle ose plaider sa cause et obtienne d'eux la même faveur, nonobstant la haine que leur père voue aux « Boches ». Dieu merci, sa cadette a tenu sa promesse de ne pas divulguer son engagement en faveur du fascisme. Leurs parents s'imaginent donc qu'elle partage son temps entre l'étude de la langue et de la culture allemandes et des activités mondaines sous l'œil vigilant d'un chaperon. Une fois de plus, Muv était soulagée de pouvoir se décharger d'elle.

— *Ja, Frau Baum ?* répond-elle en inclinant légèrement la tête en signe de respect.

Ces marques de déférence revêtent une importance cruciale en Allemagne ; c'est une des premières leçons qu'elle a apprises.

Frau Baum a l'expression sévère de celle qui doit surveiller un troupeau de jeunes filles surexcitées.

— Vous êtes sortie sans en demander la permission ni dire où vous comptiez vous rendre.

— *Bitte verzeih mir, Frau*, s'excuse Unity, les yeux fixés au sol. Cela ne se reproduira pas.

— Vous m'en voyez heureuse, *Fräulein Mitford.* Maintenant, voulez-vous bien me dire où vous allez ?

Frau Baum n'est pas aussi facile à duper que Muv et Farve, mais Unity ne manque pas de ressources. Elle se frappe le front comme si elle n'en revenait pas de sa distraction. En réalité, elle préfère ne pas dévoiler sa destination, qui est la même chaque jour. Pour s'être trop souvent engluée dans ses mensonges, elle a pris la résolution de dire la vérité toutes les fois que c'était possible, quitte à la travestir un peu.

— Je vais me promener à l'Englischer Garten avec mon amie Ariel Tennant et son cousin, Derek Hill.

Cette sortie figure bien parmi les projets de Unity, mais pendant le week-end.

Frau Baum la toise avec une lueur incrédule dans le regard. Unity s'attend à ce qu'elle lui ordonne de rentrer quand une voix stridente s'élève à l'intérieur de la pension, appelant la redoutable gardienne.

Enfin libre, Unity descend la rue pavée en courant presque. Elle ne ralentit qu'à l'approche de l'Osteria Bavaria pour reprendre son souffle et essuyer son rouge à lèvres. Il ne serait pas convenable qu'elle arrive échevelée, hors d'haleine et arborant un maquillage voyant. Ce serait contraire à l'image de la parfaite Aryenne qu'elle entend incarner – une blonde athlétique, aux joues rosies par le grand air et l'exercice, aux manières policées. Les Allemands ont un mot pour qualifier son genre de beauté : *auffallend*. Même sa taille leur semble attirante, figurez-vous !

Unity atteint l'angle du bâtiment de quatre étages qui abrite le restaurant et en tire la porte juste comme la pendule à l'entrée sonne 14 heures. Bien que Frau Baum l'ait retardée, elle ne pouvait arriver à un meilleur moment. Passé le coup de feu du déjeuner, l'établissement confortable, aux murs lambrissés et décorés d'aquarelles, n'accueille plus que quelques clients qui s'attardent pour savourer leur café. Au fond de la salle, derrière une demi-cloison en bois, le personnel dresse une table pour huit avec de l'argenterie et des assiettes en porcelaine fine.

Il va venir, pense Unity, parcourue d'un frisson.

Après avoir salué le propriétaire, Herr Deutelmoser, qui a pris l'habitude de la voir chaque jour à la même heure, elle s'installe près de la porte. Elle commande un café à Ella, l'une des serveuses, puis tire de son sac à main le roman de Rudolf G. Binding, *Der Opfergang*. Elle lit en alternance des ouvrages célébrant les différentes régions de l'Allemagne ou promouvant les idéaux nazis, tel *Un peuple sans espace*, de Hans Grimm, et une édition classique aux pages cornées des poèmes de William Blake. Elle place sa tasse et sa soucoupe de manière à faire face à la porte et tente de s'immerger dans sa lecture.

Soudain, la sonnerie du téléphone brise le silence. Herr Deutelmoser décroche et adresse un signe de tête à ses employés, qui s'affairent aussitôt autour de la table pour huit, allumant des bougies, remplissant les verres, disposant des corbeilles de pain au centre et des menus à côté des assiettes. Puis ils se mettent au garde-à-vous derrière les chaises, prêts à servir leur hôte de marque.

Les journées du Führer obéissent à une routine bien établie. À Munich, il réside au 16 Prinzregentenplatz, une place située dans un quartier aisé. Il déjeune tard, presque toujours à l'Osteria Bavaria. Un cortège de Mercedes noires le dépose devant l'entrée avec sa garde rapprochée et son entourage, qui ne varie guère d'un jour à l'autre. Il y a là son photographe officiel, Heinrich Hoffmann, le chef de son service de presse, Otto Dietrich, celui de la chancellerie du Parti nazi, Martin Bormann, et plusieurs assistants. Unity a réussi à grappiller ces informations et à s'assurer une place régulière près de son cher Hitler à force d'insistance et de pourboires distribués à bon escient.

Un rugissement de moteurs lui parvient de la rue. Des portières claquent, puis une main gantée de noir pousse la porte du restaurant. Deux officiers armés ouvrent la voie à Hitler, qui apparaît enfin, tenant la laisse de son berger allemand dans une main et une badine dans l'autre.

Unity peut à peine respirer. Le Führer produit toujours le même effet sur elle. Son uniforme impeccable, ses cheveux noirs peignés avec soin, son regard gris-bleu perçant la font chavirer. Malgré son trouble, elle garde les yeux fixés sur lui quand il passe devant elle.

Dès que ses hommes et lui sont attablés, elle feint de se replonger dans son livre. Elle en tourne lentement les pages pendant les deux heures que dure leur repas, tout en observant Hitler à la dérobée. Certaines de ses admiratrices le traquent et guettent ses apparitions, allant jusqu'à s'offrir à lui, nues sous leur manteau. Elle sait par Hanfstaengl à quel point il déteste ce comportement. Pour rien au monde elle ne voudrait qu'il l'associe à ces femmes sans pudeur. Aussi, elle fait montre de patience et de retenue, dans l'espoir qu'il finira par la remarquer.

Ella, la gentille serveuse à la chevelure grisonnante, en robe traditionnelle bavaroise, s'approche d'elle. Mais au lieu de lui proposer un supplément de café ou une pâtisserie, elle se penche et lui glisse à l'oreille :

— J'ai pensé que vous voudriez savoir, Fräulein.

— Quoi donc, Frau ?

Unity ose à peine poser la question. Ella revient juste de la table de Hitler. Se pourrait-il qu'elle lui apporte un message de celui-ci ?

— Aujourd'hui, le Führer m'a demandé qui vous étiez. Cela fait plusieurs fois qu'il vous voit ici. Quand je lui ai répondu que je ne connaissais que votre prénom, un de ses assistants a dit qu'à son avis vous étiez une jeune Anglaise venue étudier à Munich.

— Le Führer a-t-il dit quoi que ce soit d'autre ? A-t-il souhaité me rencontrer ?

— Non, mais ses yeux ont brillé en apprenant que vous étiez anglaise.

Unity presse brièvement la main d'Ella.

— Merci, lui souffle-t-elle. Vous ne pouvez pas savoir comme c'est important pour moi.

Quel dommage que Diana soit repartie pour Londres ce matin même ! Durant son séjour à Munich, elle a attendu à cette table avec elle qu'une occasion comme celle-ci se présente. Unity a la sensation grisante d'avoir fait un grand pas vers la réalisation de son rêve, et elle ne doit son succès qu'à elle-même.

19

Nancy

14 novembre 1934
Londres, Angleterre

Le Palm Court du Ritz baigne dans la douce clarté qui tombe du haut plafond de verre. Pas étonnant que les dames de la bonne société préfèrent se retrouver ici plutôt qu'à leurs clubs pour prendre le thé. Sous cet éclairage flatteur, même la plus croulante des matrones semble considérablement plus jeune et plus aimable que le laisseraient penser son âge ou sa réputation. Mon regard circule de table en table entre les colonnes aux chapiteaux dorés et les frondes élégantes des palmiers, repérant derrière leurs sourires de façade les harpies capables des pires rosseries en coulisse.

La lumière tamisée estompe-t-elle les ridules que je commence à distinguer au coin de mes yeux et autour de ma bouche dans le miroir ? Peter se plaît à commenter ces symptômes de vieillissement quand il a un coup dans le nez. Je passe machinalement un ongle peint en rouge sur les minces plis qui bordent ma lèvre supérieure.

Mais ce n'est pas le moment de m'appesantir sur les disputes et les heures les plus sombres de ma vie conjugale. Aujourd'hui, je dois me montrer drôle et légère. Sans cela, je ne parviendrai jamais à convaincre Diana.

Juste comme je pense à elle, ma ravissante sœur fait son entrée. Si les clientes du Palm Court feignent de ne pas l'avoir remarquée, l'ambiance change aussitôt du tout au tout. C'est comme si une déesse descendue du ciel s'avançait parmi nous sur le sol en marbre, nous éclipsant toutes de son éclat immarcescible. Dans son sillage, toutes s'efforcent fébrilement d'arranger leur toilette ou leur coiffure. M'habituerai-je jamais à l'effet que Diana produit sur les autres… et sur moi ?

Je me lève pour l'embrasser.

— Tout se passe bien avec Prodd ? demande-t-elle en pressant un quartier de citron au-dessus de la tasse dans laquelle la serveuse vient de verser du thé.

Cette opération délicate lui évite de me regarder en me posant sa question. Espère-t-elle ainsi me pousser aux confidences ? À la réflexion, je doute qu'elle souhaite connaître toute la vérité. Si elle soupçonne mon infortune, elle ne manifeste pas plus de curiosité que cela.

Je formule ma réponse de manière à m'épargner des aveux larmoyants :

— Tu sais ce qu'on dit : si le bonheur te fuit, essaie au moins de t'amuser. Dieu merci, les causes d'amusement ne manquent pas.

— Tu vois toujours les garçons ?

Je devine qu'elle veut parler de Harold, John, Evelyn et des autres Bright Young Things, même si je crains que notre éclat n'ait un peu terni depuis l'époque glorieuse où l'on nous surnommait ainsi. Tous fréquentaient assidûment le domicile de Diana, jusqu'à ce que son amant fasse partie du décor. Les Bright Young Things et Mosley sont comme l'eau et l'huile : impossible de les mélanger.

— Oui, en dépit des efforts de Prodd. Rose Cottage est devenu leur deuxième maison.

Je bois une gorgée de thé pour masquer ma gêne d'avoir exagéré. Pourtant je ne peux m'empêcher d'ajouter :

— C'est peut-être pour cela que Prodd ressent le besoin de s'absenter aussi souvent.

Mon rire sans joie me vaut un regard soucieux de Diana.

— Tu es sûre que ça va, Naunce ?

Je redresse les épaules et me force à sourire.

— Mais oui !

Je refuse la pitié d'une femme qui inspire elle-même la pitié. La liaison de Mosley avec sa belle-sœur est un secret de Polichinelle. Quand bien même il ne s'agirait que d'une rumeur, ce genre d'incartade suscite une réprobation unanime, et beaucoup de ceux qui hier encore jetaient l'opprobre sur Diana éprouvent maintenant de la compassion à son endroit.

Ma sœur acquiesce, feignant de me croire. Je ne suis pas dupe non plus de mon mensonge. Mais si je m'ouvre à elle en lui montrant combien je me sens seule et troublée, je ne pourrai jamais accomplir la tâche qui m'attend. Je m'empresse de détourner la conversation :

— Comment va Mosley ?

— Très bien, répond-elle en baissant les yeux.

Ses joues se teintent d'un rose charmant. L'emprise que cet homme exerce sur elle après plus de deux ans et malgré ses supposées infidélités ne laisse pas de me surprendre.

Pour ma part, je ne puis pardonner à Peter ses regards baladeurs, surtout depuis que je soupçonne ses mains, et peut-être d'autres parties de son anatomie, de s'adonner également au vagabondage.

— Tes voyages en Allemagne ne le dérangent pas ?

J'ai perdu le compte des séjours de Diana à Munich rien que cette année. Qu'est-ce qui peut bien l'attirer là-bas ? Elle a pourtant plus que sa dose quotidienne de fascisme à la maison… Cette question alimente mes conversations avec mes sœurs et avec Tom, qui manifestait autrefois une loyauté sans faille envers Diana. Est-ce Unity qui requiert sa présence ? Si Muv a toujours traité ses responsabilités parentales au mieux avec désinvolture, Diana se comporte presque comme une mère avec notre cadette. C'est d'autant plus étonnant qu'elle n'avait guère montré d'intérêt pour ce rôle jusqu'à récemment.

— Bien au contraire ! répond-elle sans donner de précisions.

Pamela a parié 50 pence avec moi que Diana ne fournirait aucune explication à ses virées munichoises. Je dois avouer que son silence me blesse. En dépit de nos petites jalousies et rivalités passées, je me suis toujours sentie plus proche d'elle que d'aucune de mes autres sœurs, et ce malgré sa relation particulière avec Tom.

Je n'ose pousser ma curiosité trop loin, craignant qu'elle ne se referme. Mais un léger coup de sonde ne peut pas faire de mal.

— Parce qu'il approuve leur objet ?

Au lieu de répondre, elle trempe les lèvres dans sa tasse. Son expression est aussi impénétrable que celle du Sphinx. Tous mes efforts pour percer son mystère ne serviraient qu'à l'enfouir un peu plus dans les sables du désert.

Je poursuis comme si de rien n'était :

— En tout cas, c'est très chic de ta part de veiller sur Bobo. Qui sait de quoi elle serait capable, livrée à elle-même ?

Nous rions alors ensemble en évoquant quelques-unes des extravagances de Unity, dont une apparition remarquée de Ratular au bal clôturant sa saison de débutante. Muv a dû pousser un soupir de soulagement en l'expédiant chez la baronne Laroche.

Nous nous taisons le temps que la serveuse remplisse nos tasses. Lorsqu'elle s'éloigne, Diana me dit d'un air sérieux :

— Je te trouve un peu dure avec Bobo dans *Charivari*.

Nous y voilà ! Si elle m'a donné rendez-vous aujourd'hui, c'est pour parler de mon dernier roman. Je les ai autorisées, Unity et elle, à le lire avant de l'envoyer à l'éditeur.

— Comment cela ?

Malgré mon air innocent, je sais très bien à quoi elle fait allusion. Je me suis préparée mentalement à cette entrevue, car je me vois mal publier le livre sans leur aval.

— Pas de ça avec moi, Naunce ! Le personnage d'Eugenia Malmains est ni plus ni moins une caricature de Unity.

— J'admets certaines similitudes. Malgré cela, Bobo semble avoir apprécié ma description d'Eugenia.

Je m'abstiens toutefois de mentionner le flot de vitriol que m'a valu mon évocation générale du fascisme.

— Parce que tu la présentes comme une jeune femme séduisante. Et tu sais aussi bien que moi que Unity est avide de compliments. Cette pointe de flatterie a obscurci son jugement sur la manière dont tu dépeins son allégeance au fascisme.

— Je n'ai pas eu à charger le trait. L'admiration de Unity pour Hitler frise le fanatisme. Pour un peu, elle baiserait la trace de ses pas. Elle est folle à lier !

J'ai élevé inconsciemment la voix, attirant l'attention des clientes les plus proches.

Je reprends plus bas :

— Comparée à notre sœur, Eugenia est un modèle de modération.

En la voyant se raidir, je devine que Diana va se lancer dans un discours sur Mosley, la véritable raison de ses objections à mon roman. Si je doute qu'elle se soucie beaucoup de l'image que je donne de Unity, la réputation de son amant revêt une importance cruciale pour elle, même si j'ai veillé à le ménager.

— Je n'apprécie pas non plus la manière dont tu traites ce pauvre M, finit-elle par avouer.

— Il n'est pas question de Mosley dans *Charivari*. Je n'emploie nulle part le mot « fascisme » ni aucun autre terme qui pourrait faire penser à l'UFB.

— Ne me prends pas pour une idiote, Naunce. Ton Capitaine Jack est le portrait à peine déguisé de M, cela crève les yeux. Même le nom de son mouvement, l'Union Jackshirts, fait allusion aux Chemises noires !

— Je te répète que *Charivari* ne parle pas de Mosley. C'est une comédie sur l'amour, le mariage et l'argent. La montée du fascisme n'est qu'une toile de fond.

— Je te rassure, tu as atteint ton but : tu réussis à le ridiculiser sans le nommer.

La colère couve en elle, mais elle parvient encore à la contenir. Pour combien de temps ?

— Je te demande instamment de renoncer à publier ce livre, ajoute-t-elle sur un ton glacial.

Comment peut-elle exiger de moi un tel sacrifice ? Elle sait que Peter et moi marchons en permanence sur la corde raide qui sépare une impécuniosité socialement acceptable de l'indigence. Le moindre faux pas peut nous précipiter dans la déchéance. Sans parler de l'hypocrisie de sa requête : je n'aurais pas le droit d'exprimer mes opinions, alors que son amant et elle ne se privent pas de prêcher leur évangile fasciste ? Pire, elle ne trouve rien de choquant à ce que Decca propage ses idées communistes, pourtant à l'opposé des siennes, mais elle m'interdit de dire *ma* vérité ? Qu'y a-t-il de répréhensible à utiliser la seule arme dont je dispose, l'écriture, pour tenter de faire réfléchir le public ?

J'abats alors ma dernière carte :

— Il est vital pour moi que ce livre paraisse. Peter et moi avons absolument besoin de cet argent. Je n'ai pas un ex-mari qui me verse 2 500 livres par an.

Diana tressaille. Mon allusion à la pension généreuse que lui accorde Bryan a fait mouche. Et encore, je me suis retenue de mentionner le soutien financier supplémentaire que lui apporte Mosley. La braquer contre moi irait à l'encontre de mes intérêts. Je m'empresse donc de tempérer la cruauté de mes propos :

— En supposant que le lecteur fasse le lien entre Mosley et le Capitaine Jack, il n'y verra qu'une innocente plaisanterie. Je te parie que mon livre gagnera plus de partisans à la cause fasciste qu'il ne lui en enlèvera. Mais si tu as des objections sur certains passages, je t'invite à me les signaler. Je les supprimerai dans la mesure du possible, dis-je avec un sourire conciliant.

Le visage toujours fermé, Diana se lève et enfile ses gants de cuir un doigt après l'autre.

— J'accepte ta proposition, Nancy. Je vais relire ton manuscrit. Mais si je trouve quoi que ce soit à y redire, je serai intransigeante.

20

Diana

14 novembre 1934
Londres, Angleterre

Dans le désordre de ses draps, Diana ne sait plus où finit son corps et où commence celui de M. Lorsqu'ils reposent ainsi, rassasiés et trempés de sueur, elle regrette de ne pouvoir suspendre le temps. Ce sont ces moments d'extase et de fusion qui la lient à cet homme. Elle aimerait les retenir à jamais, comme des papillons dans une vitrine, mais M ne se laissera pas capturer aussi aisément.

— Que t'a dit Nancy ? demande-t-il, encore essoufflé.

— Que nous n'avons rien à craindre, répond Diana, le visage enfoui contre sa poitrine. Que le fascisme n'est pas le sujet de son roman, et que n'importe qui comprendra qu'il s'agit d'une farce.

C'est plus fort qu'elle, plus fort même que ses sentiments pour M : quand il est question de Nancy, son instinct protecteur reprend aussitôt le dessus. Elle ne croit pas aux gages que lui a donnés sa sœur. La plupart des lecteurs, connaissant leurs liens de parenté et ses relations avec Mosley, supposeront que sa peinture de celui-ci et de l'UFB se fonde sur la réalité. Pourtant, elle lui conserve toute sa loyauté.

— Tu y crois ? reprend M.

— J'aimerais.

— Dans ce cas, nous devons agir. L'attaquer pour diffamation. Comme le *Daily News* après ce maudit article qui m'accusait de stocker des armes afin de renverser le gouvernement.

Diana ne répond pas immédiatement. Elle a appris à se faire désirer. Qu'il s'agisse de ses paroles, de sa présence ou même de son corps, M n'apprécie jamais autant ce qu'elle lui offre que lorsqu'il a dû attendre pour l'obtenir.

— Mmm…, marmonne-t-elle en traçant des cercles du bout des doigts sur la poitrine de son amant. Tu enverrais un mauvais signal à tes partisans en intentant un procès à une œuvre de fiction… surtout en n'ayant aucune chance de le gagner.

Elle aurait simplement pu invoquer le fait que Nancy est sa sœur, mais elle sait que cette tactique sera plus efficace.

Il ferme les yeux et pousse un soupir de plaisir quand ses caresses se font plus insistantes.

— Comme toujours, tu as raison, ma déesse exquise… Néanmoins, il faut empêcher Nancy de nous nuire.

— Elle m'a proposé de supprimer les parties du roman que nous jugerions offensantes avant de le remettre à son éditeur.

— Vraiment ? dit-il, impressionné. Comment t'es-tu débrouillée pour lui arracher cette concession ?

— J'ai menacé de ne plus jamais lui adresser la parole si elle refusait.

Diana n'envisage pas la vie sans l'esprit mordant et la franche camaraderie de Nancy. Mais elle consentirait à ce sacrifice pour M. Tout ce qu'elle regrette, c'est qu'il ne lui rende pas la pareille en rompant avec Baba.

— Tu es merveilleuse, lui murmure-t-il à l'oreille.

— C'est ce qu'ils disent tous, plaisante-t-elle en l'enfourchant.

Ils s'embrassent. Le contact de sa langue, de ses mains sur ses seins lui fait perdre la tête. Mais soudain, il s'écarte d'elle.

— Pas maintenant, grogne-t-il en s'asseyant. Ce n'est pas que je n'en ai pas envie, mais je ne peux pas.

Diana n'en croit pas ses oreilles. Elle aurait pu admettre qu'il annule leur rendez-vous au dernier moment, mais là, alors qu'elle s'offre à lui ? Ramenant le drap sur elle, comme si un voile de soie rose pêche pouvait atténuer l'affront qu'elle vient de subir, elle roule à l'autre bout du lit.

Elle se débat quand il tente de la retenir. Un corps-à-corps s'engage, et alors qu'elle est prête à lui céder, il déclare :

— Tu sais que je dois retrouver Baba dans moins d'une heure.

Diana se raidit. Quelques mois plus tôt, elle a découvert qu'il avait entamé une liaison avec son ex-belle-sœur. Il a prétendu agir par nécessité, pour que celle-ci continue d'assurer l'entretien des enfants qu'il a eus avec Cimmie, et que cela ne changeait rien à ses sentiments pour elle. Elle a réussi à digérer cette trahison en se persuadant que Baba n'occupait qu'une place marginale dans la vie de Mosley. Mais qu'il ose repousser ses avances pour mieux satisfaire sa rivale… La colère qui couvait en elle – une colère dirigée contre l'autre femme, non contre lui – enfle brusquement, menaçant de ruiner ses efforts pour rester digne.

— Je t'en prie, Diana, soupire-t-il. C'est la dernière fois, promis… Je ne t'en ai pas parlé jusqu'ici, mais l'aide de Baba n'est pas uniquement pécuniaire.

— C'est-à-dire ? s'enquiert Diana sur un ton cassant.

— Elle est la maîtresse du comte Dino Grandi, l'ambassadeur de Mussolini à Londres. Elle assure ainsi à l'UFB le soutien du Duce.

Cet aveu doit lui coûter encore plus que d'admettre sa dépendance financière envers sa belle-sœur. Lui qui veut toujours sembler fort, ne devant ses succès qu'à lui-même… Le fait que Baba lui permette de resserrer ses liens avec Mussolini – lequel, a-t-elle appris récemment, verse des subsides non négligeables à l'UFB – remplit Diana d'une ironie amère. Elle non plus ne ménage pas ses efforts pour lui garantir le soutien d'une puissance étrangère.

Mais elle garde ses griefs pour elle. Plus tard, elle réfléchira et échafaudera des plans. Son silence et son calme apparent cachent une volonté d'acier. Avec cet acier, elle fabriquera une arme qui lui assurera la pleine possession de M.

21

Unity

14 novembre 1934
Munich, Allemagne

Unity tape du pied en rythme avec la pendule. Au début, cette synchronicité était fortuite, mais au fil des minutes elle est devenue intentionnelle. Elle ne veut pas paraître trop impatiente de voir le Führer. Sachant combien il déteste les dévergondées qui le suivent partout en minaudant, elle tient à apparaître comme leur opposée – en d'autres termes, comme Diana.

En réalité, elle a les nerfs à vif, comme chaque fois qu'elle attend à l'Osteria Bavaria. En veillant à ne pas renverser de café, elle porte sa tasse à ses lèvres sans cesser de taper du pied. Si elle renonce à ce mouvement répétitif, elle craint de le remplacer par un tic encore plus compulsif et embarrassant. Comme le mois dernier, lors de la visite de Muv et Farve.

Elle les a amenés à l'Osteria Bavaria pour leur permettre d'apercevoir Hitler. Bien que celui-ci ne lui ait jamais adressé la parole, il ne manque jamais de la saluer de la tête en passant devant sa table. Elle espérait que ce comportement de gentleman les conduirait à réviser leur jugement sur le nazisme. Si Muv n'a rien trouvé à redire à la situation politique en Allemagne – à ses yeux, tout vaut mieux que le communisme –, Farve s'est montré encore plus virulent que d'ordinaire, échauffé par les actions de Hitler depuis son accession au pouvoir, dont la Nuit des longs couteaux, et par les rumeurs sur le traitement réservé aux Juifs.

Cet après-midi-là, pour la plus grande joie de Unity, Hitler ne s'est pas contenté d'un signe de tête : il l'a saluée d'une légère inclinaison du buste. Dans son émotion, elle s'est levée d'un bond. Heureusement, le Führer s'était déjà éloigné. S'il l'avait vue réagir d'une manière aussi excessive, ses chances d'être conviée un jour à sa table auraient été sérieusement compromises.

Unity rougit au souvenir de son geste impétueux. Elle se replonge dans son livre quand Ella s'approche d'elle, bien qu'elle vienne tout juste de lui resservir du café. Unity l'accueille avec un sourire poli. Ella feint alors de remplir sa tasse et lui murmure :

— Je l'ai entendu dire à l'un de ses gardes de vous inviter à le rejoindre.

Même si Unity a rêvé de cet instant un nombre incalculable de fois, elle n'en croit pas ses oreilles. Elle se recoiffe discrètement et se retourne pour frotter ses dents au cas où elles seraient tachées de rouge à lèvres. Comme elle aimerait être telle que Nancy la décrit dans *Charivari*, sous les traits d'Eugenia Malmains !

Une minute plus tard, un SS en uniforme noir vient se camper près d'elle et lui dit :

— *Guten Nachmittag, Fräulein Mitford.* Le Führer vous fait demander si vous acceptez de vous joindre à lui pour déjeuner.

— *Ja,* répond-elle d'une voix tremblante. *Ich würde es mögen. Danke.*

Elle ramasse son livre, son sac, et suit le SS jusqu'à la table de Hitler. Elle a si souvent imaginé cette scène que c'est comme si elle l'avait déjà vécue. Pas à pas, une lame de parquet après l'autre, elle se dirige vers les hommes qui entourent presque quotidiennement le Führer : Heinrich Hoffmann, Martin Bormann et Otto Dietrich, son aide de camp Julius Schaub, ses médecins personnels Theodor Morell et Karl Brandt, et son garde du corps Wilhelm Brückner. Hitler, souriant, se lève pour accueillir Unity et l'invite à s'asseoir près de lui.

Elle s'efforce de ne pas croiser son regard bleu-gris. Elle découvre avec une stupeur mêlée d'admiration son teint clair, ses cheveux bruns peignés avec soin, ses mains blanches et fines. Elle se tait, attendant qu'il parle le premier.

— Nous discutions d'opéra, Fräulein Mitford, dit-il. Avez-vous une œuvre préférée ?

Unity doute que la conversation ait tourné autour de la musique avant son arrivée. Plus certainement, il cherche à s'assurer de la conformité de ses goûts avec le dogme aryen. Elle ne le décevra pas – pas sur ce sujet du moins.

— *Mein Führer*, il y a beaucoup de compositeurs allemands de grand talent dont j'admire les opéras, tels Mozart et Beethoven. Mais j'avoue que l'œuvre de Richard Wagner tient une place toute particulière dans mon cœur, surtout son cycle de *L'Anneau du Nibelung*.

Hitler se redresse, visiblement enchanté.

— Vous appréciez Wagner ? C'est rare, chez les jeunes femmes de votre âge.

Unity se sent encouragée à poursuivre. Elle a répété si souvent cet échange dans sa tête que les mots lui viennent sans réfléchir.

— Oh oui, *mein Führer* ! Voyez-vous, mon grand-père, Bertram Mitford, était un ami de la famille de Richard Wagner, en particulier de son fils, Siegfried. Aussi ai-je grandi avec la musique de ce génie, que j'ai souvent écoutée en compagnie de ses proches.

Quelle libération de pouvoir partager son enthousiasme avec quelqu'un qui la comprend ! Pas comme ces garçons avec lesquels on l'a forcée à danser pendant sa saison de débutante, qui la regardaient de travers dès qu'elle leur avouait qu'elle préférait l'opéra au jazz.

Un silence inquiétant règne maintenant autour de la table. A-t-elle dit quelque chose de mal ? Elle avait pourtant toutes les raisons de supposer que sa réponse plairait au Führer, mais sa certitude vacille face à ces visages fermés. Wagner serait-il tombé en disgrâce ? Elle ne peut croire que Hitler, qui a longtemps considéré les opéras du compositeur comme la plus pure expression de l'idéal germanique, ait changé aussi radicalement d'avis.

— Votre famille était proche des Wagner ? l'interroge-t-il en fixant sur elle ses yeux perçants.

— *Ja, mein Führer.*

Elle lui lance un regard timide à travers ses cils, comme elle l'a parfois vu faire à Diana. Elle s'est entraînée à l'imiter devant le miroir, seule dans sa chambre de la pension Laroche.

— En fait, ajoute-t-elle, mes grands-parents ont choisi mon deuxième prénom en hommage à Herr Wagner.

Hitler se penche vers elle jusqu'à ce que leurs mains se touchent presque. L'attitude des autres convives traduit la même attention aiguë. Un frisson parcourt Unity. Apparemment, son avenir dépend pour beaucoup de sa réponse à la prochaine question du Führer.

— Ce deuxième prénom, quel est-il ? demande-t-il.

— Valkyrie. En l'honneur de la deuxième partie du cycle de *L'Anneau*, la préférée de mon grand-père.

Elle relève alors les yeux et les plonge dans ceux de Hitler, éprouvant la sensation exquise de ne faire qu'un avec lui.

Je pourrais mourir heureuse maintenant, pense-t-elle.

— *Die Walküre*, murmure-t-il. Les vierges guerrières qui emmenaient les combattants les plus valeureux au Valhalla. Elles étaient réputées porter chance aux héros qu'elles choisissaient.

— Oui, *mein Führer*.

Hitler lui effleure la main, le regard brillant.

— Peut-être allez-vous me porter chance, Fräulein Unity Valkyrie Mitford. C'est le destin qui vous a mise sur ma route.

22

Nancy

28 juin 1935
Londres, Angleterre

À quoi bon avoir supprimé trois chapitres entiers de mon roman si Diana persiste dans sa colère ? Son amant et elle ont scruté mon manuscrit à la loupe en raturant presque chaque page de corrections au stylo rouge. Ils s'attendaient à ce que je cède à leurs exigences, quand bien même celles-ci rendaient le texte impubliable et nous auraient privés, Peter et moi, d'une avance dont nous avons désespérément besoin. Habituée à toujours obtenir ce qu'elle désire, ma sœur brandit ses revendications comme un glaive de justice.

Une voix me tire soudain de mes réflexions :

— Nancy ?

Quand je lève les yeux, je découvre John Betjeman, en tête de la file des lecteurs venus assister au lancement de *Charivari*.

— Ma vieille amie accepte-t-elle de me dédicacer son nouveau roman ?

— Seulement si tu promets de ne plus jamais la traiter de « vieille » ! Où étais-tu passé, John chéri ? Cela fait une éternité !

— Si ton beau mari et toi n'étiez pas allés vous enterrer loin de toute civilisation, nous nous verrions plus souvent !

J'éclate de rire. Mes amis me manquent terriblement, en particulier Evelyn. J'ai menti à Diana en prétendant que Rose Cottage était devenu leur seconde maison. Ils trouvent Chiswick trop éloigné du centre de Londres, et aucun d'eux n'a envie d'écouter Peter discourir pendant des heures sur les cabines de péage quand il est ivre. C'est pourquoi je ne les vois plus qu'en de rares occasions.

— C'est toi qui dis cela ? Au fait, où est Penelope ?

Il y a deux ans, John a épousé en secret Penelope Chetwode, la ravissante fille au caractère bien trempé d'un field marshal ayant servi en Inde. Depuis, ils se sont installés à la campagne, dans le Berkshire ou l'Oxfordshire (je ne me rappelle jamais lequel).

— Oh ! Tu connais Pen : chaque fois qu'elle vient à Londres, elle court les événements culturels. Je crois qu'elle assiste à une causerie sur l'Inde. Quoi que ce soit, il y est forcément question de l'Inde !

John me tend un exemplaire de *Charivari*, jette un coup d'œil par-dessus son épaule et déclare d'une voix qui porte dans toute la librairie :

— Il n'y en aura pas pour tout le monde : le premier tirage est déjà presque épuisé !

Je pouffe en voyant des clients qui flânaient dans les rayons se joindre promptement à la file qui s'allonge derrière John.

Tandis que je rédige sa dédicace, il se penche vers moi et me murmure :

— J'ai ouï dire que ce livre avait donné lieu à des bisbilles familiales.

— Ah oui ?

Bien qu'impatiente d'en savoir plus, je demeure impassible.

— Oh oui ! On raconte que la belle Diana est fumasse parce que tu t'y paies la bobine de son Mosley.

John a le même sourire que moi, paraît-il, quand je m'apprête à colporter une nouvelle particulièrement croustillante. Je me demande bien d'où il tient ses informations. Toutefois, j'ai prévu une parade. Sur le ton de la confidence, je m'empresse de semer dans son esprit la petite graine d'une contre-rumeur :

— Ce genre de ragots fait une bonne publicité, non ?

John étouffe une exclamation.

— Tu veux dire que tu as toi-même fait courir ce bruit ? Quel machiavélisme !

— Tu me flattes.

Nos regards se croisent alors, et pour la première fois depuis des mois j'ai la sensation d'être vue telle que je suis vraiment. Ça ne manque pas de sel, sachant que je viens de lui mentir pour l'éloigner de la vérité.

Au même moment, Peter s'approche de nous d'un pas nonchalant.

— John ! C'est bon de te revoir, mon vieux. Je te sers un verre ? Nous avons improvisé un bar.

Il indique de la tête les bouteilles sur l'étagère où il prépare des cocktails. Pour une fois, il est utile à quelque chose, même s'il agit d'abord pour son propre confort.

— Petit malin, va ! répond John avec un clin d'œil.

En observant mon mari en train de bavarder avec un vieil ami, je ne peux m'empêcher de le trouver très beau. Lui qui promettait tant, comment a-t-il pu laisser son penchant pour l'alcool, les femmes et la paresse gâcher son talent ? Ces derniers mois, j'ai réussi à canaliser la honte et la colère que m'inspirait son comportement en créant le personnage de Jasper. J'ai poussé l'ironie jusqu'à lui dédier mon roman. Je lui devais bien cela ; la plupart des opinions scandaleuses que professe Jasper sortent de sa bouche. J'ai l'impression de me trouver à un carrefour, mais aucune des voies qui s'offrent à moi ne paraît très attrayante.

Avec un soupir, je reporte mon attention sur la file qui s'étire devant moi. Aucun Mitford ne s'est déplacé. Certes, je n'espérais pas la venue de Diana ou de Unity. L'absence de nos parents ne m'étonne pas non plus, car notre mère a pris le parti de Diana dans le conflit qui nous opposait au sujet de *Charivari*. À 15 ans, Debo est toujours sous leur autorité. Mais Pamela ? Est-elle trop occupée ou trop éprise de Derek Jackson, le physicien excentrique et jockey renommé qu'elle fréquente, pour m'honorer de sa présence ? Jackson adhère aux thèses fascistes avec tant d'ardeur qu'il a fini par convertir ma sœur. Et Decca ? Malgré son jeune âge, elle ne se plie qu'à ses propres règles, et elle ne porte pas Mosley dans son cœur. Alors, pourquoi n'est-elle pas ici ? Mais c'est surtout la défection de Tom qui m'attriste. Mon frère si beau, si doux et si plein d'esprit a toujours été un pôle de stabilité au milieu de l'agitation perpétuelle qui régnait chez nous. On dirait que le seul de mes proches sur lequel je croyais pouvoir m'appuyer s'est détourné de moi.

Le plus décevant, c'est que je comptais sur ce livre pour ouvrir les yeux de mes sœurs sur les horreurs du fascisme. Or, il a produit l'effet inverse : il n'a fait que renforcer leurs convictions et leurs liens avec les hommes qui les incarnent.

Je chasse ces pensées pour deviser avec les clients de la librairie Hatchards, la plus ancienne d'Angleterre et l'une de mes préférées. Mais en levant les yeux de la dédicace que je viens de rédiger, j'ai la surprise d'apercevoir deux visages familiers : Muv et Farve.

Même si je brûle de me précipiter vers eux pour savoir ce qui les a fait changer d'avis, je reste à mon poste. Certains lecteurs font la queue depuis plus d'une heure, et après le savon qu'ils m'ont passé pour avoir écrit ce livre, mes parents ne méritent pas un traitement de faveur.

J'attends qu'ils atteignent le début de la file pour leur adresser la parole :

— Vous ici ? Quelle surprise !

Muv remonte le col de son manteau, comme si ma remarque avait refroidi la pièce. Farve s'éclaircit la voix avant de déclarer :

— Nonobstant la réaction de tes sœurs, nous sommes fiers de toi.

Pas étonnant que ce soit lui qui me tende le rameau d'olivier : ce n'est pas la première fois que ma famille me fournit la matière d'un roman. Jusqu'ici, personne n'en avait pris ombrage, hormis Muv. Farve, lui, paraissait s'en amuser.

Muv ne desserre pas les dents. Aucun compliment à espérer d'elle. Je peux m'estimer heureuse qu'elle ne me hurle pas dessus.

Je me lève et embrasse mon père sur la joue.

— Merci, Farve. En définitive, Unity ne semble pas fâchée. Pourtant, il n'y a pas plus fasciste qu'elle.

Si ma cadette m'a écrit pour me prier de ne pas publier *Charivari*, nos échanges ont retrouvé depuis une tournure normale : nous nous charrions mutuellement et elle me raconte sa traque de Hitler par le menu.

— Mais je ne vois Diana nulle part, intervient Muv en scrutant ostensiblement les alentours. Mosley et elle sont très contrariés. Tu traites toujours tout à la légère.

— Vous préféreriez que je prenne tout au tragique ? Mieux vaut aborder la vie avec légèreté plutôt qu'avec un trop grand sérieux. Et je vous rappelle que j'ai supprimé trois chapitres à leur demande, ou, devrais-je dire, sur leurs ordres. Le livre ne contient plus que trois allusions indirectes à Mosley et à ses Chemises noires. Pourtant, Diana refuse toujours de me parler.

— À quoi t'attendais-tu ? Le fascisme n'est pas un sujet de plaisanterie, mais un mouvement qui vise à réformer la société, au besoin par la force. Tes sœurs ont voué leur existence à cette cause.

Bon sang, c'est quoi, ce verbiage ? Diana l'aurait-elle convertie ? À moins que son récent séjour à Munich – où, paraît-il, Hitler l'a saluée – n'explique son revirement.

— Si le fascisme est aussi puissant qu'elles l'affirment, il faudra plus que d'innocentes plaisanteries pour l'ébranler, dis-je.

— Voilà que tu recommences ! Ce ne sont pas tes « plaisanteries » qui inciteront ta sœur à franchir le seuil de cette librairie ce soir !

— Sans mes droits d'auteur, Peter et moi ne pourrions pas payer nos factures ni le loyer de Rose Cottage. Diana n'a pas ces soucis, elle !

Je pourrais encore noircir le tableau et susciter la compassion de mes parents en leur disant ce qu'il advient de l'argent que j'ai la sottise de rapporter à la maison : Peter le dérobe dans mon sac à main et le dépense au jeu et en boisson.

Muv ouvre la bouche pour répliquer et la referme aussitôt. Ni elle ni Farve ne peuvent rien dire. Des investissements malavisés, conjugués aux effets de la crise économique mondiale, ont privé leurs sept enfants du matelas financier dont jouissent la plupart de nos relations. Aussi chacun de nous doit-il se débrouiller pour assurer sa subsistance.

Est-ce pour cela que la froideur de Diana me touche autant ? Ou parce qu'elle renforce le sentiment d'abandon que me procuraient déjà l'attitude distante de mes parents et les multiples trahisons de Peter ? Comment ma sœur peut-elle me tourner le dos pour un homme qui l'a placée dans une situation précaire en la prenant pour maîtresse sans manifester l'intention de l'épouser ? Un homme qui ne renoncera pas à ses plaisirs égoïstes pour elle, s'il faut croire les rumeurs sur sa liaison sordide avec sa belle-sœur.

Jusqu'où Diana poussera-t-elle son dévouement aveugle envers Mosley ?

23

Diana

28 juin 1935
Munich, Allemagne

Châteaux en ruine, champs dorés par l'été, clochers pointant vers le ciel et, çà et là, la silhouette d'un pic enneigé… Le paysage que Diana voit défiler à travers le pare-brise ressemble beaucoup à celui de la France, à la différence que les panneaux routiers sont écrits en allemand. Quel plaisir grisant de franchir librement les frontières au volant de sa propre voiture, ses cheveux flottant dans le vent !

L'automobile Avions Voisin au profil aérodynamique et à la carrosserie argentée est le plus beau cadeau que lui ait jamais fait M. Elle lui procure l'impression d'être un guépard courant dans la savane. Elle l'attendait à Paris, prête à prendre la route, lorsqu'elle a répondu à la convocation de Unity.

Par un étrange tour du destin, l'obstination de sa petite sœur a fini par payer, juste au moment où Diana avait besoin de son aide. La satisfaction de voir les espoirs qu'elle nourrissait depuis le premier *Parteitag* se concrétiser et de couper l'herbe sous le pied de Baba émousse un peu son ressentiment envers Nancy, qui s'est entêtée à publier son fichu roman en dépit de ses protestations.

Diana se trouvait à la National Gallery quand elle a reçu la lettre de sa cadette. L'artiste russe Boris Anrep y avait réuni onze de ses amis afin d'incarner les neuf Muses, Apollon et Dionysos sur une mosaïque destinée au hall du célèbre musée londonien. Drapés dans des toges, les modèles – Clive Bell en dieu de la vigne, Virginia Woolf en Clio, Greta Garbo en Melpomène et Diana en Polymnie, patronne du chant sacré et de l'éloquence – posaient dans des attitudes alanguies lorsqu'un coursier en uniforme a fait irruption dans l'atelier et lui a tendu une enveloppe sur laquelle était écrit « *URGENT* ». Le cœur de la jeune femme s'est emballé : était-il arrivé malheur à l'un de ses fils ?

Après s'être excusée auprès d'Anrep et des autres modèles, elle s'est mise à l'écart et a décacheté le pli d'une main tremblante. Le message provenait de Unity : « *Rejoins-moi immédiatement à Munich. IL m'a enfin parlé, et IL souhaite te rencontrer.* » Diana est partie le soir même pour Paris.

Peu à peu, le décor devient moins bucolique sans perdre de son pittoresque, à condition de fermer les yeux sur les stigmates persistants de la guerre. Les maisons à pignons et à colombages, rangées autour d'une église ou d'une place de village, finissent par se fondre en une entité unique : Munich. La ville lui paraît aussi ravissante que lors de sa première visite. Tient-elle son amour pour l'architecture et les paysages allemands de son grand-père, qui les a baignées, ses sœurs et elle, dans la culture germanique dès leur plus jeune âge ? Ou est-ce parce que chacun de ses séjours, en renforçant ses liens avec les élites nazies, la rapproche un peu plus de son objectif : avoir M pour elle seule ? Quoi qu'il en soit, en pilotant sa voiture à travers les rues pavées, elle a la sensation de foncer vers un avenir radieux.

Après quelques détours – conduire dans Munich, découvre-t-elle, est très différent de parcourir la ville à pied ou en taxi –, les bâtiments finissent par offrir un visage familier. Elle n'est plus très loin de sa destination, la Schellingstrasse.

Elle ralentit en apercevant l'enseigne de l'Osteria Bavaria. Avec soulagement, elle repère le long du trottoir un espace libre assez large pour lui éviter une manœuvre compliquée. Une fois garée, elle s'examine dans son miroir de poche. Elle se recoiffe du bout des doigts, mais s'abstient de remettre du rouge à lèvres. Elle connaît les préventions de Hitler contre le maquillage, et ses lèvres sont naturellement d'un rose assez vif pour produire l'effet qu'elle désire.

En entrant dans l'auberge, elle repère immédiatement sa sœur, assise à sa table habituelle. Unity se lève d'un bond et la serre trop fort dans ses bras.

— C'est arrivé ! chantonne-t-elle à l'oreille de son aînée. Ça a fini par arriver !

Elle seule sait l'importance de cette rencontre pour Diana et M.

Diana parvient à la faire rasseoir et commande deux verres de vin pour calmer leurs nerfs. Pas question que sa sœur gâche cette occasion si longtemps espérée en commettant un impair.

— Il est là ? murmure-t-elle en regardant autour d'elle.

Unity boit une gorgée et secoue la tête. Puis elle indique une table vide séparée du reste de la salle par une demi-cloison. Hitler serait-il reparti pour Berlin ? Diana a-t-elle fait cette longue route et laissé ses enfants presque une semaine pour rien ?

— Sa table est dressée, fait remarquer Unity. Et Ella, une serveuse, m'a dit qu'ils l'attendaient à 14 heures, comme d'habitude.

Diana jette un coup d'œil vers la pendule à coucou : 13 h 55. Heureusement, elle est arrivée avant que le Führer ne soit passé à table. Ainsi, avec un peu de chance, il les invitera à partager son repas.

L'aiguille des minutes avance avec une lenteur exaspérante. Brusquement, comme si elle avait perçu l'impatience de Diana, la porte s'ouvre à la volée. Deux soldats entrent, cachant à moitié l'homme en uniforme qui les suit. Diana se fige. Est-ce lui ? Ne voulant pas paraître trop curieuse, elle garde volontairement le regard baissé.

L'homme s'arrête soudain et se tourne vers leur table. Diana ne voit d'abord qu'une paire de bottes noires cirées, mais, en relevant la tête, elle découvre un visage familier barré d'une moustache.

Déchirée entre ce qu'elle croit connaître du protocole et la règle qui interdit aux femmes de faire le premier pas, elle reste muette.

Hitler la tire d'embarras en la saluant.

— Vous devez être Mrs Guinness, suppose-t-il en allemand.

24

Unity

30 juin 1935
Munich, Allemagne

Les accords de *Die Feen* résonnent dans la vaste salle. Si elle comprend que Diana ait eu hâte de retrouver ses enfants, Unity regrette néanmoins qu'elle n'ait pu rester un jour de plus pour l'accompagner à cette représentation. Elle sait que les amateurs d'opéra « sérieux » jugent cette œuvre de jeunesse de Wagner simpliste. Contrairement à eux, elle en apprécie la légèreté et surtout l'intrigue. L'idée que la fée Ada puisse renoncer à l'immortalité pour partager la vie d'Arindal, l'homme dont elle s'est éprise, la bouleverse. Elle a hâte d'échanger sur ce sujet avec Hitler.

Les lustres se rallument, annonçant l'entracte. Unity et les autres pensionnaires de la baronne Laroche se lèvent et remontent l'allée dans le sillage de Frau Baum. Les sorties à l'opéra ont lieu une fois par trimestre. Les jeunes filles ont toujours soin d'apporter un peu d'argent pour acheter les friandises et les rafraîchissements vendus au foyer.

— Quelle histoire magnifique ! soupire Unity d'un air rêveur. Et tellement romantique…

— Romantique ? se récrie Mary St Clair-Erskine d'une voix stridente.

— Ce n'est pas moi qui renoncerais à l'immortalité pour un homme ! renchérit Mary Woodise.

— Surtout s'il est aussi disgracieux que cet Arindal ! pouffe la première Mary, faisant allusion à la corpulence de l'interprète du prince.

Unity entretient de bonnes relations avec Mary St Clair-Erskine, même si son frère Hamish a causé une immense peine à Nancy. Mais, pour une fois, elle est en complet désaccord avec elle.

— Moi, si ! réplique-t-elle. Je donnerais ma vie sans hésiter pour le Führer !

Elle éprouve un pincement au cœur en évoquant son héros : leur trajet en train jusqu'à Dachau, dont elles ont parcouru le centre historique au pas de charge, l'a empêchée de se rendre comme chaque jour à l'Osteria Bavaria. Pourvu que Hitler ne l'oublie pas en son absence !

Ses deux compagnes jettent des regards inquiets autour d'elles, craignant que quelqu'un n'épie leur conversation et ne les dénonce.

— Moi aussi, bien sûr ! s'empresse de préciser Mary St Clair-Erskine. Mais ce n'est pas un homme ordinaire.

Les filles et leur chaperon se dirigent vers l'étal vendant des gâteaux, dont le préféré de Unity – le *Bienenstich*, ou « nid d'abeille », avec une délicieuse garniture de miel et d'amandes –, avant de chercher des chaises libres. En se frayant un chemin à travers la cohue, Unity bouscule un jeune soldat blond.

— *Es tut mir leid, Offizier*, s'excuse-t-elle aussitôt.

— *Nein, es ist meine Schuld, Fräulein*, répond galamment le militaire en rattrapant le *Bienenstich* qui glissait de son assiette.

Tous deux éclatent de rire. Unity remarque alors l'uniforme noir et la chemise brune de l'officier, signes d'appartenance à la Schutzstaffel. La SS, comme on l'appelle communément, est un corps d'élite chargé à l'origine de la protection rapprochée du Führer et des autres dignitaires nazis. En outre, son visage lui est familier. Elle sait très bien où elle l'a rencontré : à l'Osteria Bavaria.

Le jeune officier l'a également reconnue.

— *Fräulein Mitford ?*

— *Ja !* Vous faites partie de la garde spéciale du Führer, n'est-ce pas ? Je vous ai vu avec lui à l'Osteria.

— Moi aussi, je vous ai vue là-bas. Notre bien-aimé Führer vous a en grande estime.

Unity sent le feu lui monter aux joues. Toujours soucieuse de se conformer à l'idéal nazi, elle espère que l'officier attribuera sa réaction à la pudeur et qu'il ne la trouvera pas commune ou disgracieuse.

— Le Führer m'a fait un immense honneur en m'acceptant à sa table, murmure-t-elle.

— Il vous décrit souvent comme le parfait modèle de la femme aryenne.

Unity, émue, porte une main à son cœur. Elle ne peut imaginer de plus grand compliment.

— Il a vraiment dit ça ?

L'officier SS lui sourit, conscient de l'importance qu'elle accorde à ses paroles.

— Tout à fait, Fräulein ! Mais je vous dois encore des excuses, ajoute-t-il, brusquement sérieux. Je ne me suis pas présenté, c'est très impoli de ma part. Unterfeldwebel Schwarz, adjudant du Führer.

Il s'incline en claquant des talons.

— Ravie de faire votre connaissance, Unterfeldwebel Schwarz.

Il lui indique alors une table qui vient de se libérer près d'une fenêtre.

— M'autorisez-vous à vous tenir compagnie pendant que vous dégustez votre *Bienenstich* ?

Flattée et ravie de pouvoir parader devant les autres filles, Unity le suit jusqu'à la petite table bistro. Très naturellement, la conversation s'engage sur Hitler et ses goûts, en particulier sur son film préféré, *Cavalcade*, qui croise les destinées de deux familles anglaises à travers la Grande Guerre. Quand la discussion retombe un peu, Schwarz se tourne vers la fenêtre et demande :

— Vous voyez ce bâtiment au loin ?

Unity plisse les yeux pour distinguer quelque chose dans le jour déclinant.

— Je crois, oui.

— Le camp de Dachau. J'ai eu la chance de le visiter la semaine dernière avec le Führer. Nous en sommes très fiers, achève Schwarz avec un grand sourire.

Unity sourit à son tour, en veillant à ne pas montrer ses dents. Même si elle n'a jamais entendu parler du camp de Dachau, elle devine qu'il attend d'elle une réaction enthousiaste.

— Vous avez toutes les raisons de l'être, affirme-t-elle.

— Nous avons fait un excellent usage d'une ancienne fabrique de munitions. Ce camp est destiné aux dissidents politiques.

— Bien sûr ! Tous ceux qui s'opposent à notre Führer méritent l'internement.

— Dans un avenir proche, il accueillera d'autres ennemis du Reich. Il doit aussi servir de prototype à des prisons similaires dans les environs de Munich.

La lumière des lustres décroît, invitant les spectateurs à retourner dans la salle pour assister au deuxième acte de *Die Feen.* Frau Baum apparaît derrière Schwarz. Elle ouvre des yeux ronds en découvrant une de ses « filles » en grande discussion avec un officier nazi. Pour rien au monde elle n'oserait les interrompre. Toutefois, la bienséance exige qu'elle ramène Unity à sa place.

Mais Schwarz la tire aussitôt d'embarras.

— Vous permettez que je vous raccompagne à votre fauteuil ? demande-t-il à Unity. On dirait que la représentation va reprendre.

La jeune femme acquiesce en baissant pudiquement les yeux. Decca s'amuserait de voir son aînée aux manières si peu conventionnelles jouer les vierges aryennes effarouchées. Mais elle sait mieux que quiconque ce que c'est de réaliser son rêve d'enfant.

Tandis qu'ils regagnent la salle, Unity appuyée au bras du soldat, celui-ci lui glisse à l'oreille :

— Je serais très honoré si vous acceptiez de me revoir, Fräulein Mitford. Nous pourrions dîner ensemble, ou aller au cinéma ?

Unity rougit de plus belle. Elle sortirait volontiers avec ce séduisant officier, un ardent nazi comme elle. Mais

Hitler ne risque-t-il pas d'en prendre ombrage ? Elle-même trouverait gênant de partager la table du Führer en présence de son petit ami. Son visage doit trahir son dilemme, car Schwarz ajoute :

— À condition que notre guide n'y voie pas d'objection ?

— Bien sûr, approuve Unity, soulagée.

Schwarz se retire après l'avoir ramenée à son fauteuil. À peine a-t-il tourné le dos qu'elle subit un véritable interrogatoire. Qui est ce beau soldat ? Quel est son grade ? A-t-il une petite amie ? S'inspirant de Diana, Unity répond patiemment à toutes. Enfin, Mary St Clair-Erskine pose la question qu'elle espérait :

— D'où le connais-tu ?

Unity voudrait hurler au monde entier qu'elle a déjeuné une vingtaine de fois avec Hitler. Se refrénant à grand-peine, elle explique posément :

— L'Unterfeldwebel Schwarz est chargé de la protection des nazis de haut rang. Je l'ai rencontré, en plusieurs occasions, à la table du Führer.

Frau Baum étouffe un cri de surprise tandis que les filles poussent des couinements excités. Mais avant qu'elles puissent la bombarder d'une nouvelle salve de questions, l'orchestre commence à jouer. Unity devine dans l'obscurité que ses compagnes et leur chaperon ne la quittent pas des yeux. Elle sent alors monter en elle un sentiment d'importance et d'invincibilité qui l'enveloppe telle une armure. Un peu de la gloire du Führer déteint sur elle, et elle fera le nécessaire pour que cela dure.

25

Nancy

12-13 juillet 1935
Surrey, Angleterre

Muv et Farve plaisantent avec la cousine Clemmie pendant que le mari de celle-ci, Winston, son éternel cigare vissé aux lèvres, boit whisky sur whisky avec son fils Randolph et mon frère Tom, amis depuis toujours. Decca et Esmond discutent de Dieu sait quoi en tête à tête dans un coin. Sur la piste de danse, Debo décline plus d'invitations qu'elle ne peut en accepter. Même Diana est venue. Si elle ne m'a pas dit un mot, elle est plongée dans une conversation enjouée avec Pamela et Derek. Ce dernier, lui-même un fasciste convaincu, semble avoir gagné sa fiancée à sa cause. Est-ce pour cela que Diana est aussi gaie ? Ou parce que Mosley n'est pas là pour jouer les éteignoirs ?

On pourrait presque se croire revenus avant les troubles politiques, les discordes familiales, la précarité économique. Tout cela existe ailleurs, chez d'autres gens. Pas à Cherkley Court, la propriété de lord et lady Beaverbrook, qui accueille ce soir leur grande réception annuelle. Les invités brillent de tout leur éclat dans ce cadre somptueux : une vaste demeure en stuc blanc, flanquée de deux ailes hexagonales et ornée de colonnes toscanes, et un parc auquel on accède par une terrasse bordée d'un parapet à balustrade et deux larges escaliers. Ne pouvant plus piocher dans les armoires de Diana, j'ai dû me résigner à ressortir une vieille robe bleu marine de chez Vionnet dont j'ai fait modifier le corsage. Mais il faudrait plus qu'un simple rafistolage pour donner l'illusion que je porte le dernier modèle de Coco Chanel.

Où est passé Peter ? Nous sommes venus ensemble à bord d'une voiture louée. Durant le trajet, il n'a desserré les dents que pour téter la flasque en argent qui l'accompagne partout. J'ai supposé qu'il ressassait toujours notre dispute au sujet de son flirt éhonté avec Mary Sewell lors d'une partie de bridge, hier soir. Ce n'est pas que je désire l'avoir à mes côtés, mais j'ai peur qu'il ne fasse encore des siennes. Après m'être excusée auprès de nos hôtes, je sors sur la terrasse, pensant l'y trouver.

J'aperçois dans l'ombre deux silhouettes dont les gestes saccadés m'évoquent une lutte corps à corps. Tandis que je me dirige vers elles, mon talon bute contre une aspérité. Alertées par le bruit, elles se séparent et se tournent vers moi. Je comprends alors que ce que j'avais pris pour un combat était en réalité une étreinte… entre mon mari et une inconnue.

Je fais demi-tour et regagne la maison presque en courant. Pour mon malheur, je tombe au beau milieu d'une discussion animée entre Winston, lord Beaverbrook et Diana. Pas question de donner à ma sœur – ni à Peter, au cas où il m'aurait suivie – la satisfaction de me voir bouleversée. J'allume donc une cigarette d'une main tremblante, saisis sur un plateau une flûte de champagne que je vide d'un trait, et demande :

— Eh bien, c'est quoi, ce raffut ?

— Ah ! Mrs Rodd ! s'exclame Beaverbrook.

Je devine qu'il va se lancer dans un discours interminable. Mais, le plus pénible, c'est de l'entendre m'appeler « Mrs Rodd ». Quelle ironie amère ! Après les avoir tant désirés, voilà que les liens du mariage me pèsent autant que des chaînes.

— Lord Beaverbrook, nous nous connaissons depuis assez longtemps pour que vous m'appeliez Nancy.

Diana hausse les sourcils, étonnée de ma familiarité envers notre hôte. En effet, le magnat de la presse canadien jouit d'un pouvoir égal à sa fortune. Ce fin stratège a occupé plusieurs postes de ministre. Grâce à lui, le *Daily Express* est devenu le quotidien préféré de la classe ouvrière conservatrice, même s'il n'a jamais convié aucun de ses lecteurs à l'une de ses réceptions. Du plus loin que je m'en souvienne, Winston et lui ont toujours été intimement liés. La force et la durée de leur amitié peuvent surprendre, sachant la vigueur de leurs désaccords politiques. Sans compter que Clemmie, qui exerce une influence considérable sur son mari, n'aime pas beaucoup Beaverbrook.

— Je vous appellerai Nancy si vous m'appelez Max, me répond-il sur un ton badin.

Winston intervient alors pour rouvrir le débat que j'ai interrompu :

— Comme je le disais, il convient de surveiller attentivement ce Hitler. D'après mes sources, il a déjà enfreint plusieurs clauses du traité de Versailles. Il accumule les troupes, les armes et les munitions plus vite qu'on ne peut compter. Il est évident qu'il s'apprête à déclencher une guerre sur le continent.

Beaverbrook ouvre la bouche pour répliquer, mais Diana le devance de sa voix flûtée :

— Je crois que vous vous méprenez sur les intentions du Führer, Winston. Tout cet apparat ne vise qu'à remobiliser un pays démoralisé par deux décennies de privations. Sa priorité est d'offrir un toit et un travail à chaque Allemand. Et je pense qu'il sait mieux que nous ce qui convient à son peuple.

Winston la dévisage plusieurs secondes sans dire un mot. Ce silence inhabituel pour lui présage une diatribe enflammée.

— Le Führer, dites-vous ? *Votre* Führer ? Vous savez que ce titre peut se traduire par « chef suprême » ? Et qu'il n'a pas accédé au pouvoir grâce aux suffrages de son cher peuple, mais par l'usurpation, la violence et les mensonges ?

Diana hésite. Beaverbrook s'engouffre dans cette brèche :

— Quand bien même aurais-tu raison, Winnie, ce n'est pas pour autant qu'il faut nous jeter tête baissée dans la guerre. Nous nous relevons à peine de la dernière. Les Anglais n'ont pas envie de combattre ni de subir de nouvelles pertes. Pour nous réarmer, il faudrait fabriquer des munitions dans la précipitation et soumettre la population à une formation militaire accélérée. Pour une fois, je partage l'avis de Chamberlain : il convient de préserver la paix.

— Quitte à fermer les yeux sur la manière dont Hitler traite les Juifs ? On m'a rapporté qu'il s'apprêtait à dévoiler des lois visant à les reléguer encore plus.

Il se tourne alors vers ma sœur avec un sourire qui rappelle étrangement celui du chat du Cheshire dans *Alice au pays des merveilles*.

— Peut-être cette politique séduit-elle certains membres de votre famille, Diana. Il paraît que la jeune Unity a exprimé ses propres vues antisémites dans le journal *Der Stürmer*, sous un gros titre mentionnant son lien de parenté avec moi.

Ma gorge se noue. Apparemment, la nouvelle du coup d'éclat de Unity n'a pas tardé à se répandre. Elle en a elle-même informé notre mère, joignant à son courrier le texte de sa tribune ainsi que sa traduction. Elle n'était pas peu fière de lui annoncer qu'elle s'était publiquement présentée comme « une ennemie des Juifs ». Quand Muv m'a fait voir sa lettre, j'en ai eu la nausée. « Comment avez-vous pu la laisser sans surveillance à Munich ? me suis-je emportée. Voilà le résultat ! » Muv a fait comme si elle n'avait rien entendu.

Est-ce une impression, ou Diana a-t-elle rougi ? Ma sœur serait-elle en train de perdre son calme légendaire ? Toutefois, elle ne répond pas à la pique de Winston. Aurait-elle été plus vindicative en présence de Mosley ? J'en oublie presque la scène dont j'ai été témoin sur la terrasse.

Je guette toujours la réaction de Diana quand une main touche mon épaule. Je me retourne et me retrouve face à Peter.

— Je peux te parler ? demande-t-il d'une voix pâteuse, le regard vitreux.

Mon cœur se soulève de dégoût, contre lui et contre moi. Pourtant, j'opine de la tête. Je n'ai pas l'intention de régler mes comptes ici, à Cherkley Court. Je n'ai simplement pas envie qu'il me fasse encore plus honte devant deux hommes que j'estime ni devant Diana – surtout pas devant Diana.

Nous nous dirigeons vers un coin isolé du salon.

— Comment as-tu pu me faire ça ? je souffle, furieuse. Connais-tu au moins le prénom de cette femme ?

— Nancy, je suis désolé. C'est à cause de l'alcool. Je promets d'arrêter de boire. Ce v-v-voyage en Italie sera un nouveau d-d-départ, achève-t-il avec difficulté.

Demain, nous nous envolons en effet pour Venise et l'Adriatique. Je comptais sur ce séjour pour resserrer nos liens, mais l'idée de passer trois semaines seule avec lui m'est brusquement insupportable.

— Je ne veux pas parler de ça maintenant, Peter. Je te ramène à la maison.

Par miracle, Tom apparaît alors près de moi.

— Tout va bien, Naunce ?

— Pas vraiment, non. Je dois évacuer Prodd avant qu'il ne ruine un peu plus notre réputation. Pourrais-tu le faire sortir pendant que je nous trouve un chauffeur ? Tu serais un amour.

Tom me presse le bras.

— Je m'en occupe. Par ici, mon vieux, ajoute-t-il en entraînant mon mari vers le hall.

Je cherche Diana du regard. Où est-elle passée ? La pendule vient à peine de sonner 1 heure du matin. Seuls les invités les plus âgés ont déjà pris congé. Ne sachant quand je la reverrai, j'espérais lui parler en privé, et peut-être même faire amende honorable pour *Charivari*. Si Mosley m'a interdit de paraître devant lui ou dans la résidence qu'ils partagent par intermittence, malgré nos différends je refuse de perdre ma sœur. Je me sens déjà assez seule comme cela.

26

Diana

12-23 juillet 1935
Surrey, Angleterre

Après avoir mis fin à sa conversation avec lord Beaverbrook et Winston, Diana sort sans se faire remarquer et saute dans sa voiture. Heureusement, sur une intuition, elle a demandé au personnel de la garer devant la maison afin de pouvoir repartir sans encombre. Si elle est soulagée d'échapper à l'interrogatoire de Winston, ce n'est pas la vraie raison de sa fuite. Elle a rendez-vous avec M.

En jetant un coup d'œil à sa montre, elle constate qu'il est plus tard qu'elle ne le pensait. Elle doit passer deux nuits en ville avec son amant avant qu'il ne parte pour l'Italie avec ses enfants, et elle est déterminée à lui faire vivre des moments inoubliables. Il est prévu qu'elle le rejoigne dans une semaine chez les Rennell, à Naples, mais, les premiers jours, il sera seul avec Baba. Diana entend bien surpasser sa rivale, que ce soit au lit ou par les services qu'elle rend à M.

Elle conduit à vive allure à travers la campagne et pousse un soupir de soulagement en apercevant Londres à l'horizon. Elle lève le pied à l'approche d'une intersection particulièrement dangereuse, entre Belgrave Square et Cadogan Place. La circulation est dense malgré l'heure tardive. Soudain, une Rolls Royce noire surgit de la nuit tel un fantôme et fonce droit sur elle. Sa voiture fait un tête-à-queue avant de percuter le talus dans un bruit atroce de tôle froissée.

Projetée hors de la voiture comme au ralenti, Diana s'écrase au pied du talus. Curieusement, le gravier lui paraît aussi doux qu'un oreiller. Elle ferme les yeux et perd connaissance, pas longtemps. Bientôt, des mains la soulèvent et la déplacent avec précaution.

— Les... les enfants, ne regardez pas, balbutie une femme. La pauvre, c'est affreux !

Diana sent alors quelque chose de chaud dans ses cheveux et sur sa joue. Au prix d'un effort herculéen, elle parvient à porter la main à son visage. Un liquide visqueux mêlé à des gravillons s'écoule de son front et le long de son nez. *Qu'est-ce que cela peut être ?* se demande-t-elle avant de sombrer de nouveau, inconsciente.

À son réveil, la lumière est si intense qu'elle referme aussitôt les yeux. Elle les rouvre lentement, cil après cil, et comprend que cette clarté aveuglante ne provient pas du soleil de la Méditerranée, comme elle l'espérait, mais d'un plafonnier et de la blancheur éclatante de l'hôpital dans lequel elle se trouve.

Elle touche son visage, se rappelant vaguement le liquide chaud qui le poissait. Était-ce du sang ? Là où elle devrait sentir la courbe élégante de sa pommette et son nez aristocratique, il n'y a que du fil rêche, de profondes entailles et d'épais pansements. Elle se met à hurler.

Des religieuses coiffées de cornettes font irruption dans la chambre. L'une d'elles, au teint blafard, lui tapote la main.

— Allons, allons, mon petit. Votre famille ne va pas tarder.

Mais Diana n'a que M en tête. En ne la voyant pas arriver, il sera fou d'inquiétude.

— Pourrais-je avoir un téléphone, s'il vous plaît ? tente-t-elle d'articuler. Je dois appeler quelqu'un.

Le seul mot clairement audible qu'elle a prononcé est « téléphone ».

— Chut, chut, souffle la sœur. Il ne faut pas vous agiter. Vous avez besoin de repos, après le terrible accident dont vous avez été victime.

Diana proteste, mais ses forces la trahissent et l'obscurité l'engloutit. Une journée entière, lui semble-t-il, s'écoule ainsi. Plongée dans une nuit permanente, elle connaît de brefs éclairs de lucidité durant lesquels elle aperçoit Muv, Farve, Debo, Tom et Nancy. Mais pas M. Jamais.

Soudain, elle est parfaitement réveillée. En se dressant dans son lit, elle découvre son père assoupi à son chevet. Avachi sur une chaise, il paraît incroyablement âgé et vulnérable.

— Farve, murmure-t-elle. Que s'est-il passé ?

Il lui sourit.

— Content de te retrouver, ma chérie.

— Pourquoi, vous m'aviez perdue ? plaisante-t-elle à moitié.

Elle essaie de sourire, mais une douleur fulgurante la fait renoncer.

— C'est une longue histoire, dit Farve en se frottant les yeux. Pour commencer, il y a eu cet horrible accident. Il a fallu deux opérations pour réparer ton visage. Grâce à la générosité de lord Moyne…

— Le père de Bryan ?

— Lui-même. Outré par le peu d'empressement que mettaient les médecins à recoller les morceaux de Humpty Dumpty, il a insisté pour faire venir le meilleur chirurgien de Londres, un Néo-Zélandais, le Dr Howard Gillies. Loué soit-il ! Selon les experts, tu devrais rester aussi belle qu'avant ton accident. Je ne crois pas que nous en aurions dit autant si tu avais conservé ces affreuses sutures.

— Il a droit à toute ma reconnaissance, lâche Diana avec un soupir.

Une question surgit alors dans son esprit. Farve a dit qu'elle avait subi deux opérations. Pourtant, il lui semble n'avoir passé qu'un jour, deux tout au plus, dans cet hôpital.

— Depuis quand suis-je là ? demande-t-elle.

— Depuis dix jours… Onze en comptant celui de ton arrivée.

— Onze jours ? répète Diana, incrédule.

— Oui. Si tu t'inquiètes pour Jonathan et Desmond, tu peux être rassurée. Ils sont avec Bryan – et avec leur nurse, bien sûr. Ta mère et moi avons vérifié qu'ils allaient bien. Nous ne les avons pas amenés pour qu'ils ne te voient pas dans cet état.

Malgré l'amour qu'elle porte à ses fils, ce n'est pas à eux qu'elle pense en ce moment.

— Et Mosley ? s'enquiert-elle.

Farve se raidit. Il ne lui a jamais caché le dégoût que lui inspiraient M et le rôle qu'il avait joué dans son divorce.

— Quoi, Mosley ?

— Il doit se faire un sang d'encre. Où est-il ?

Son père détourne le regard, comme s'il lui en coûtait de répondre.

— Je l'ignore, Diana. Il n'est pas venu à l'hôpital.

— Comment ? Il est au courant de mon accident ?

— Oui. Ne te voyant pas arriver cette nuit-là, il a cherché à nous joindre, ta mère et moi. Comme nous ne décrochions pas, il a alors appelé Nancy. Dès que nous avons su ce qui s'était passé, nous l'en avons informé. Mais il avait prévu d'emmener ses enfants en Italie. On dirait qu'il s'en est tenu à son projet.

Diana est abasourdie. M l'a laissée entre la vie et la mort pour aller batifoler avec Baba ? Elle prend de longues inspirations pour se calmer.

— Tu te sens bien ? s'inquiète Farve.

— Oui, ment-elle, honteuse d'avoir montré sa désillusion à son père.

Encore heureux que ce ne soit pas Nancy qui lui ait annoncé la trahison de M !

Elle s'empresse de changer de sujet :

— Combien de temps vais-je devoir rester ici ?

— Il me semble que le docteur a parlé d'un mois.

Diana se livre à un calcul : M va entamer la deuxième semaine de son séjour, celle où elle devait le rejoindre et supplanter à tout jamais Baba. Si elle tarde à se manifester, sa rivale va croire qu'elle l'a remplacée, et cela, il n'en est pas question. Après tous les sacrifices auxquels elle a consenti pour cet homme, elle ne laissera pas la déception ruiner ses efforts. Elle gagnera ce combat, quoi qu'il en coûte.

Bien que tout son corps lui fasse mal, elle se rapproche de son père. Elle ne peut pas prendre le risque qu'une des religieuses l'entende.

— Farve, il faut que vous m'aidiez.

Il se penche vers elle. L'appréhension se lit sur son visage d'ordinaire impassible.

— Je t'écoute, ma chérie. Veux-tu que j'appelle une infirmière ? As-tu besoin d'un médicament contre la douleur ? Souhaites-tu parler à ta mère ?

— Aidez-moi à fuir et à gagner l'Italie.

27

Unity

23 juillet 1935
Hesselberg, Allemagne

Presque quatre semaines se sont écoulées depuis la dernière rencontre de Unity avec le Führer. Elle pourrait compter les jours, et même les heures. Les autres pensionnaires de la baronne Laroche, Frau Baum, les amis qu'elle s'est faits à Munich grâce à la sœur d'Ernst Hanfstaengl, Erna : chacun peut lire sur son visage les tourments que lui cause cette longue séparation. Les journaux rapportent la présence de Hitler à Berlin, à Carinhall, à Heilingendamm, à Rosenheim… Partout sauf à Munich. Après avoir si souvent partagé sa table, parlé, ri avec lui, la disparition de son héros la prive de sa raison d'être.

Son impatience grandit de jour en jour, lui faisant oublier toute prudence. Un soir où l'Unterfeldwebel Schwarz l'invite au cinéma, elle accepte sans attendre l'autorisation du Führer. Dans l'obscurité et la solitude de la salle, elle s'imagine que c'est *lui* qui est assis près d'elle, en uniforme nazi. Elle se penche alors vers Schwarz et l'embrasse à en perdre haleine, dévorée de passion non pour lui, mais pour l'homme qu'il a juré de protéger.

Son flirt avec le jeune officier n'ayant pas suffi à éteindre son désir, elle décide de frapper un grand coup pour se rappeler au souvenir de Hitler et lui signifier qu'elle lui reste dévouée corps et âme malgré la distance. Lorsque Julius Streicher, le directeur du journal *Der Stürmer*, lui propose de partager ses opinions antisémites, elle accepte à la condition qu'il infléchisse sa position sur Mosley, qu'il a publiquement accusé de mollesse envers les Juifs. Diana l'a presque suppliée d'user de son influence pour convaincre les nazis de nouer un partenariat avec l'UFB. Ayant obtenu l'accord de Streicher, Unity rédige une tribune dont la violence dépasse tout ce qu'elle a pu dire, écrire ou même penser auparavant, appelant à la relégation complète des israélites d'Allemagne et d'Angleterre. Elle va jusqu'à se décrire comme une « ennemie des Juifs ».

Encouragé par les réactions à son article, Streicher l'invite ensuite à prendre la parole pendant un rassemblement des Jeunesses hitlériennes. L'événement se déroule sur une montagne, le Hesselberg, qui accueillait autrefois des cérémonies païennes lors du solstice d'été. Les principaux chefs du mouvement doivent y prononcer des discours devant un auditoire composé pour partie d'habitants de la région, qui porteront un brassard orné d'un swastika sur leurs tenues traditionnelles.

Unity voyage à bord d'une voiture roulant vitres baissées. Les cheveux plaqués en arrière par le vent, elle est assise entre Magda Goebbels et Anna von Ribbentrop, deux épouses de dignitaires nazis rencontrées aux réceptions auxquelles l'a conviée Hitler pendant le printemps. La foule s'écarte à leur passage comme la mer Rouge devant Moïse, une référence biblique qu'elle garde évidemment pour elle. Elle a du mal à se retenir de rire en voyant des paysans engoncés dans leurs costumes régionaux détaler à l'approche des imposantes Mercedes-Benz noires du cortège. Telle est la puissance du Führer !

Avec une précision militaire, les voitures se garent en file indienne le long de la scène. Un Unterfeldwebel se précipite pour ouvrir leur portière tandis que l'orchestre attaque avec entrain l'hymne nazi, le *Horst-Wessel-Lied.* Clignant les yeux à cause du soleil, Unity monte les marches de l'estrade pavoisée de drapeaux et fait face à la foule au milieu des sommités du parti et de leurs épouses. Qui pourrait reconnaître en cette jeune femme décidée l'ex-débutante gauche et empruntée ? Exaltée par le rôle qu'elle doit jouer dans cette mise en scène grandiose, elle se force à ne pas sourire trop fort pour cacher ses dents. Même Nancy n'oserait plus se moquer d'elle, maintenant.

La ferveur des Jeunesses hitlériennes, des soldats et des simples citoyens dont les drapeaux rouges claquent au vent tel un champ de coquelicots grandit au fil des discours du Reichsmarshall Hermann Göring et de Streicher, qui soulignent leurs propos de vigoureux coups de poing sur le pupitre. Elle-même devient de plus en plus fébrile en attendant son tour. Se montrera-t-elle digne de Hitler ? Des échos de son intervention parviendront-ils à ses oreilles, lui rappelant combien elle lui est dévouée ? Voici que Streicher lui fait signe de le rejoindre. Les applaudissements et les acclamations du public dissipent sa nervosité. *Pour le Führer !* pense-t-elle avant de se lancer.

D'une main gantée de noir, elle exécute un salut nazi qui lui vaut une nouvelle ovation.

— *Heil Hitler !* hurle-t-elle, galvanisée.

Puis elle s'approche du micro et prononce le discours qu'elle a répété avec soin. Elle déclare son allégeance au peuple allemand, au Parti nazi et à son combat avant de reprendre les passages les plus incendiaires de sa lettre à *Der Stürmer*. Lorsqu'elle a terminé, devant le public en transe, Streicher et Göring lui manifestent leur approbation par de légères tapes dans le dos.

En retournant dans le rang, elle est accueillie par les sourires de Magda et d'Anna. *Comme c'est étrange*, songe-t-elle. Elle se sent plus à sa place ici qu'au palais de Buckingham le jour de sa présentation à la reine. Contrairement à sa famille, à son milieu social et à la cour, ces gens l'ont choisie ; elle ne leur a pas été imposée par la naissance ou l'héritage.

Ivre de bonheur, elle lève de nouveau le bras pour un salut à la foule, qui exulte. Cette démonstration ne peut que susciter l'intérêt de Hitler. Peut-être même supplantera-t-elle Eva Braun dans son cœur. *Faites qu'il en soit ainsi*, prie-t-elle en silence. Car, si elle ne peut l'avoir lui, que lui restera-t-il ? Qu'aura-t-elle à offrir à Diana ? Qui est-elle sans lui ?

28

Nancy

20 août 1935
Oxfordshire, Angleterre

Ne suis-je qu'une pauvre idiote, comme me le dira certainement Evelyn lorsque je me confierai à lui autour d'un verre, dans quelques jours ? La lumière dorée de l'Italie et les eaux chaudes de l'Adriatique m'ont-elles ensorcelée, comme tant de visiteurs au fil des siècles ? Quelle qu'en soit la raison, j'ai décidé de donner une nouvelle chance à mon mariage.

Durant ces trois semaines de vacances, Peter a respecté la promesse qu'il m'a faite à Cherkley Court sous l'effet du remords et de l'ivresse. Pendant que nous descendions les canaux de Venise en gondole, dînions sur la terrasse d'un *palazzo* ou nagions dans la mer, je l'ai toujours vu sobre et attentionné, n'ayant d'yeux et d'affection que pour moi. Ce voyage a été la lune de miel que nous n'avions pas eue.

Tout ce que j'espère, c'est que cela durera.

Les gravillons crissent sous les pneus quand la voiture s'engage dans l'allée de Swinbrook House, la maison que Farve a fait construire dans l'Oxfordshire après que des revers financiers l'ont contraint à céder nos anciennes propriétés familiales. Mes sœurs et moi avons même consacré un chant funèbre à la spirale descendante qui nous a menées de Batsford Mansion à Asthall Manor, pour finir à Swinbrook. Je suppose que sa hauteur imposante, ses vastes extensions symétriques et sa situation privilégiée au sommet d'une colline offrent des attraits à un regard étranger. Mais pour nous elle ne vaudra jamais les demeures enchantées de nos jeunes années : Batsford, aussi majestueuse qu'un château et entourée d'un immense parc ; Asthall, son jardin qui constituait un parfait terrain d'aventure, ses couloirs tortueux desservant des pièces oubliées… C'est là-bas que reposent nos souvenirs d'enfance, et non dans cette construction austère, comptant pas moins de 18 chambres à coucher. Swinbrook House ne possède pas de placard des Honorables, ce refuge douillet où nous nous cachions pour échanger des secrets. Aucune magie ne transpire de ses murs.

Comme nous nous dirigeons vers la maison, mes pensées voguent vers Diana. Je lui ai écrit depuis l'Italie, mais je n'ai reçu aucune réponse. J'ai supposé qu'elle n'était pas encore complètement remise de son accident. Quelle sera son attitude aujourd'hui ? M'en veut-elle toujours à cause de *Charivari*, ou avoir frôlé la mort aura-t-il adouci ses sentiments à mon égard ?

La porte massive s'ouvre avant même que nous ne frappions.

— Mr et Mrs Rodd ! Quel plaisir de vous voir !

L'accueil chaleureux de Rosie me rappelle que je n'étais pas venue à Swinbrook depuis une éternité. Ces dernières années, les séjours répétés de nos parents à Londres pour superviser les débuts dans le monde de mes cadettes m'ont évité cette corvée. Mais j'aurais pu à tout le moins rendre visite au personnel. Enfant, j'ai toujours pu compter sur Rosie, Nanny Blor et quelques servantes pour m'apporter l'attention et l'affection qu'une mère perpétuellement distraite et un père réputé pour ses sautes d'humeur ne me donnaient pas.

Je serre Rosie dans mes bras. Combien de fois m'a-t-elle accordé l'asile lorsque je ne supportais plus les chamailleries et les caprices de mes sœurs ? Combien de nuits m'a-t-elle réconfortée après un cauchemar alors que je n'osais pas déranger Muv ou Farve, lequel piquait des colères homériques quand on avait le malheur d'interrompre son sommeil ?

Je commence par lui demander des nouvelles de sa famille.

— Tout le monde est déjà à table, m'annonce-t-elle ensuite. Ils vous attendent.

Je presse sa main.

— Je préférerais rester ici avec vous.

— Je n'en doute pas, mon chou. Mais le devoir vous appelle, répond-elle en me poussant doucement vers une large porte vitrée.

Celle-ci ouvre sur une terrasse donnant sur un village pittoresque qui compte un pub, et pas grand-chose d'autre. Muv et Farve trônent chacun à une extrémité de la longue table en fer forgé, comme dans la salle à manger d'un château. Tom, Decca, Debo, Pamela et Derek occupent des chaises de part et d'autre. Mon frère est le premier à nous apercevoir. Il se lève d'un bond, écrase sa cigarette sur la balustrade et s'avance vers nous.

— Comment ça va, mon vieux ? s'enquiert-il en échangeant une poignée de main avec Peter.

— Mieux que la dernière fois que tu m'as vu, répond mon mari, faisant allusion à la réception des Beaverbrook.

— Bah ! Ne t'inquiète pas pour ça, reprend mon frère en me pressant contre lui. Comment pourrais-je t'en vouloir quand tu fais naître un si beau sourire sur le visage de ma sœur ?

Je lui rends son étreinte avec gratitude. Ce n'est pas souvent que j'obtiens des compliments de ma famille. Comme personne d'autre ne se lève, je fais le tour de la table et embrasse tout le monde.

— Diana n'est pas là ? Et Unity ? Je croyais qu'elle comptait séjourner ici un moment.

— Comme si elle avait eu le choix ! souffle Decca.

— Elle est déjà repartie ?

— *Déjà* ? Elle est restée bien assez longtemps, marmonne Pamela.

Bien qu'elles aient parlé bas, Muv les a entendues et leur décoche un regard noir.

— Quoi ? riposte Decca, qui semble de moins en moins encline à se soumettre. Vous ne pouvez pas dire le contraire : dès que les « exploits » de Unity ont fait les gros titres des journaux, vous lui avez ordonné de rentrer au plus vite. Mais à peine était-elle arrivée que vous aviez hâte de la voir repartir.

Farve grommelle tandis que Muv s'empresse de changer de sujet :

— Un cocktail, Nancy ? Et vous, Peter ?

Je jette un coup d'œil à mon mari. Va-t-il oublier ses bonnes résolutions ?

— Une citronnade sera parfaite, répond-il à mon grand soulagement.

— Pareil pour moi. Ça a l'air très rafraîchissant.

Je m'enquiers alors de Diana.

— Je pensais la voir ainsi que les garçons, dis-je. Rassurez-moi : elle est bien sortie de l'hôpital ?

Decca et Debo pouffent.

— Tu n'es pas au courant ? me demande la première.

— De quoi ?

— Farve l'a exfiltrée de St George's Hospital une semaine après son accident, explique Debo, trop heureuse d'avoir enfin l'occasion de colporter des ragots.

— Je croyais qu'elle devait y rester encore un mois, dis-je, interloquée.

J'avais même décalé mon départ pour Venise jusqu'à ce qu'elle ait subi sa seconde opération et que les médecins nous aient donné des nouvelles rassurantes de sa convalescence.

Apparemment, Debo et Decca ont décidé de se partager les révélations croustillantes, car la seconde enchaîne :

— En effet. Mais elle ne supportait pas d'être séparée de Mosley.

— Il n'était pas en Italie avec ses enfants ?

— Si ! Alors Farve l'a aidée à faire le mur et l'a flanquée dans un train pour Naples.

— Toute seule ?

Debo reprend la main :

— Oui, le visage couvert de pansements ! On aurait dit une momie.

Pamela n'a pas prononcé un mot. Peut-être répugne-t-elle à dévoiler cet aspect de sa famille à Derek. D'ailleurs, elle nous a fermement interdit d'employer le surnom que nous lui avons donné, Woman, devant ce dernier.

Je reste sans voix. Même pour une femme aussi dévouée à son amant que Diana, cette conduite est scandaleuse. Sans parler du danger pour sa santé… Mais le plus stupéfiant, c'est que Farve lui ait prêté son concours. Enfants, nous marchions sur des œufs pour ne pas réveiller « la Bête » qui sommeillait en lui. Poussés par un ennui extrême, nous rivalisions parfois d'audace pour le faire sortir de ses gonds. Unity perdait toujours à ce jeu. Apparemment indifférent à la conversation, notre père continue à découper le jambon d'un air impassible. Qu'est-ce qui a pu l'inciter à se rendre complice d'un plan aussi téméraire ? Je n'ose l'interroger, de peur de voir la Bête surgir de sa tanière.

— Commençons à manger, voulez-vous ? dit alors Muv, comme si l'échange qui a précédé était parfaitement banal.

Durant le repas, Peter et moi devons répondre à une foule de questions sur Venise et l'Adriatique. J'attends que le dessert, une délicieuse pavlova aux fraises, soit servi pour demander :

— Racontez-moi un peu le séjour de Unity.

Un silence inhabituel pour les Mitford s'abat sur la tablée.

— Que s'est-il passé ?

— Mais rien ! se récrie Muv.

Même Decca et Debo baissent les yeux sans souffler mot. Farve finit par répondre :

— Eh bien, ta sœur s'est entraînée à tirer au pistolet en pleine fête paroissiale.

— Pardon ?

Je dois avoir mal compris. Farve parle certainement d'une arme factice comme on en trouve sur les stands forains. La kermesse de la St Oswald attire des familles de tous les environs. Les dames de la bourgeoisie locale y organisent des tombolas et se disputent le prix du plus beau rosier, les enfants rivalisent au lancer d'anneaux et à d'autres jeux d'adresse tandis que les hommes éclusent des bières.

— Tu as bien entendu, acquiesce Farve en avalant sa dernière bouchée de pavlova. Au beau milieu du concours de tartes Bakewell, elle est allée s'entraîner au tir derrière l'église. Tout le monde est accouru aux détonations croyant à un meurtre.

Hésitant entre le rire et les larmes, je demande :

— Où s'est-elle procuré un pistolet ?

— Nous nous posons tous la question. Mais les armes, ce n'est pas ce qui manque dans les cercles qu'elle fréquente, je suppose.

— Nous espérions qu'elle redeviendrait elle-même ici, explique Muv.

— C'est peut-être le cas, intervient Decca. Peut-être que la « vraie » Unity est une nazie qui se promène avec un pistolet et une croix gammée.

La colère se lit sur son visage. Ce doit être terrible pour elle de voir sa sœur sous l'emprise d'une idéologie qui incarne tout ce qu'elle déteste.

Muv garde le silence. Je cherche à en savoir plus :

— Elle portait un brassard avec une croix gammée pendant son séjour ?

— Toujours, me confirme Decca. Elle l'avait même à la kermesse.

— Et au pub, ajoute Debo.

Je m'adosse à ma chaise, atterrée.

— Selon Winston, enchaîne Farve, les nazis se servent d'elle pour leur propagande : si une jeune aristocrate anglaise est devenue l'amie de Hitler et coule des jours heureux en « nouvelle Allemagne », pourquoi pas vous ? C'est plus ou moins le message qu'ils veulent faire passer au peuple britannique.

— Ils devraient plutôt craindre qu'elle dégoûte les gens, ricane Decca.

— Jessica ! la réprimande Muv.

Peter a suivi cet échange bouche bée, ce qui me paraît être la réaction la plus appropriée. Il la referme et la rouvre presque aussitôt pour s'écrier :

— Incroyable ! Nous bavardons et plaisantons comme si le comportement de Unity était normal. Passe encore qu'elle ait assisté à quelques meetings fascistes avec ses sœurs aînées… Mais pister Adolf Hitler ? Arborer une croix gammée à Swinbrook ? Tirer des coups de feu pendant une fête paroissiale ? Il faut faire quelque chose, dans son intérêt.

Si je m'écoutais, je l'embrasserais. C'est la première parole sensée que j'entends depuis le début de cette conversation. Je renchéris :

— Peter a raison. Unity a besoin d'aide. Pour commencer, il faut qu'elle quitte Munich.

— C'est cela, approuve mon mari. D'ailleurs, comment se fait-il qu'elle ait eu la permission d'y retourner ?

Cette critique à peine voilée nous vaut un regard noir de Muv.

— En suggérant de la rapatrier, vous remettez en cause les convictions de Unity, nous lance-t-elle sur un ton accusateur. Que vous les partagiez ou non, ses idées sont aussi respectables que les vôtres ou que celles de Decca.

Depuis quand notre mère milite-t-elle pour la liberté d'opinion ? C'est à se demander si elle ne préfère pas savoir Unity loin d'elle, en Allemagne. À moins qu'elle ait juste envie de se disputer avec moi. L'un n'exclut pas l'autre.

Je réplique aussi calmement que possible :

— Muv, il n'est pas question ici de ses convictions, mais de la manière dont elle se conduit. C'est une chose de soutenir un mouvement politique en lui accordant sa voix, ou même en manifestant. C'en est une autre de s'installer dans un pays étranger, de ramper aux pieds de son dirigeant et de rentrer chez soi en uniforme fasciste, arme comprise.

À mon grand étonnement, Farve me marque son approbation.

— Nancy n'a pas tort, Sydney. Mais il n'est peut-être pas utile de ramener Unity de force. Nous pourrions charger un des enfants de l'avoir à l'œil, de surveiller ses fréquentations et de nous faire un rapport.

Muv réfléchit, et je lis dans son regard que cette solution lui agrée davantage qu'un retour définitif de Unity.

— Nous pourrions lui envoyer Diana, suggère-t-elle. Elle commence à bien connaître l'Allemagne.

— Je ne ferais pas confiance à Diana pour prendre de bonnes décisions en ce moment, intervient Peter. Ne vient-elle pas de s'enfuir de l'hôpital pour courir retrouver son amant à des milliers de kilomètres ? En outre, elle a besoin de repos après l'opération qu'elle a subie.

Decca et Debo ricanent. Pamela elle-même ne peut se retenir de glousser. Muv garde le silence. Que pourrait-elle rétorquer à cela ?

J'apporte de l'eau au moulin de Peter :

— Sans compter qu'elle a déjà passé plusieurs semaines à Munich avec Unity, au milieu des nazis, sans vous alerter sur son comportement. On ne peut pas compter sur elle pour la ramener si le besoin se fait sentir. D'ailleurs, n'est-elle pas toujours en Italie avec Mosley ?

— En effet, elle poursuit sa convalescence là-bas, répond Muv. Mais rien ne prouve qu'il faille s'inquiéter pour Unity. Je te reconnais bien, Nancy : sous prétexte que tu ne partages pas leurs idées, tu ne peux t'empêcher de critiquer tes sœurs, comme dans *Charivari*.

Je suis fatiguée d'être sans cesse en butte à sa colère et à son aversion. Elle me juge trop acerbe ? Quand comprendra-t-elle que j'ai dû me forger une cuirasse pour survivre au sein de cette famille ? Comme j'aimerais pouvoir fuir cette discussion et retrouver la paix éphémère que j'ai connue au bord de l'Adriatique avec Peter ! Mais je n'ai pas le droit d'abandonner Unity à son sort. Si elle représente un danger pour elle-même ou pour les autres, je ne me pardonnerais jamais de ne pas avoir agi. Surtout quand il m'apparaît que personne ne le fera.

Peter a dû sentir le conflit qui faisait rage en moi, car il plonge son regard dans le mien et presse doucement ma main. Puis il parle en mon nom, se montrant enfin digne de la promesse qu'il m'a faite devant l'autel :

— Et si l'on envoyait plutôt Tom à Munich ?

29

Diana

20 août 1935
Naples, Italie

Diana contemple la silhouette du Vésuve à l'horizon, puis ses yeux s'attardent sur l'île de Capri émergeant des eaux azurées. Coiffée d'une élégante capeline afin de protéger son visage encore fragile du soleil éclatant, elle y a passé une journée merveilleuse, seule avec son amant. Après avoir nagé, ils ont dîné à bord du yacht de M, le *Vivien*, et fait l'amour avec passion, loin des oreilles des enfants et des regards de Baba. Cette nuit-là, Diana a compris qu'elle venait de remporter une victoire décisive.

Celle-ci n'était pas acquise, loin de là, lorsqu'elle a débarqué chez les Rennell. Elle avait sous-estimé la gravité de ses blessures et les fatigues du voyage, enchaînant un vol pour Marseille, une traversée vers l'Italie et un trajet en train jusqu'à Pausilippe, un quartier de Naples situé sur une colline qui offre une vue spectaculaire sur la baie. Elle est arrivée à la villa dans un état pitoyable, au beau milieu d'une réception en l'honneur du prince héritier d'Italie et de son épouse, deux amis de longue date de Baba.

Mais l'expression de M quand elle lui est apparue, le visage en partie caché par un ravissant foulard en soie, a justifié ses efforts.

« Diana ? Co… comment ? a-t-il bredouillé avant de l'envelopper dans ses bras musclés. Ma pauvre, ma précieuse déesse, comment as-tu fait pour parvenir jusqu'ici ?

— Tu m'as toujours dit que j'étais un miracle vivant », a-t-elle murmuré dans le creux de son cou.

Après l'avoir tendrement embrassée, il est allé s'excuser auprès des invités et l'a installée dans une des nombreuses chambres de la villa. Plus tard, elle l'a entendu se disputer avec Baba. La fureur qui transpirait de la voix de sa rivale rampait le long du couloir jusqu'à son lit, tel un serpent déterminé à l'étrangler. Étendue sous un drap de coton parfaitement repassé, Diana exultait. N'était-elle pas venue dans l'intention de jouer les trouble-fêtes ?

Les jours suivants, M a tout fait pour éviter que les deux femmes ne se croisent. Heureusement pour lui, Diana avait encore besoin de récupérer. Sa chambre communiquait avec une terrasse donnant sur la baie. Elle partageait son temps entre les périodes de repos au lit ou dans une chaise longue, le visage protégé du soleil, et les visites ponctuelles de son amant. Savoir que sa présence constituait un motif de discorde entre M et Baba l'aidait à supporter la proximité de celle-ci. Elle attendait son heure sans jamais se plaindre des attentions qu'il accordait à son ex-belle-sœur.

Le troisième matin, un grand vacarme l'a réveillée : Baba passait de pièce en pièce, aboyant des ordres aux domestiques qui préparaient ses bagages. En tendant l'oreille, elle a capté les mots « insupportable » et « intolérable ». Ces manifestations de mauvaise humeur étaient-elles destinées à M ou à elle-même ? Elle n'aurait su le dire. Mais quand son amant est revenu de la gare, où il avait conduit Baba, Diana avait déjà déménagé ses affaires dans la suite laissée vacante par son ennemie vaincue. Depuis, son séjour se déroule exactement comme elle l'espérait, entre sorties en mer, baignades et jeux avec les enfants.

— Tu as tout ce qu'il te faut, chéri ? s'enquiert Diana, les bras noués autour du cou de M.

Il enfouit son visage dans le creux de son épaule, évitant soigneusement ses derniers pansements.

— Comment cela se pourrait-il quand tu n'es pas avec moi ? répond-il.

Elle rit et le regarde à travers ses cils.

— J'attendrai bien sagement ton retour ici. Et tu ne pars que quatre jours…

— Quatre jours d'une extrême importance. Grâce à toi.

— Tu ne mérites pas moins, affirme-t-elle avec un sourire modeste.

Comme si ç'avait été une simple formalité pour elle d'obtenir que Hitler l'accueille en personne à Munich et donne un déjeuner en son honneur !

— Notre avenir en dépend, dit-il.

C'est un euphémisme. Depuis plusieurs années, Mussolini versait à l'UFB l'équivalent de 5 000 livres par mois. Cet argent, payé en différentes devises, transitait par l'agence d'import-export d'un vieil ami de M. Mais le déchaînement de violence à l'Olympia a entraîné une érosion des adhésions. Voyant que le fascisme britannique ne progressait pas autant que prévu, les conseillers du Duce l'ont incité à se montrer moins généreux. L'existence même du mouvement est en danger, d'autant plus que Mosley a également perdu le soutien de lord Rothmere à la suite du meeting de l'Olympia. Lorsque Diana lui a dit qu'elle détenait peut-être la solution à son problème, M était fou de joie. Bien sûr, elle s'est gardée de préciser qu'en orchestrant une rencontre avec Hitler elle voulait s'assurer qu'il n'ait plus besoin de Baba. Il doit croire que la décision de se séparer de sa belle-sœur vient de lui seul.

— Je ne doute pas un instant de ton succès, mon amour, affirme-t-elle avant un long baiser langoureux.

Une fois la porte refermée derrière lui, elle attrape une bouteille de champagne, une flûte en cristal, et descend la centaine de marches qui relient la villa à la plage. La baie de Naples est magnifique dans le crépuscule. La plupart des bateaux ont déjà regagné le port, dégageant une immensité d'un bleu inhabituellement paisible. Diana remplit sa flûte, la lève pour se porter un toast à elle-même, et la vide d'un trait. Puis elle retire sa robe de soie blanche et plonge dans la mer avec un sentiment de triomphe absolu.

30

Unity

22 août 1935
Munich, Allemagne

Heureusement, Tom n'arrive que la semaine prochaine. Ayant étudié le droit à Berlin, le frère de Unity parle couramment l'allemand et est féru de culture germanique. Mais le caractère impromptu de sa visite laisse penser que ce sont leurs parents qui l'envoient pour la surveiller, et elle ne peut prendre le risque qu'il commette le moindre faux pas.

Cette soirée est particulièrement importante pour elle. Plusieurs dignitaires nazis l'ont déjà invitée chez eux, l'exhibant comme un trophée, mais c'est la première fois qu'elle est admise dans le premier cercle du Führer.

C'est elle qui a eu l'idée de cette réception. En lisant la lettre où Diana lui confiait les difficultés financières de l'UFB, elle a tout de suite compris qu'à demi-mot sa sœur sollicitait son aide. Le fait d'être en mesure de lui rendre service lui a procuré une émotion indescriptible. Une fois sa décision prise, organiser une rencontre entre Hitler et Mosley s'est révélé un jeu d'enfant.

La requête de Diana tombait à pic pour effacer le souvenir cuisant de son séjour à Swinbrook. Là-bas, personne ne semblait apprécier sa compagnie. Muv et Farve se sont opposés à ce qu'elle s'habille comme à Munich : tout en noir, avec son joli petit swastika doré à son revers, son brassard d'un rouge éclatant et, quand il ne fait pas trop chaud, ses gants en cuir. Unity sait que son uniforme nazi la met très en valeur. Elle a été d'autant plus déçue que ses parents critiquent sa tenue au lieu de la complimenter. Et encore, ce n'était rien à côté du scandale qu'ils ont fait lorsqu'elle s'est entraînée à tirer au pistolet pendant cette kermesse barbante… Elle avait pourtant veillé à s'isoler pour ne blesser personne. Comme elle voudrait que ces Anglais à l'esprit étriqué – surtout ceux qui s'enfuient dès qu'elle met les pieds au village – la voient à l'épicentre du pouvoir nazi, célébrée et non vilipendée pour ses opinions !

Hitler a accepté de recevoir Mosley chez lui. Unity avait déjà visité son appartement à quatre reprises pour des réunions en petit comité. Aujourd'hui, en plus des œuvres d'art, des bouquets décorent les pièces. Dans la salle à manger et le salon, on a dressé plusieurs tables avec des nappes blanches, des verres en cristal et de l'argenterie. Outre les habituels officiers de haut rang, le Führer a convié des sommités et des aristocrates allemands, dont la fille du Kaiser, la duchesse de Brunswick, et plusieurs membres de la famille du compositeur Richard Wagner. Si Mosley produit une impression favorable, il devrait recruter de nouveaux contributeurs parmi cette noble assemblée.

— Fräulein Mitford !

Unity se retourne. Winifred Wagner, la veuve de Siegfried, un ami de son grand-père, lui adresse un signe de la main. En passant parmi les invités afin de la rejoindre, la jeune femme songe que son destin est inextricablement lié à celui de Hitler. Auprès de lui, elle a trouvé un sens à son existence et le sentiment de faire partie d'un dessein plus large qu'elle-même.

— Quelle joie de vous voir, Frau Wagner ! Comment allez-vous ? demande-t-elle en donnant une accolade chaleureuse à Winifred.

Bien que née en Angleterre, celle-ci se considère comme une pure Allemande depuis son adoption par des parents éloignés, à l'âge de 8 ans.

— Avec le Führer au pouvoir, je ne peux qu'aller bien ! déclare-t-elle.

Elle tourne un regard plein d'adoration vers leur chef bien-aimé, avec lequel son défunt mari et elle ont entretenu une amitié de plus de dix ans. La rumeur prétend même que durant la détention de Hitler, dans les années 1920, les Wagner lui ont fait parvenir des vivres ainsi que le papier sur lequel il a rédigé *Mein Kampf*.

— Je ne saurais mieux dire, Frau Wagner, l'approuve Unity.

Winifred se penche alors vers elle avec un sourire complice, presque maternel.

— On raconte que vous êtes devenue intime avec notre ami commun.

À sa grande consternation, Unity rougit. Elle ne voudrait pas que Winifred ou un autre membre du premier cercle de Hitler lui prête des ambitions inavouables.

— Le Führer me fait l'honneur d'accepter ma compagnie, répond-elle prudemment.

— Il a un faible pour vous, ma petite Valkyrie, assure Winifred en lui pressant le bras. Vous avez toutes les raisons d'en être fière. En fait, ajoute-t-elle en baissant la voix, il m'a confié qu'il comptait vous faire une surprise au prochain Festival de Bayreuth.

— Une surprise ? répète Unity, stupéfaite. Pour moi ?

— Oui. Mais que cela reste entre nous, d'accord ?

Mosley apparaît juste comme Unity promet de garder le silence.

— Rebonjour, chère petite fasciste, lui glisse-t-il au passage.

Depuis son arrivée la veille, ils ont passé beaucoup de temps ensemble. Unity lui a appris tout ce qu'il avait besoin de savoir sur Hitler. Une tâche délicate l'attend : il va devoir convaincre les dignitaires nazis présents que l'UFB représente un allié de poids pour atteindre leurs objectifs. Afin de faciliter ses échanges, elle lui a trouvé un interprète.

Streicher entraîne aussitôt Mosley vers un officiel inconnu. Pendant que Winifred évoque les changements qu'elle entend apporter au célèbre Festival de Bayreuth, Unity tend l'oreille pour épier leur conversation.

— Nous aimerions que l'UFB s'aligne plus nettement sur nos valeurs fondamentales, dit Streicher.

Le troisième homme acquiesce vigoureusement tandis que l'interprète traduit pour Mosley.

— Cela ne devrait pas poser de difficultés, répond celui-ci sur un ton inhabituellement conciliant. Selon vous, sur quel aspect de l'idéologie nazie devraient porter nos efforts ?

Streicher a un sourire inquiétant.

— Jusqu'ici, l'UFB n'a fait qu'effleurer le problème juif. Une déclaration publique dénonçant la mainmise de la communauté israélite de Grande-Bretagne sur la presse, l'industrie, les banques et même le cinéma serait très appréciée. Encore mieux, un appel solennel à mettre fin à la corruption juive non seulement en Angleterre, mais dans toute l'Europe, achèverait de convaincre le Führer que nos intérêts coïncident.

Mosley a un tressaillement presque imperceptible. Toutefois, il se plie à la demande de Streicher.

— L'UFB se fera un honneur de proclamer qu'elle partage entièrement l'opinion du nazisme concernant les Juifs.

— Parfait ! s'exclame Streicher en croisant les mains sur son énorme ventre. Je n'en espérais pas moins. Venez, à présent. Nous allons vous présenter notre hôte, Herr Hitler. Il est impatient de vous rencontrer.

Les trois hommes se dirigent vers Hitler, et Unity accorde de nouveau son attention à Winifred. Avec un sourire, elle songe qu'elle a bien travaillé et que Diana sera fière d'elle.

31

Nancy

28 juillet 1936
Londres, Angleterre

Garder mon calme. Respecter des horaires réguliers. Éviter la fatigue et les contrariétés. Telles étaient les recommandations du médecin que nous avons consulté après avoir tenté en vain de concevoir un enfant pendant deux ans. Mais il a fallu l'imbroglio autour de Diana et de Unity, au début de l'été, pour me convaincre d'appliquer ces conseils de bon sens.

Le fait que Peter s'en tienne toujours à ses bonnes résolutions a pesé dans ma décision, bien sûr. Nous rivalisons de gentillesse l'un envers l'autre, ce qui est peut-être plus important que l'amour, en définitive. Sa présence étonnamment rassurante m'aide à surmonter les troubles familiaux et politiques, même si la récente invasion de l'Éthiopie par l'Italie a ravivé mes craintes de voir le fascisme se propager.

Mon nouveau projet m'incite également au détachement. En plus de m'absorber, il me procure des rentrées financières bienvenues sans être particulièrement exténuant.

Cette aubaine inespérée a pris la forme d'une commande de mon cousin et ami Edward Stanley d'Alderley.

Les Stanley d'Alderley ont longtemps figuré parmi les piliers de l'aristocratie britannique. Lorsqu'il a hérité du château familial, en Écosse, Edward y a découvert une précieuse collection de lettres s'étalant sur plusieurs siècles. Il attend de moi que je les catalogue, mais aussi que j'en extraie la substance afin de créer un miroir du passé qui éclairera le présent. D'après lui, mon talent d'écrivain et nos liens de parenté font de moi la personne idéale pour cela. Nul ne comprend mieux que moi les caprices et les excentricités de nos ancêtres communs. Le père de Farve – « grand-père polisson », comme nous l'avons surnommé en raison de son caractère taquin et de sa conduite parfois condamnable – était marié à lady Clementine Ogilvy, une fille du comte d'Airlie, issue de la lignée des Stanley. Cette ascendance fait également de moi une Stanley, et c'est un peu ma propre histoire que je reconstitue à travers elle.

Assise à mon petit bureau de Rose Cottage, face à la baie vitrée, je me sens en paix comme je l'ai rarement été. Chaque nouvelle lettre jaunie et friable que j'étudie m'en apprend plus sur moi et sur notre destin collectif. Parmi toutes les pépites que j'extrais des cartons, j'éprouve une affection particulière pour la correspondance entre Maria Josepha Stanley d'Alderley et sa belle-fille, Henrietta Stanley, au milieu du XIXe siècle. Maria, née en 1771, avait reçu une instruction très supérieure à la norme de son époque. Douée d'une intelligence brillante, elle s'était fait remarquer très tôt en réclamant pour les filles la prérogative de choisir leur époux. Elle appréciait les échanges intellectuels avec Henrietta, qui militait elle-même pour l'éducation féminine. Je me sens fortement attirée par ces deux esprits étonnamment modernes.

— Écoute ça, Prodd, dis-je à Peter qui fume dans son fauteuil. Ici, Maria félicite Henrietta d'avoir réprimandé son mari, Edward John – le propre fils de Maria –, pour n'avoir pas mieux défendu les droits des femmes à la Chambre des lords. Incroyable, non ?

— On ne se douterait jamais que ces lettres datent d'il y a presque un siècle.

— Exact ! Le lecteur contemporain pourrait apprendre deux ou trois choses de ces dames.

— Tu as l'intention de consacrer un livre à Maria et Henrietta ?

La question de Peter fait écho à mes pensées.

— Peut-être. *Les Dames d'Alderley*… Que dis-tu de ce titre ?

— Très chouette ! Et ça te ressemble tellement…

Tout en réfléchissant, je me penche pour caresser Milly et Lottie, blotties comme d'habitude à mes pieds. Au lieu de chercher par tous les moyens à porter le fascisme au pouvoir, ici et à l'étranger, mes sœurs seraient bien inspirées de mettre leur intelligence, leurs relations et leur position sociale au service d'une juste cause, comme Maria et Henrietta. La lecture des journaux et les lettres de Muv m'ont appris que Diana et Unity se trouvent actuellement en Allemagne, où elles vont assister aux jeux Olympiques. Dieu sait quels dommages elles vont encore infliger à leur réputation et à celle de notre famille ! Que pourrais-je faire de plus que dénoncer par écrit leurs opinions et leurs fréquentations dangereuses, comme dans *Charivari* ? J'en ai assez de rester inactive, à attendre un enfant qui ne viendra peut-être jamais, tandis que le monde se fissure autour de moi.

Je me force à chasser ces pensées. Ressasser à propos de mes sœurs et de leurs manigances ne ferait que m'énerver, alors que je suis d'une humeur extraordinairement égale depuis plusieurs mois. Et je m'inquiète sans doute pour rien. Pour pénible qu'il soit, leur comportement ne devrait pas avoir de conséquences fâcheuses. Je prends une profonde inspiration avant de me replonger dans ma lecture. Comparé au nôtre, l'environnement politique de Maria et Henrietta me paraît merveilleusement stable.

J'entends Peter approcher par-derrière. Il me masse les épaules en contemplant la Tamise qui scintille dans la clarté cuivrée du couchant.

— La lumière est magnifique, ce soir, fait-il remarquer.

J'appuie ma tête sur son bras, songeant combien il est doux de pouvoir se reposer sur quelqu'un. C'est un sentiment nouveau pour moi.

— Ça te dirait d'aller dîner au Bell and Crown ? demande-t-il.

Si l'on m'avait prédit il y a cinq ans que mon idée du bonheur consisterait un jour à dîner au pub avec mon mari après avoir passé des heures à trier de vieilles lettres, je me serais récriée. Evelyn aussi aurait poussé des cris d'orfraie. Mais je ne vois plus beaucoup Evelyn, et la proposition de Peter me semble parfaite.

— D'accord !

Les fêtes débridées et les beuveries de ma *jeunesse dorée*[1] me manquent-elles ? Ai-je la nostalgie de l'époque

1. En français dans le texte. *(N.d.l.T.)*

où je rentrais à 6 heures du matin dans ma robe de soirée froissée, croisant en chemin les ouvriers qui se rendaient à leur travail ? Oui, parfois. Puis je me rappelle combien ces nuits étaient fatigantes et en réalité solitaires, et je me réjouis d'avoir trouvé en Rose Cottage et dans le passé un abri contre le chaos qui menace.

Mais combien de temps les murs de ce refuge tiendront-ils ?

32

Diana

28 juillet 1936
Berlin, Allemagne

Quel cadre idyllique ! pense Diana, ravie. Une pièce sommairement meublée, mais abondamment fleurie. Une phalange d'officiers nazis de haut rang autour d'eux. La musique de Wagner, jouée par un gramophone, flottant dans la chaleur de l'été. Une tunique d'un or pâle sur une jupe longue en velours noir. Un bouquet de roses, d'œillets et de chrysanthèmes. Pas le mariage dont rêvent la plupart des femmes, certes. Mais ils ne pouvaient espérer mieux.

On est très loin du décorum de son premier mariage avec Bryan. Ce jour-là, devant le gratin de la société et de l'aristocratie anglaise, elle avait remonté la nef centrale de l'église St Marguerite de Westminster, suivie de l'une de ses onze demoiselles d'honneur portant sa traîne. Presque tous les journaux avaient consacré leur une à l'événement et décerné aux jeunes mariés le titre de « couple de la décennie ». Mais derrière cette façade somptueuse, il n'y avait que le vide.

Cette cérémonie est parfaite dans sa simplicité même. Ils tenaient à garder leur union secrète pour ne pas nourrir les controverses dont l'UFB fait l'objet et la curiosité du public pour la famille Mitford. Surtout, Mosley redoutait la fureur de Baba. Si la nouvelle s'ébruitait, celle-ci pourrait chercher à le salir pour se venger, le privant ainsi des derniers subsides que lui versent encore l'Italie et quelques membres de la noblesse britannique.

Diana et Mosley ont envisagé un mariage dans l'intimité en Grande-Bretagne, mais la loi les obligeait néanmoins à publier des bans. Les journalistes les harcèlent constamment à ce propos, le fils de Winston, Randolph, n'étant pas le moins acharné. Diana a évoqué ce casse-tête devant Hitler. Elle a enchaîné les séjours à Berlin depuis que le Führer a découvert combien il appréciait sa compagnie.

Hitler s'est révélé un hôte étonnamment simple et chaleureux. Après un dîner végétarien en tête à tête, ils regardent parfois un film dans ses appartements officiels de la chancellerie. Les choses ne vont jamais plus loin. Le Führer s'est toujours comporté en parfait gentleman avec elle, sans lui faire la moindre avance de nature sexuelle. Il est rare que leur conversation prenne une tournure politique – Hitler pense que ce n'est pas l'affaire des femmes –, mais dans ce cas elle affirme ses convictions fascistes avec fougue, quoique d'une manière moins véhémente que M ou Unity. Le chancelier et elle s'accordent sur la nécessité de préserver la paix et l'unité entre l'Allemagne et la Grande-Bretagne. La seule faveur qu'il lui a jamais demandée, c'était de lui rapporter les propos de couloir qu'elle a pu surprendre au sujet de l'Allemagne, surtout s'ils émanaient de son cousin Winston. Elle s'est exécutée bien volontiers : c'était un faible prix à payer en échange d'un soutien financier à l'UFB.

Lors d'une de ses visites, Hitler s'est poliment enquis de la façon dont elle envisageait l'avenir avec Mosley. Elle lui a expliqué leur situation, en passant sous silence la liaison adultère entre M et Baba. L'expérience lui a appris qu'il pouvait se montrer singulièrement strict en matière de morale.

— Bien sûr, nous voudrions nous marier, a-t-elle conclu.

— Naturellement. C'est le vœu le plus cher de toutes les femmes et l'intérêt de la plupart des hommes.

Diana a entendu différentes versions de cette phrase au fil de leurs discussions. Une affirmation curieuse de la part d'un dirigeant qui prône si fort les valeurs familiales, mais trouve toujours un prétexte pour ne pas épouser sa maîtresse.

— Mais pas le vôtre, Führer… On ne saurait vous ranger dans la catégorie des hommes ordinaires.

Hitler a ri. Diana avait déjà remarqué qu'il n'était pas insensible aux flatteries.

— En effet, a-t-il acquiescé. Mes devoirs envers l'Allemagne m'empêcheraient de me consacrer entièrement à ma femme et à ma famille.

— La nation allemande peut se réjouir d'avoir un chef prêt à lui sacrifier son bonheur.

Hitler l'a récompensée de ses efforts en lui pressant doucement la main.

— Nous trouverons un moyen de faire le vôtre, lui a-t-il assuré. Une femme aussi belle, avec votre statut social, devrait pouvoir se marier quand et comme elle le souhaite.

Elle s'apprêtait à le remercier pour ses paroles aimables quand il a ajouté :

— Et si nous organisions une cérémonie ici, en Allemagne ? Je me charge de vous obtenir une autorisation officielle du Reich. Ainsi, vous n'aurez pas besoin d'annoncer publiquement votre union en Angleterre.

— Vraiment ? Vous nous feriez cet honneur ?

Il a pris sa main et l'a gardée un moment dans la sienne.

— Avec un immense plaisir. Je dois bien cela à la beauté aryenne qui a déjà tant œuvré pour unir nos deux pays.

Diana a-t-elle usé de la proposition de Hitler pour exercer une pression discrète sur Mosley ? Peut-être. Jusque-là, ses tentatives pour convaincre son amant de lui passer la bague au doigt n'avaient suscité que de vagues promesses. Ces atermoiements avaient fini par la lasser. Par bonheur, le Führer lui a évité de s'abaisser à supplier M ou de l'accabler de reproches.

Enfin, elle se tient avec lui devant l'officier de l'état civil qui va les unir légalement. Son seul regret est de ne pas avoir ses fils auprès d'elle. Cela lui a brisé le cœur de devoir les confier une fois de plus à leur père, d'autant qu'ils sont maintenant assez âgés pour s'interroger sur ses absences répétées, mais elle n'avait pas le choix. Le mariage n'est que la première étape de leur voyage. Ces allers-retours perpétuels entre l'Angleterre et l'Allemagne l'épuisent, mais il est capital qu'elle cultive ses bonnes relations avec Hitler.

Son regard se pose alors sur Unity. En apprenant qu'elle serait son témoin, sa demoiselle d'honneur, mais aussi le seul membre de leur famille à assister à la cérémonie, celle-ci a manifesté un enthousiasme qui frôlait l'hystérie, rappelant à Diana qu'elle est censée veiller sur elle. Être admise dans le premier cercle du Reich semble avoir fragilisé un peu plus son équilibre mental. Pour autant, il n'est pas question que Unity retourne en Angleterre. Muv et Farve eux-mêmes se sont rangés à cet avis depuis que Tom leur a assuré qu'ils n'avaient pas lieu de s'alarmer pour elle. Son intimité avec le Führer a trop de prix pour Diana. Et sans le prétexte de rendre visite à sa petite sœur, ses déplacements en Allemagne finiraient par déclencher des soupçons.

Diana se tourne vers son bien-aimé et lui sourit. Ses cheveux noirs, sa carrure, la puissance qui émane de lui l'impressionnent toujours autant que lors de leur première rencontre. Afin de l'avoir pour elle seule, elle a dû déployer des trésors de courage et d'abnégation, mais elle n'a jamais douté du succès de son entreprise. Elle a une foi indéfectible dans la force de sa volonté.

C'est cette volonté qui l'a menée là, dans cette chapelle improvisée au domicile berlinois de Joseph Goebbels. Le ministre de la Propagande du Reich se méfie de Diana, comme de tous les Anglais. Il a néanmoins accepté que la cérémonie se déroule chez lui, et sa villa de Wannsee accueillera leur repas de noces.

Sans aucun doute, ce mariage n'a rien de traditionnel. Mais Diana s'est-elle jamais pliée aux conventions ?

33

Unity

1er août 1936
Berlin, Allemagne

La cérémonie est à couper le souffle. L'entrée de la flamme olympique dans l'immense stade, joyau du complexe sportif récemment achevé, devant plus de 100 000 spectateurs, procure à Unity une émotion indescriptible. Quelle fierté d'y assister depuis la tribune officielle, juste derrière l'estrade où le Führer doit prononcer un discours ! Sa présence prouve qu'elle fait partie intégrante de la nouvelle Allemagne, et aussi qu'elle est appelée à jouer un rôle clé dans la construction de l'alliance de celle-ci et de la Grande-Bretagne. Hitler lui a assuré que c'était bien le but qu'il recherchait.

Le public se tait quand le Führer entre dans l'arène. Tous les regards sont fixés sur lui lorsqu'il prend le bouquet que lui tend une petite fille. Unity se réjouit que le monde entier puisse découvrir l'homme bon et tendre derrière le chef inflexible et puissant. Dans un silence absolu, il gravit les marches de l'estrade et se concentre. Tous attendent de lui le genre de discours théâtral qu'ils ont vu dans d'innombrables bobines d'actualités. Mais Unity sait que pour cette occasion particulière, il a décidé de surprendre son auditoire.

Le Führer reste un long moment immobile face au micro, puis il prend la parole d'une voix calme et posée, avec un minimum de gestes :

— Je déclare ouverts les jeux Olympiques de Berlin, qui célèbrent les onzièmes olympiades de l'ère moderne.

Le public retient son souffle, attendant qu'il poursuive. Unity étouffe un rire. Quand il incline brièvement la tête, donnant le signal du défilé, le stade entier se soulève dans une clameur assourdissante.

La première des 49 nations participantes entame un tour de piste qui démarre au pied de la tribune où ont pris place Unity et Diana. Près de 4 000 athlètes vêtus aux couleurs de leur pays défilent en agitant le bras. La délégation allemande compte pas moins de 348 concurrents prêts à en découdre avec leurs principaux rivaux, les Américains.

Au bout d'une heure, les deux sœurs imitent leurs voisins et se rasseyent. Le Führer, lui, reste debout, comme au garde-à-vous, jusqu'à l'issue de la cérémonie. Unity ne l'a jamais trouvé plus admirable. Elle remarque que seuls les Italiens, les représentants de Mussolini, ont la courtoisie de tendre le bras pour lui rendre son salut. Les sportifs britanniques s'y refusent. Malgré ses sentiments patriotiques, la jeune femme est choquée par ce manque de respect. Elle regrette d'autant plus que Mosley n'ait pas encore pris la tête du pays. Dans le cas contraire, les athlètes anglais auraient également adopté le salut nazi. Elle cache ses doutes à Diana, mais elle craint de plus en plus que Mosley ne connaisse jamais le même succès que Hitler. Peut-être parviendra-t-elle cependant à lui donner un coup de pouce. Elle l'espère de toutes ses forces, car, sinon, son rêve de voir la Grande-Bretagne s'allier à l'Allemagne pourrait ne jamais se réaliser.

Par-dessus le vacarme de la fanfare, elle entend un dignitaire nazi glisser à son voisin :

— Pour un boycott, c'est raté.

Il fait allusion à l'appel au boycott des Jeux lancé par différentes factions étrangères. L'élément déclencheur de la contestation a été l'exclusion d'un certain nombre d'athlètes juifs, dont le champion de boxe mi-lourd Erich Seelig, le meilleur joueur de tennis allemand Daniel Prenn, et la spécialiste du saut en hauteur Gretel Bergmann.

— Ces fichus Anglais et Américains ont voulu faire les malins, mais tout ce qu'ils ont obtenu, c'est de passer pour des menteurs, répond le second dignitaire avec un ricanement méprisant. Je les défie de trouver la moindre preuve de discrimination envers les Juifs dans tout Berlin !

— Ce cher Goebbels a bien fait le ménage.

En effet, ces derniers mois, le ministère de la Propagande a fait supprimer de l'espace public tous les panneaux et affiches contenant des allusions aux lois aryennes. De même, les journaux ont cessé d'étriller la population juive et de lui imputer tous les maux passés et présents de l'Allemagne.

— Et quel coup de génie d'autoriser cette escrimeuse juive, Helene Mayer, à concourir pour l'Allemagne !

— En effet. Même si cela m'a donné envie de vomir de voir cette youpine défiler devant nous.

Ces mots provoquent un malaise chez Unity. Pourquoi aujourd'hui, entre tous les jours ? Jusqu'ici, elle a toujours embrassé et même poussé à l'extrême les opinions de ces hommes et de leurs semblables, que ce soit dans les conversations privées, les articles de presse ou ses prises de parole dans des meetings. Mais alors qu'elle devrait exulter, voilà qu'une petite voix – celle de sa conscience ? – cherche à semer le doute dans son esprit.

Elle tente de faire taire cette voix quand elle sent un regard sur elle. Quelqu'un a-t-il remarqué son trouble ? Elle doit se montrer plus prudente. Certains nazis ont pris ombrage de sa proximité avec Hitler et guettent le moindre faux pas de sa part. Aussi, même si ces propos sur les Juifs l'ont choquée, elle ne fera rien qui puisse mettre en péril sa relation avec le Führer. Au contraire, elle dira et fera tout ce qu'il faut pour renforcer leurs liens et assurer le succès de sa mission.

En jetant des coups d'œil discrets autour d'elle, elle voit Diana étouffer un bâillement. Si sa sœur ne s'est jamais beaucoup intéressée au sport, Unity la sait néanmoins sensible au caractère grandiose du spectacle. Et quoiqu'un peu jalouse de ses tête-à-tête avec le Führer, elle se réjouit de l'avoir près d'elle. Elles forment une bonne équipe.

Son regard se pose alors sur Eva Braun. Les rares fois où elles se sont croisées, celle-ci n'a même pas cherché à lui cacher son hostilité, probablement alimentée par les rumeurs que font courir Goebbels et d'autres semeurs de discorde. Unity pensait qu'Eva s'adoucirait une fois installée au Berghof en tant que maîtresse officielle de Hitler.

Qu'elle comprendrait qu'elles jouent des rôles différents, mais d'une égale importance, dans la vie du Führer. Et que c'est elle, Unity, qui le haussera à la place que Dieu lui a assignée comme chef suprême du Reich européen.

34

Nancy

4 octobre 1936
Kent, Angleterre

Croient-elles vraiment que je vais rester là à écouter leurs bavardages futiles ? Qui est la femme ou la maîtresse de qui, qui portait quoi à quelle soirée… Comme si tout cela avait la moindre importance ! Chaque nouveau détail qu'elles passent à la loupe me donne envie de hurler. Mais je sais me tenir. Avec un sourire de façade, je m'excuse auprès de Muv et de Clemmie avant de quitter la table où l'on a servi le thé, laissant à Debo et à Pamela le soin d'entretenir la conversation.

Je m'approche d'une fenêtre pour admirer le jardin de Winston. De l'aveu même de Clemmie, cette maison est moins la sienne que celle de son mari. Il a acquis le manoir de Chartwell alors qu'elle venait de donner le jour à leur dernier enfant, Mary, et elle n'y a jamais vraiment imprimé sa marque. Le parc, en particulier, est le domaine réservé de Winston. Il le façonne à coups de projets plus ou moins aboutis, dont un mur de briques qu'il construit lui-même.

Pour ma part, j'ai du mal à l'imaginer en bleu de maçon, les bras plongés jusqu'aux coudes dans le mortier.

Pourquoi me suis-je exposée à ce déluge de trivialités ? Au fil des mois, tandis que mes espoirs de grossesse s'amenuisent, j'ai trouvé refuge dans les lettres jaunies des Stanley, dans le dialogue piquant et affectueux entre Maria et Henrietta. Dès que je m'immerge dans leur monde, plus rien ne me contrarie, ne m'agace ni ne me bouleverse.

Si ma situation ne s'améliore pas – si j'échoue encore à tomber enceinte ce mois-ci –, vais-je me perdre à tout jamais dans le passé, au risque de devenir la spectatrice de ma propre vie ? Lorsque j'imagine mon avenir, je me vois démêler patiemment l'histoire familiale des Stanley pour en extraire la matière de plusieurs volumes, reléguant simultanément mon existence morne et solitaire sur une étagère.

Une odeur de tabac se répand dans l'air. Je me retourne et découvre Winston à mes côtés. Comment un homme de sa corpulence peut-il se déplacer aussi discrètement ? Il a réussi à traverser la pièce pour me rejoindre sans faire craquer une seule lame du parquet.

— Je ne pensais pas que vous supporteriez leurs jacasseries aussi longtemps, dit-il en tirant sur son cigare.

— Vous m'accordiez combien de temps ?

— Pas plus d'un quart d'heure. Mais vous avez tenu vingt-trois minutes, constate-t-il en jetant un coup d'œil à sa montre. Bravo ! J'en aurais été incapable.

— Pour le savoir, encore aurait-il fallu vous joindre à nous.

— Non merci. Je connais les limites de ma patience.

— Qui ne les connaît pas ?

Winston est aussi réputé pour ses colères que pour ses excentricités. Je me suis souvent demandé comment Clemmie, ce modèle d'élégance et de retenue, pouvait se plier aux habitudes singulières de son mari. À Chartwell, il passe des heures dans sa baignoire et travaille le plus souvent au lit, en pyjama, jusqu'à l'heure du déjeuner. Peut-être ma cousine préfère-t-elle encore vivre ici, à l'écart du monde, plutôt que d'endurer les moqueries et l'ostracisme dont ils sont l'objet à Londres depuis les déclarations fracassantes de Winston sur la menace nazie et la politique d'apaisement de l'actuel Premier ministre, Baldwin. Personne n'aime entendre la vérité. Il est tellement plus agréable de préserver ses illusions !

— En réalité, reprend Winston, cela faisait un moment que je souhaitais m'entretenir avec vous. En privé.

De quoi peut-il bien vouloir me parler ? J'ai toujours eu l'impression qu'il nous jugeait, mes sœurs et moi, d'une frivolité insupportable, même s'il n'a jamais eu avec nous que des conversations trop superficielles pour se forger un avis pertinent.

— Vraiment ? dis-je. Qu'est-ce qui me vaut cet honneur ?

Il ôte son cigare de sa bouche et le pointe vers la fenêtre.

— Vous plairait-il de visiter le parc ? Le temps paraît se maintenir.

— J'en serais ravie.

Que pouvais-je répondre d'autre ?

En flânant dans le jardin bordé par un lac artificiel, nous commençons par évoquer le domaine et les projets que Winston nourrit pour lui. Puis il déclare, sans transition :

— Je ne crois pas vous avoir dit à quel point j'avais apprécié *Charivari*.

Je m'arrête net.

— Vous l'avez lu ?

Sans ôter son cigare, il m'adresse un sourire malicieux.

— Cela vous étonne ? Mon appétit pour la lecture est aussi immense que mes goûts sont variés.

— Je n'en doute pas. Toutefois, *Charivari* n'est rien de plus qu'une comédie légère… En outre, il n'a pas remporté un grand succès au sein de la famille.

— Cela ne me surprend pas, ricane Winston. J'imagine qu'il accordait trop de place à Mosley et à Unity.

Je le regarde à la dérobée.

— Je ne vois pas ce que vous voulez dire. Le Capitaine Jack et Eugenia sont des personnages de pure fiction.

Ignorant mes dénégations, il poursuit :

— Votre peinture du fascisme ne relève pas vraiment de la comédie légère.

— L'écriture me permet d'exprimer des opinions sans en avoir l'air. Nous autres, femmes, n'avons guère de moyens pour faire entendre nos voix.

Il cesse de marcher et se tourne vers moi :

— Je partage pleinement votre avis. J'ai vu les sbires de Hitler à l'œuvre, et mes sources me tiennent informé de ses manigances. Quoi que prétende cet idiot de Baldwin, le fascisme représente une menace pour notre pays, qu'il soit importé d'Allemagne ou cultivé sur place.

— Je ne suis pas une experte du fascisme allemand, mais j'ai eu l'occasion d'étudier de près la variété locale… Si j'utilise l'humour et la satire, c'est parce que ce sont les seules armes dont je dispose, et parce que plusieurs personnes de ma famille sont directement concernées.

— Je me fais du souci pour ces personnes, Nancy.

— Moi aussi.

Ni lui ni moi n'avons besoin de préciser de qui nous parlons. Pourquoi Winston s'intéresse-t-il subitement au sort de mes sœurs ? Certes, il a toujours eu un faible pour Diana. De nous toutes, c'est elle qui a le plus souvent séjourné à Chartwell avec Tom et le fils Churchill, Randolph. Mais je ne crois pas qu'il ait beaucoup d'affection pour Unity. Très peu de gens en ont, en dehors de notre famille.

— Diana et Unity vous parlent-elles parfois de Hitler ?

Sa question ne me prend pas au dépourvu. L'obsession de Winston pour le chancelier allemand et ses projets l'a rendu très impopulaire auprès du gouvernement de Stanley Baldwin et des aristocrates qui voient dans le nazisme et le fascisme l'antidote au communisme.

— Je ne vous cache pas que mes rapports avec Diana ne sont pas très cordiaux en ce moment. La faute de *Charivari*, comme vous vous en doutez. Quant à Unity… Eh bien, il y a longtemps qu'elle n'est pas revenue en Angleterre. Elle a élu domicile à Munich, qui n'est pas la ville que je rêve le plus de visiter.

— Je comprends. Malgré ma disgrâce actuelle, j'ai gardé des relations au cœur du pouvoir britannique. Les renseignements dont je dispose me donnent à penser que Hitler utilise vos sœurs, en particulier Unity. Cela deviendra de plus en plus vrai dans un avenir proche. Je tiens de bonne source que l'Allemagne envisage une alliance avec l'Italie.

Je frissonne à l'idée de voir les deux puissances fascistes unir leurs forces.

— Il les utilise, dites-vous ? À des fins de propagande ?

Je comprends qu'un chef d'État veuille se montrer au bras d'une beauté telle que Diana, mais Unity ? Même dans ses meilleurs jours, elle est trop imprévisible.

— Pour une partie, oui. En tout cas, il ne s'est pas privé de les exhiber lors des jeux Olympiques. Il doit penser que leur présence au milieu de tous ces nazis le rend plus acceptable aux yeux des Anglais. Et Unity s'est fait son porte-parole contre les Juifs.

Ce souvenir déplaisant m'arrache une grimace.

— Et pour l'autre partie ?

— Il cherche à leur soutirer des informations.

J'éclate de rire.

— Des informations ? À Unity ? Winston, discuter stratégie l'intéresse moins que de découvrir quel est le dessert préféré de son cher Führer. Quant à Diana... Ce n'est pas comme si Mosley avait accès à des secrets d'État.

— Je veux bien croire que vos sœurs n'ont pas de mauvaises intentions. Peut-être aussi ignorent-elles l'importance de ce qu'elles entendent dans les salons de la haute société britannique et ne savent-elles pas ce qu'elles ont le droit de répéter ou non.

Il tire sur son cigare en promenant son regard sur le paysage.

— À moins qu'elles n'agissent en toute connaissance de cause. Vous êtes la mieux placée pour le découvrir. Ou préférez-vous rester à l'arrière de la ligne de front et consigner vos ruminations par écrit ?

Interloquée, je me demande comment il a deviné mon état d'esprit actuel. En outre, je ne suis pas sûre de comprendre ce qu'il attend de moi.

Sans doute a-t-il perçu mon trouble, car il ajoute :

— Prenez ceci comme une invitation à redresser le cours du monde, Nancy.

35

Diana

4 octobre 1936
Londres, Angleterre

Diana trouve que son mari a vraiment fière allure. Monté sur une estrade improvisée dans Cable Street, une rue de l'East End, il encourage de la voix les Chemises noires qui défilent. *Mon mari*, se répète-t-elle avec délice. Même si elle a déjà été mariée, le fait d'être l'épouse de M, promise à un destin grandiose à ses côtés, la transporte au ciel.

Il lui avait fermement déconseillé de venir, mais elle tenait à assister à son triomphe. Le lendemain de son départ, elle aussi a quitté leur nouvelle demeure, Wootton Lodge (une merveilleuse maison de pierre du XVIIe siècle, bordée par un bois de hêtres et nichée au pied d'une chaîne de montagnes enneigées. Ses fils peuvent y faire de la luge presque toute l'année et M pêche la truite dans les différents étangs de la propriété), pour se rendre à Londres.

Soudain, M l'aperçoit. La surprise puis le plaisir se peignent sur son visage, vite remplacés par le mécontentement à la vue de la foule en colère qui s'est formée en marge du cortège.

Plusieurs milliers d'antifascistes, de communistes et de Juifs de l'East End sont venus protester contre les positions ouvertement antisémites de l'UFB. Depuis son séjour en Allemagne, et plus encore depuis leur mariage, Mosley s'est départi de son silence relatif sur la question juive (son manifeste, *The Greater Britain*, ne contenait pas une ligne à ce sujet) pour lancer des attaques virulentes. Pas plus tard que la semaine dernière, il a déclaré dans une interview que la prétendue « volonté du peuple » était en réalité déterminée par les financiers israélites.

Mosley a fait exactement ce que Streicher lui avait demandé lors de leur première rencontre. En retour, le Reich s'est montré généreux. Hitler n'a pas commenté publiquement cette évolution idéologique pour éviter qu'on ne l'attribue à son influence. Mais, en privé, il a fait part de sa satisfaction à Diana, et celle-ci s'est félicitée du rôle qu'elle a joué dans cette affaire. Tout ce qu'elle souhaite, c'est que les citoyens britanniques adhèrent au programme de M sans qu'il ait besoin de tenir des propos aussi brutaux. Toutefois, sans le soutien de Hitler, l'UFB n'existerait peut-être déjà plus. Pour déplaisantes qu'elles soient, ces prises de position sont un mal nécessaire.

Cependant, la foule ne cesse de grossir. Le poing levé ou brandissant des pancartes, les manifestants hurlent aux Chemises noires de déguerpir. L'East End abrite une forte population juive, c'est même pour cela que M a décidé d'y organiser un défilé. Les opposants ont tenté de le faire interdire, mais le gouvernement l'a finalement autorisé au nom de la liberté d'expression. Malgré cela, Diana sait que le milieu politique s'agace des critiques de Mosley. Mais comment pourrait-il rester sans réagir devant le naufrage en cours ? Le système en place favorise la vieille garde conservatrice, et non le peuple. M a toutes les raisons du monde de vouloir le renverser, et qu'importe si l'homme de la rue redoute le changement !

— Foutez le camp de notre quartier ! vocifère un jeune voyou.

La foule reprend en chœur, couvrant les chants et les slogans fascistes. Soudain, des projectiles divers – briques, chaises, bouteilles – volent dans leur direction. Si une partie s'écrase au sol dans un fracas assourdissant, certains atteignent leurs cibles. Des cris de douleur fusent. Une femme a le visage en sang. Diana recule contre la devanture d'une boucherie.

J'aurais dû écouter M, pense-t-elle en esquivant une bouteille de lait. Quand il a invoqué le risque d'un affrontement violent pour la dissuader de venir, elle a acquiescé docilement. Or, comme toujours, elle n'en a fait qu'à sa tête. Danger ou pas, elle tenait à lui témoigner son soutien.

En cherchant à s'extraire de la cohue, elle constate qu'une troupe de policiers est arrivée. Toutefois, son soulagement ne dure pas : les émeutiers s'en prennent maintenant non seulement aux sympathisants de l'UFB, mais aussi à la police. À travers celle-ci, sans doute visent-ils le gouvernement, qui a autorisé le rassemblement fasciste. Certains sont armés de pieds de chaise entourés de fil barbelé.

Diana est prise au piège à la fois par les manifestants, la barricade qui lui coupe toute retraite, l'impuissance des policiers et même celle du service d'ordre de l'UFB, qui ne parvient pas à dégager l'estrade de M.

Un pavé la frôle avant de fracasser la vitrine de la boucherie, projetant des éclats de verre. Une bousculade s'ensuit. Déséquilibrée, Diana manque de tomber et d'être piétinée.

Le cœur battant, elle jette des regards affolés autour d'elle et aperçoit M en grande discussion avec un homme qu'elle reconnaît comme le chef de la police londonienne Philip Game. De quoi peuvent-ils parler ? Mosley n'a quand même pas l'intention de céder aux exigences des manifestants ou à celles des autorités, si celles-ci ont finalement décidé d'interdire le rassemblement ! Ce serait faire preuve d'une mollesse inexcusable aux yeux du Führer.

Elle sent la colère l'envahir. C'était bien la peine qu'elle passe des heures à flatter et cajoler Hitler ! Verra-t-elle ses efforts réduits à néant par un instant de faiblesse ?

Enfin, un membre du service d'ordre parvient à la rejoindre et l'entraîne vers une ruelle. Mais tout ce que souhaite Diana, c'est savoir où est M et ce qu'il fait en ce moment. S'il vient de commettre l'énorme bévue qu'elle redoute, jusqu'où devra-t-elle s'abaisser pour prouver à Hitler que son mari est entièrement dévoué à la cause nazie ?

36

Unity

4 octobre 1936
Munich, Allemagne

Unity marche de long en large dans son nouvel appartement. Hitler l'a lui-même invitée à en franchir le seuil, avec un geste ample du bras et un baiser affectueux. Elle a applaudi en découvrant le salon luxueusement meublé donnant sur l'Englischer Garten. Transportée de joie par ce cadeau généreux, elle lui a sauté au cou. Même s'il a balayé ses remerciements de la main – « Ce n'est rien, lui a-t-il dit. Les Juifs qui vivaient ici n'en auront plus besoin. » –, elle a décelé un sourire sous sa moustache. Elle, comme toujours, était juste heureuse de le savoir heureux.

Mais la seule chose qui pourrait la réjouir en cet instant serait la présence de son Führer.

Pour la dixième fois au moins, elle s'assied sur l'accoudoir du sofa taupe et se relève aussitôt. Si Muv la voyait faire les cent pas en fumant et en marmonnant, elle dirait qu'elle est « sur des charbons ardents ». Mais il n'existe pas d'expression assez forte pour décrire son trouble intérieur.

Où est passé Hitler ? Elle a beau le savoir très occupé par le projet de traité avec l'Italie, cela ne calme pas sa nervosité. Si elle pouvait mettre la main sur l'un de ses aides de camp, elle lui hurlerait les questions qui la rongent de jour comme de nuit. Mais une bonne Aryenne ne se donne pas ainsi en spectacle.

Cela fait maintenant deux mois qu'elle n'a pas vu Hitler – pas depuis les jeux Olympiques, en fait. Dans l'espoir toujours déçu de l'apercevoir, elle a attendu des heures et des heures dans tous les lieux qu'il fréquente d'ordinaire : *leur* restaurant, l'Osteria Bavaria ; la Königsplatz, où se situe son quartier général ; la Prinzregentenplatz, où se trouve son appartement ; et la Hofbräuhaus am Platzl, la brasserie où il aime boire une bière en compagnie de son état-major. L'objet exclusif de ses pensées semble la fuir, que ce soit ici, à Munich, ou même à Berlin, où il réside officiellement. Le seul endroit où elle ne l'a pas cherché est le domicile de sa maîtresse – dans la Wasserburgerstrasse, pas très loin de chez elle –, uniquement par crainte des répercussions qu'aurait eues sa visite. Eva Braun est notoirement jalouse, et elle n'a pas hésité à attenter par deux fois à sa vie pour s'attacher le Führer.

Pourquoi cette froideur subite à son égard ? Qu'a-t-elle fait pour mériter cette punition ? Les joues sillonnées de larmes, elle songe que cette séparation est la plus longue qu'il lui ait jamais imposée sans la moindre explication. C'est comme si la distance avait étiré le lien qui les unit jusqu'au point de rupture, lui causant une souffrance intolérable.

Elle allume une nouvelle cigarette au mégot de la précédente et tire une bouffée. Si au moins elle savait en quoi elle a péché, elle pourrait lui présenter des excuses. A-t-elle commis une bévue lors des jeux Olympiques ? A-t-elle froissé Eva ou Goebbels ? L'aversion du ministre de la Propagande pour les Anglais est bien connue, mais elle croyait que l'amitié de Diana avec sa femme, Magda, avait quelque peu adouci son jugement. Est-ce Diana qui a offensé le Führer ? Unity se rappelle l'avoir vue s'assoupir pendant la cérémonie d'ouverture des Jeux. Hitler en a peut-être déduit qu'il ne pouvait plus compter sur les célèbres sœurs Mitford pour des manifestations publiques de soutien.

Debout devant la haute fenêtre voûtée, Unity contemple les cimes des érables dont le feuillage se pare déjà d'une ravissante teinte dorée. Elle tente de se raisonner en imaginant une conversation avec Diana, la seule personne au monde qui parvienne toujours à alléger son humeur. Elle a presque l'impression d'entendre le rire cristallin de sa sœur. *« Bobo*, lui dirait celle-ci, *tu oublies que Herr Hitler a un pays à diriger et à remilitariser afin de conquérir le continent ? Son absence ne traduit pas sa désaffection à ton égard, mais son ardeur au travail. Essaie de ne pas en prendre ombrage, ma chérie. »* Unity finirait peut-être par rire avec elle de ses inquiétudes. Mais, dans la solitude de son salon, elle ne parvient qu'à envisager le pire : le bannissement.

La vision d'un SS allant et venant à la périphérie de l'Englischer Garten lui donne une idée. Elle se rue à la salle de bains pour retoucher son rouge à lèvres et rajuster son chemisier, puis elle court jusqu'à sa chambre, où elle échange sa jupe en tweed contre son uniforme fasciste noir et enfile ses gants de cuir. Après un dernier coup d'œil au miroir, elle sort, dévale l'escalier en spirale et se dirige à grands pas vers l'allée qui délimite le parc.

Ayant localisé le soldat, elle fonce vers lui, le regard fixé au sol, et se cogne à lui comme elle l'avait calculé.

— *Es tut mir leid !* s'excuse-t-elle en levant vers lui des yeux noyés de larmes.

Il s'arrête pour s'assurer qu'elle n'a rien et répond sur un ton aimable :

— *Mach dir keine Sorgen, Junge Dame.*

— J'étais distraite parce que je m'inquiète pour notre Führer. Vous comprenez, rien ne m'importe plus que sa sécurité et sa santé…

Grâce à de longues heures d'étude et de pratique, Unity s'exprime désormais en allemand sans le moindre accent.

Le jeune officier nazi, lui-même un parfait spécimen d'Aryen avec ses cheveux blonds et ses yeux d'un bleu si clair qu'ils paraissent translucides, se redresse brusquement.

— Il lui est arrivé quelque chose ? la presse-t-il. La radio a diffusé une annonce officielle ?

— Non, non ! C'est juste que…

Elle laisse volontairement sa phrase en suspens.

— Oui ?

— J'ai fait un rêve affreux à son sujet, achève-t-elle dans un sanglot. Cela me rassurerait d'avoir la confirmation qu'il va bien.

Visiblement soulagé, le soldat lui sourit avec bienveillance.

— *Junge Dame*, s'il était arrivé malheur à notre Führer, j'en aurais déjà été informé. Car, voyez-vous, ajoute-t-il avec une note de fierté dans la voix, je fais partie de la Schutztaffel.

Les SS ne font que refléter la gloire et la puissance du chef qu'ils protègent. Toutefois, Unity sait que le succès de la petite comédie qu'elle est en train de jouer dépend beaucoup de sa réaction. Elle écarquille donc les yeux et arrondit la bouche dans un *O* de surprise, en priant pour que son expression ait l'air naturelle. Elle n'a jamais été douée pour faire semblant.

— Vous appartenez à la SS ?

— En effet ! Et comme je vous le disais, ajoute l'officier en lui pressant l'épaule, si notre Führer courait un quelconque danger, je serais au courant.

— Alors, c'est une chance que je vous aie bousculé !

Ils rient tous les deux.

— Néanmoins, mon plus cher souhait serait de poser les yeux sur lui. J'espère ne pas vous paraître ingrate ou trop exigeante...

— Pas le moins du monde, *Junge Dame.* Je n'y vois qu'une preuve de votre dévouement au Führer. C'est la qualité la plus attirante chez une femme.

Unity baisse pudiquement le regard et murmure :

— Pour vous remercier, me permettez-vous de vous inviter à prendre le thé à mon appartement ?

Il considère les bâtiments imposants qui bordent l'Englischer Garten. Seules de riches familles allemandes ou les proches du pouvoir ont les moyens d'y vivre.

— Vous habitez le quartier ? demande-t-il, étonné.

— Juste ici, indique Unity, un doigt pointé vers son immeuble.

Par souci des convenances, elle se hâte d'ajouter :

— Avec mes parents et notre gouvernante. Mais ils sont partis en voyage.

Il jette un coup d'œil à sa montre, puis dit :

— J'ai presque terminé mon service. Et, bouleversée comme vous l'êtes, je crois plus raisonnable de vous raccompagner.

Ils se dirigent ensuite vers l'appartement, Unity appuyée au bras de l'homme, en parlant du Führer et du glorieux destin de l'Allemagne. La jeune femme est prête à tout pour gagner la confiance de l'officier SS. S'il le faut, elle se donnera à lui corps et âme pour qu'il lui dise où est Hitler. Elle doit à tout prix le retrouver et se montrer de nouveau digne de lui.

37

Nancy

23 janvier 1937
Londres, Angleterre

La plume de mon nouveau Montblanc Meisterstück glisse sur l'épais papier ivoire avec un bruit soyeux, infiniment plus agréable que le fracas des casseroles dans la cuisine ou que le claquement de la porte à l'heure où Peter part « travailler », quel que soit le sens qu'il donne à ce mot. Sitôt seule, je prends mon stylo et me replonge dans l'univers des « Dames d'Alderley » pour oublier les querelles qui couvent en permanence entre mon mari et moi, et les suites de l'intervention chirurgicale qui m'obligent à garder le lit depuis deux semaines.

Ce matin, je remets sur le métier l'écriture de mon introduction. Comme il est difficile de condenser en quelques pages les multiples thèmes qui se dégagent des existences de Maria et de Henrietta ! Cette dernière, en particulier, m'inspire une immense fierté. C'est elle, mon ancêtre, qui a fondé Girton College, à Cambridge, pour permettre aux femmes d'accéder à une éducation supérieure – en 1869, rendez-vous compte ! Comment notre famille a-t-elle pu passer de cette perspective visionnaire au refus de mes parents d'offrir une scolarité normale à leurs filles (à l'exception de Unity, dont ils étaient trop contents de se débarrasser) ? C'est à n'y rien comprendre.

Je ferme un instant les yeux, me demandant ce qui m'émeut le plus chez les Dames d'Alderley. La réponse m'apparaît aussitôt : c'est le calme et la constance qu'elles montraient dans l'affirmation de leurs opinions, quand bien même cette attitude peut sembler datée et empreinte d'une supériorité tout aristocratique. Le souci du bien commun, notamment celui des femmes, dictait chacune de leurs décisions. Quel contraste avec le chaos idéologique qui prévaut dans notre époque, où la rapacité financière prime le bon sens et l'altruisme ! Est-ce la nostalgie d'une Angleterre depuis longtemps disparue qui m'a poussée à m'investir dans ce projet ? Je ne me savais pas aussi conservatrice.

D'un geste triomphal, je plaque un point final au bas de la dernière feuille et repose mon stylo en platine et émail noir sur ma tablette. C'est Peter qui me l'a offert à Noël. Je secoue la tête en songeant que j'ai failli refuser ce somptueux cadeau. « Tu m'as acheté un stylo *allemand* ? lui ai-je lancé d'un ton accusateur. Autant mettre au pied du sapin une croix gammée entourée d'une faveur ! » Même Muv et Farve, qui n'ont pourtant jamais beaucoup apprécié mon mari, ont pris ombrage de cette attaque si peu conforme à l'esprit de Noël. Ils ont insisté pour que je présente mes excuses. À dire vrai, ma colère provenait moins du stylo que du fait que Peter a renoué avec l'habitude de rentrer ivre au petit matin après une nuit de débauche. Je le soupçonne de n'avoir toujours pas digéré mes reproches du réveillon. De mon côté, je ne suis pas près de lui pardonner son comportement. Mais j'ai encore besoin de lui, ne serait-ce que pour concevoir un enfant.

En tendant le bras pour attraper des feuilles vierges sur la table de chevet, une douleur fulgurante me transperce l'abdomen. Je porte la main à mon ventre, paniquée. Me suis-je mise en danger avec ce geste irréfléchi ? Le curetage censé régler mes problèmes de fertilité me force au repos, et mon médecin m'a expressément recommandé de bouger le moins possible. Quand je lui ai demandé si je pouvais écrire dans mon lit, il a paru trouver ma question inepte : comment une activité aussi statique pourrait-elle entraîner le moindre risque pour ma santé ? Apparemment, il a sous-estimé l'influence sur le corps d'un esprit sans cesse en ébullition.

La douleur reflue, de même que ma frayeur. Le médecin m'a avertie que je pourrais ressentir des élancements, mais tant qu'ils resteraient passagers, tout irait bien. Et il faut que tout aille bien.

Après une profonde inspiration, je place une nouvelle feuille sur la tablette et me remets à écrire. C'est alors que Mary m'interrompt en frappant à la porte de la chambre.

— Madame ?

— Oui ?

— Pardon de vous déranger, vous avez de la visite.

De la visite ? Personne n'a téléphoné pour s'annoncer, mais les Bright Young Things n'ont jamais brillé par leur prévoyance. Ils ne brillent plus non plus par leur jeunesse, comme je l'ai rappelé à Evelyn et à Anthony Powell quand ils sont venus à Rose Cottage il y a deux jours. Bien que piqués au vif, ils n'ont pas répliqué, car ils savaient que j'avais raison. Les premiers mots qu'a prononcés Evelyn en entrant dans ma chambre ont été pour critiquer ma décision de subir une intervention douloureuse afin de concevoir un enfant qui m'enchaînerait à jamais à Peter. « Ce type est imbuvable, a-t-il ajouté. J'ai toujours pensé que tu méritais mieux. » Ses paroles m'ont blessée, surtout parce qu'elles reflétaient la vérité.

— Qui est-ce ?

— Votre sœur, me répond Mary.

Certes, mais laquelle ? Je m'abstiens de poser la question. Ma voix trahirait mon agacement, et je sens que la patience de Mary atteint ses limites. Nous ne pouvons nous permettre de la perdre. En réalité, sans autres revenus que mes droits d'auteur, nous pouvons à peine nous permettre de la garder.

Sans attendre mon invitation, la porte s'ouvre alors sur Diana, toujours aussi resplendissante. Sa présence ici, dans ma petite maison, me cause une telle surprise que je suis incapable de parler. Je ne l'ai pas vue depuis des semaines. Pas depuis le mariage de Pamela, en décembre, avec Derek Jackson, un homme singulier, qui se passionne autant pour la physique que pour l'équitation et le fascisme. Et encore, ce jour-là, nous nous sommes à peine saluées. Diana n'a eu aucun mal à m'éviter parmi la foule des invités. Je dois admettre qu'elle était aussi très occupée : Pamela, dont elle est devenue très proche grâce aux opinions politiques de Derek, la sollicitait sans cesse. Sans oublier que toutes les personnes présentes n'avaient qu'une chose en tête :

la décision choquante du roi d'abdiquer par amour pour Mrs Simpson. Comment peut-on renoncer au trône pour une femme ? La question était sur toutes les lèvres.

— Nancy ! me lance-t-elle en guise de bonjour.

La manière dont elle me désigne est un bon indicateur de ses sentiments à mon égard. Elle ne m'a pas appelée « Naunce » depuis la parution de *Charivari*. Après presque deux ans, l'existence même de ce livre lui apparaît toujours comme une trahison.

— Diana ! dis-je sur un ton circonspect. Quelle charmante surprise !

— Muv m'a mise au courant de ton opération. J'ai profité de mon passage à Londres pour venir prendre de tes nouvelles. Surtout que nos parents sont partis pour Munich. Unity les a emmenés dans sa nouvelle voiture.

Je me retiens de lui demander pourquoi elle ne les a pas accompagnés, alors qu'elle enchaîne les virées en Allemagne. Cette visite, quoique inattendue, est la bienvenue. Je ne voudrais pas que nos retrouvailles débouchent sur un échec. La moindre allusion à nos différends politiques aurait tôt fait de briser la branche d'olivier qu'elle me tend.

— C'est très aimable à toi, dis-je. Comme tu peux le voir, je suis encore convalescente.

En réponse à sa question muette, je l'invite à s'asseoir au bord du lit. Le mouvement presque imperceptible du matelas réveille la douleur dans mon abdomen. Ma grimace n'échappe pas à Diana.

— Est-ce que tout va bien, Naunce ?

Entendre mon surnom dans sa bouche me fait monter les larmes aux yeux. Je tripote la ceinture de ma robe de chambre pour éviter de croiser son regard.

— Aussi bien que possible dans mon état, je réponds avant de changer de sujet. Tes fils me manquent. Se plaisent-ils dans la nouvelle maison ?

J'ai été très étonnée quand elle est partie s'enterrer au fin fond du Staffordshire. Le nord de l'Angleterre n'est pas réputé pour sa vie mondaine, mais je suppose que la proximité de Manchester arrangeait Mosley et que Diana n'est pas mécontente de le savoir à l'abri des tentations offertes par d'autres femmes.

— Tu leur manques aussi, m'assure-t-elle. M aime tout particulièrement pêcher la truite dans les étangs qui entourent Wootton Lodge.

Elle a pris une expression rêveuse en mentionnant Mosley. Qu'a-t-il donc de spécial pour exercer une telle emprise sur une femme aussi belle que ma sœur ?

— C'est toujours une joie pour moi de le voir déposer le fardeau de ses responsabilités, même pour un moment, ajoute-t-elle avec un soupir.

Je m'abstiens de lui rappeler que ma question portait sur ses fils, non sur Mosley. Je me contrefiche de ce dernier. Mais, pour une fois, je renonce à faire preuve de sarcasme et réoriente la conversation sur mes neveux.

— Et les garçons ?

— Ils sont ravis de parcourir à pied ou à cheval les bois fleuris de jacinthes au printemps, et l'hiver ils font de la luge dans les collines.

— À t'entendre, on dirait le paradis. Et toi ? Ce retour à la nature enchanteresse dont nous avons joui en abondance dans notre enfance te comble-t-il ?

Diana sourit.

— Je me plais beaucoup là-bas, mais je suis souvent en voyage. J'assiste M dans son travail.

Veut-elle parler de ses séjours en Allemagne ? Je ne lui connais qu'une seule autre destination : les bords de la Méditerranée pour les vacances d'été. Je trouve intéressant qu'elle associe ces déplacements au travail. Jusqu'ici, elle prétendait se rendre à Munich pour veiller sur Unity. Je repense soudain à ma conversation avec Winston, et une alarme retentit dans mon esprit. Cet aveu justifie-t-il les soupçons de notre cousin ? La réponse à cette question revêt une importance d'autant plus cruciale que Hitler multiplie les alliances : d'abord avec l'Italie, en octobre dernier, puis avec le Japon, en novembre.

J'observe ma sœur, cette beauté glaciale au sourire énigmatique. Je vais devoir avancer prudemment dans mon enquête. Le sphinx a toujours protégé ses secrets avec un soin féroce.

38

Diana

24 janvier 1937
Londres, Angleterre

Diana a conscience des regards sur eux. Les gens lorgnent sans vergogne ses vêtements, sa coiffure, ses bijoux et ses enfants. Quelle attitude révoltante dans une église ! Elle voudrait protéger ses fils de cette curiosité si peu chrétienne, mais elle ne saurait apostropher les autres paroissiens de St Marguerite sans entacher davantage la réputation de pécheresse que lui ont value son divorce et sa liaison adultère avec Oswald Mosley. Elle se répète alors que tout cela n'a aucune importance, et que le jour où ils auront accompli leur dessein, la réprobation qu'elle lit sur les visages cédera la place à l'admiration.

Le prêtre commence son sermon. Les mains posées sur les nuques blondes de ses fils, Diana tente de se concentrer sur ce qu'il dit quand elle remarque derrière lui un magnifique vitrail du XVIe siècle représentant la Crucifixion. Elle s'abîme dans sa contemplation jusqu'au moment où elle comprend qu'il célèbre également le mariage de

Henri VIII et de Catherine d'Aragon, l'antithèse de l'union qu'elle souhaite pour M et elle. À la fin de l'office, elle attend que l'église se vide pour se diriger vers la nef centrale avec les garçons.

Une voix étrangement familière l'interpelle alors :

— Diana !

Feignant de n'avoir pas entendu, elle poursuit son chemin quand une main se pose sur son épaule.

— Diana ?

De près, elle identifie aussitôt le propriétaire de la voix et regrette d'être venue à l'église aujourd'hui. Si seulement ses parents étaient là pour faire diversion ! Elle va rarement à la messe, mais, à 5 et 6 ans, les garçons seront bientôt tenus d'assister à des offices réguliers dans le cadre de leur scolarité, aussi voulait-elle les habituer au rituel et aux bancs inconfortables.

— Winston ! dit-elle avec un sourire forcé. Quelle charmante surprise !

— C'est vous qui êtes charmante, Diana. Curieusement, on n'emploie guère le mot « charmant » pour me désigner.

Winston a parlé avec son affreux cigare éteint aux lèvres. Il tend ensuite la main vers celle de Diana, qui doit dénouer ses doigts de ceux de Desmond, et s'incline pour un baise-main d'une délicatesse inattendue.

La jeune femme réprime un frisson de dégoût. Les diatribes de son cousin contre Hitler et le nazisme cachent mal son désir désespéré de retrouver l'influence qu'il a perdue. Rien d'étonnant à ce qu'il se soit aliéné une bonne partie de la société et de son propre parti politique. Un jour, il regrettera ses mensonges, mais cela, elle ne peut pas le lui dire. Pas encore.

Son heure viendra, quand Mosley sera au pouvoir.

Ils remontent l'allée tous ensemble, les deux petits garçons se tenant par la main.

— Quelle coïncidence de vous trouver ici ! dit-il. Je pensais justement à votre malheureuse sœur, cette brebis égarée, sur le chemin depuis chez nous.

Les Churchill possèdent un appartement à proximité de l'abbaye de Westminster, dont fait partie l'église St Marguerite. C'est là qu'ils séjournent lorsque Winston consent à quitter Chartwell pour se livrer à de sordides magouilles.

— Ma sœur, dites-vous ? Laquelle ?

— Selon vous, laquelle mérite d'être qualifiée de « brebis égarée », sinon Unity ?

— Tout est affaire de point de vue, répond Diana de manière évasive.

— Pendant ma promenade matinale, je songeais à l'insistance du chef de la propagande nazie, ce Julius Streicher, à la présenter comme « une parente de Winston Churchill ».

Le silence se prolonge. Diana voit très bien où il tente de l'entraîner, et elle n'a pas l'intention de lui donner satisfaction. Discuter avec Winston ou lui concéder quoi que ce soit ne les mènerait nulle part, ni elle ni Mosley.

— Vous ne vous inquiétez pas pour votre sœur ? ajoute-t-il, sachant qu'elle ne peut se dérober devant une question aussi directe.

— Pourquoi le ferais-je ? Unity est toujours restée ferme et constante dans ses convictions. En Allemagne, elle peut les exprimer librement et servir la cause qu'elle soutient.

— Vous ne craignez pas que Hitler fasse d'elle sa... sa porte-parole ?

Churchill est connu pour son franc-parler. Mais, pour une fois, il semble peser ses mots. Diana sait très bien ce qu'il sous-entend. Unity fait l'objet de nombreux ragots, que ce soit en Allemagne ou en Angleterre. On dit qu'elle échange des informations sur Hitler et son agenda contre des faveurs sexuelles. Qu'elle entretient des liaisons avec une kyrielle d'officiers SS. Qu'elle organise parfois des orgies avec l'ensemble de ses amants, voire qu'elle est la maîtresse de Hitler. Diana n'est pas naïve. Elle se doute que sa sœur a des relations intimes avec un des gardes du corps du Führer ; elle en a découvert des indices dans son appartement de Munich. Mais elle attribue les autres rumeurs – les partenaires multiples, la liaison avec Hitler – à la jalousie et à la malveillance. Du moins, c'est ce qu'elle veut croire.

— En quoi l'*amitié* de Unity avec Hitler me gênerait-elle, Winston ? J'ai moi-même passé un temps considérable en compagnie du Führer, que ce soit à table, à l'opéra ou à des réceptions, et je l'ai trouvé très courtois.

— Ni ses actions ni sa politique ne vous choquent ?

— Comment pourrais-je être choquée par ses efforts pour rendre à l'Allemagne sa fierté après les humiliations qu'elle a subies depuis la Grande Guerre ? Ou désapprouver des mesures économiques visant à réduire le chômage ?

Ils quittent la pénombre de l'église pour la clarté du jour. Éblouie par le soleil de cette fin de matinée, Diana cligne les yeux.

— Et son habitude d'interner ses opposants dans des camps ? martèle Winston. Et les lois de Nuremberg ?

Éludant la partie de sa question qui concerne les Juifs, Diana axe sa réponse sur le traitement réservé aux dissidents de Hitler :

— J'admets qu'il n'est pas juste d'emprisonner quiconque sans procès, au seul motif qu'il pense différemment. Mais l'Angleterre a beau jeu de reprocher à l'Allemagne d'agir comme elle-même en Irlande du Nord, dans ses colonies d'Inde et d'Afrique. Qui voit la paille dans l'œil du voisin ne voit pas la poutre dans le sien. N'était-ce pas le thème du sermon d'aujourd'hui ?

— *Touché*[1] ! Toutefois, Unity a adopté ses thèses antisémites au point de se présenter comme « une ennemie des Juifs ». Cela ne vous trouble pas que Hitler ait un tel ascendant sur elle ? Pour ma part, je redoute que sa volonté de lui complaire ne la conduise à des extrémités.

— Vous connaissez mal Unity, réplique Diana avec un rire forcé. Ni nos parents, ni aucune de nos sœurs, ni Hitler ne pourront jamais l'obliger à faire quoi que ce soit. Rassurez-vous, il n'y a aucun risque qu'elle se laisse… hypnotiser.

— Et vous-même ?

Diana sent la colère l'envahir sous son regard scrutateur.

— Vous insinuez que je suis influençable ?

Le visage de Winston exprime tour à tour la suffisance, l'impatience et enfin la mauvaise humeur.

— Est-ce le cas ?

— Comment osez-vous… ?

Piquée au vif, Diana se redresse et toise le petit homme pompeux. Comment cet imposteur peut-il suggérer qu'elle

1. En français dans le texte. *(N.d.l.T.)*

est manipulée par Hitler ou Mosley, alors que c'est elle qui les tient en son pouvoir ?

Winston tire sur son fichu cigare et l'étudie en silence. Comme si elle était une espèce de mammifère encore inconnue dont il devait analyser les caractéristiques afin de lui assigner un nom latin.

Ayant retrouvé son calme, elle reprend avec un sourire factice :

— Cousin Winston, n'est-ce pas vous qui avez écrit qu'on ne devrait pas juger un homme tant qu'il n'a pas achevé l'œuvre de sa vie ? Eh bien, dites-vous que Hitler et moi sommes très loin d'avoir achevé la nôtre.

39

Unity

25 janvier 1937
Munich, Allemagne

Le rire de Muv résonne sous le haut plafond doré. Farve et leur hôte rient à leur tour. Unity sourit devant ce spectacle : les trois personnes qu'elle aime le plus au monde – Muv, Farve et Hitler – réunies dans la même pièce, dont les murs se renvoient les échos de leur gaieté, et prenant un plaisir évident à leur mutuelle compagnie. A-t-elle jamais été aussi heureuse ?

C'est une chance que Diana ait préféré rester à Londres. Elle a tendance à attirer la lumière sur elle, reléguant sa cadette dans l'ombre. Quel besoin a-t-elle de monopoliser l'attention ici, en Allemagne, alors qu'elle occupe déjà le devant de la scène partout où elle passe ? Sans parler du fait qu'elle a Hitler pour elle seule à chacune de ses visites à Berlin… Unity, elle, accepte de le partager pourvu qu'il lui accorde un peu de son temps, comme ce soir. Ce moment efface le souvenir douloureux de sa longue absence.

Le Führer saisit le plateau d'argent garni de pâtisseries et demande par l'intermédiaire de Unity :

— Un autre éclair, lady Mitford ?

Tous les quatre ont pris place dans des fauteuils prune, les hommes d'un côté de la table basse, les femmes de l'autre. Unity a passé de nombreuses heures dans ce salon avec le Führer, à déguster des friandises et à commenter les dessins qu'elle soumettait à son appréciation. En tant que peintre, Hitler comprend mieux que quiconque la satisfaction que lui procure son carnet de croquis, et ils partagent la conviction que l'art peut jouer un rôle déterminant en politique.

— Très volontiers, Herr Hitler, répond Muv en prenant un éclair sur le plateau. C'est un grand honneur que vous nous faites, ajoute-t-elle après une pause, comptant sur sa fille pour traduire ses intentions au-delà des mots.

Hitler tend ensuite le plateau aux deux autres invités, qui se servent consciencieusement. Farve, d'ordinaire bourru et versatile, a l'air humble et presque timide. Unity devine que c'est moins le luxe de l'appartement décoré de bouquets fraîchement cueillis qui l'impressionne que leur hôte.

Certes, Muv et Farve avaient déjà rencontré Hitler auparavant. Ils l'avaient aperçu une première fois à l'Osteria Bavaria et avaient accompagné Unity à deux *Parteitags* ainsi qu'à plusieurs meetings. Mais aujourd'hui c'est différent. « Le thé chez Hitler ? » a demandé Muv sur un ton incrédule lorsque Unity leur a transmis l'invitation. « Rien que nous quatre ? » Farve l'a aussitôt pressée de questions. Quand elle leur a expliqué que le Führer n'accordait un tel privilège qu'à un cercle très restreint d'intimes, et qu'il avait même repoussé son départ pour sa résidence secondaire afin de les recevoir, ils sont restés bouche bée de stupeur.

— Je sais maintenant à qui vos filles doivent leurs magnifiques yeux bleus, lady Redesdale, dit Hitler en reposant le plateau.

Est-ce une impression, ou Muv a-t-elle rougi ? Des gloussements niais viennent confirmer les soupçons de Unity, qui se tasse dans son fauteuil. Quelle honte pour elle de voir sa mère se comporter comme une écolière aguicheuse, surtout face au chef suprême du Reich !

Loin de paraître outré par la réaction de sa femme, Farve plaisante :

— En tout cas, elles ne les tiennent pas de moi, *mein Führer* !

Hitler éclate de rire. Unity prend alors conscience que c'est la première fois que son père s'adresse à lui en l'appelant *mein Führer*, « mon chef ». Non seulement il a changé d'avis au sujet du Parti nazi, mais il a bruyamment approuvé le discours que Joachim von Ribbentrop, le ministre des Affaires étrangères du Reich, a prononcé lors du dernier banquet du club anglo-allemand de Londres. Toutefois, jusqu'ici, il avait toujours évité l'usage d'un terme aussi crucial. Est-il enfin persuadé de l'importance d'une alliance entre l'Allemagne et la Grande-Bretagne ? Muv l'est déjà, à tout le moins.

— À défaut de vos yeux, je suis certain qu'elles ont hérité de votre sagesse, lord Redesdale, répond Hitler en tirant doucement sur sa moustache. À l'évidence, vous leur avez transmis le talent d'écriture qui transpire de la lettre que vous avez adressée au *Times* au printemps dernier.

Farve rougit à son tour. Incroyable ! Unity a hâte de raconter cela à ses sœurs, en particulier à Decca. Malgré leurs opinions radicalement opposées, sa cadette sera impressionnée en apprenant que Hitler les a reçus chez lui, et la réaction de leur père ne manquera pas de l'amuser.

— Pour tout vous dire, *mein F… Führer*, bafouille Farve, j'ai toujours trouvé le traitement infligé à l'Allemagne après la guerre contraire au fair-play et aux principes moraux dont se targue l'Angleterre. J'ai jugé qu'il était temps de le faire savoir publiquement. Bien sûr, j'ai d'abord exposé mon point de vue devant la Chambre des lords…

Son revirement a pris tous ses enfants de court. Jusque-là, il n'avait exercé son droit de siéger à la Chambre que lorsque ses privilèges lui semblaient menacés.

Hitler redresse légèrement le buste et acquiesce.

— Je vous en serai éternellement reconnaissant, dit-il. Notre pays ne compte pas beaucoup de soutiens en Grande-Bretagne, en ce moment.

Sans qu'il ait besoin de le nommer, Unity devine qu'il fait allusion à Winston. Leurs liens de parenté sont pour elle une source de gêne constante, et elle se réjouit de ne pas devoir les mentionner en traduisant.

Farve regarde sa fille avant de se tourner vers Hitler.

— Unity nous a ouvert les yeux sur ce qui se passait réellement en Allemagne, dit-il. Tout comme l'ont fait vos discours, bien sûr.

— Vous m'en voyez heureux, répond le Führer.

Le silence s'étire.

Comprenant que Hitler attend qu'il poursuive, Farve rougit de nouveau, cette fois de colère. Unity prie pour que son tempérament explosif ne lui fasse pas commettre d'impair.

— J'ai dit à ces politicards et ces aristocrates imbus d'eux-mêmes qu'ils se trompaient sur toute la ligne. Cela leur va bien de pontifier au sujet de l'Allemagne alors que la plupart n'y ont jamais mis les pieds ! Sinon, ils sauraient comment vous avez redressé le pays.

Unity lui lance un regard éloquent tout en traduisant ses paroles. Même s'il dit vrai, le moment est malvenu pour une de ses tirades débridées.

Farve baisse aussitôt d'un ton.

— Prenez leur critique des prétendues brimades que l'Allemagne infligerait aux Juifs, ajoute-t-il. Pour ce que j'en ai vu, ceux-ci sont traités avec respect dès lors qu'ils se plient aux règles que vous avez fixées. Nul ne connaît mieux votre pays que vous. Par conséquent, nul n'est plus à même de décider quoi et qui constitue une menace pour la société allemande. Si vous pensez devoir vous protéger des israélites, qui sommes-nous pour vous juger ? D'autant que vous avez laissé la liberté de partir à ceux qui le souhaitaient. Je n'accepte pas qu'une partie de mes concitoyens vous fassent la leçon. Il était temps que quelqu'un les remette à leur place.

Hitler presse les deux mains sur sa poitrine, visiblement ému. Unity sent les larmes lui monter aux yeux.

— Vos paroles me vont droit au cœur, lord Redesdale, dit le Führer. Je n'en mérite pas tant, car vous m'avez déjà comblé en autorisant votre précieuse enfant à séjourner ici, à Munich. En plus du plaisir que me procure sa compagnie, ma Valkyrie me conforte dans l'idée qu'un jour nous réaliserons l'union de nos deux nations. C'est son souhait le plus cher, et c'est aussi le mien.

Entendre son bien-aimé exprimer à voix haute leur rêve commun, c'en est presque trop pour Unity. « Je donnerais ma vie pour cela », lui murmure-t-elle chaque fois qu'ils sont seuls – même s'ils ne le sont jamais tout à fait. La sécurité du plus grand trésor de l'Allemagne exige la présence constante d'un SS à ses côtés.

— Nous l'espérons tous, acquiesce Farve. Dieu merci, nous sommes quelques-uns à reconnaître les liens historiques entre l'Angleterre et l'Allemagne : liens politiques, culturels, mais aussi liens du sang.

Hitler se lève d'un bond.

— Ces mots sont aussi agréables à l'oreille qu'un opéra de Wagner !

— Mon père fera tout son possible pour vous aider, *mein Führer*, affirme Unity, aux anges. Il a autant que moi foi dans la nécessité d'assurer la paix entre nos deux pays. Si nous sommes amis, rien ne s'oppose à ce que nous soyons également alliés. N'est-ce pas, Farve ?

C'est moins une question qu'un ordre. Le pouvoir a changé de main.

40

Nancy

20 mars 1937
Saint-Jean-de-Luz, France

Pourquoi ai-je l'impression qu'on m'a confié cette mission parce que je n'ai rien à perdre ? Ni titre ni statut social. Ni mérite ni carrière, qu'il s'agisse de moi ou de mon mari, et encore moins d'enfant. Je suppose que je devrais m'estimer heureuse qu'on m'ait offert l'occasion de sortir de chez moi et de découvrir de nouveaux horizons.

Bien sûr, Muv a nié catégoriquement m'avoir « choisie » pour ces raisons. Selon elle, je suis la plus qualifiée pour sauver Decca, car je suis la seule de ses sœurs dont les opinions politiques – s'il le faut absolument, je me décrirais comme une sociale-démocrate – ne lui font pas complètement horreur. À la consternation générale, ma cadette, en plus d'adhérer au communisme, s'est enfuie en Espagne avec Esmond Romilly, le fils de la cousine Nellie. Je dois la convaincre de regagner le giron d'une famille bourgeoise aux tendances fascistes affirmées. Comment ? Je n'en ai pas la moindre idée. Si la bonne société juge Decca plus présentable que Unity – malgré elle, elle fut une débutante appréciée pour son charme piquant –, elle est tout aussi têtue. Esmond ne l'est pas moins : à 16 ans, il a fugué de son pensionnat pour fonder une gazette révolutionnaire avant de rejoindre les Brigades internationales pour combattre aux côtés des républicains espagnols, entraînant Decca dans son escapade.

Cette tentative absurde est vouée à l'échec. Néanmoins, Peter et moi avons docilement pris le chemin de Saint-Jean-de-Luz, un port du sud-ouest de la France, où nous attendons parmi les hangars et le matériel de pêche l'arrivée des deux fugitifs. Pour les persuader d'embarquer à bord du HMS *Echo*, l'ambassadeur a dû les menacer de refouler les autres passagers, des réfugiés espagnols, s'ils ne les accompagnaient pas. Un coup de génie, je dois dire. Maintenant, je me demande bien comment je vais pouvoir ramener Decca de force chez nos parents sans exciter la curiosité des journalistes rassemblés derrière nous.

— Ce sont eux, là-bas ?

Peter indique le pont du contre-torpilleur, où l'on aperçoit un couple d'une jeunesse insolente parmi un groupe d'Espagnols dépenaillés.

Je pensais devoir m'acquitter seule de cette mission mais, à ma grande surprise, mon mari s'est porté volontaire pour m'accompagner. « J'ai intérêt à surveiller la petite dame, au cas où elle suivrait la tradition familiale en jouant la fille de l'air », m'a-t-il expliqué avec un sourire malicieux qui m'a rappelé pourquoi je reste avec lui en dépit de tout.

En forçant ma vue, je distingue la chevelure noire et la silhouette élancée de ma sœur. Tandis que le navire se rapproche à vive allure, elle lève un regard énamouré vers Esmond.

— Bon Dieu, la gamine est complètement mordue de ce gars, me glisse Peter.

C'est probablement la remarque la plus juste qu'il ait jamais faite.

Si je ne doute pas de la sincérité des convictions de Decca, je soupçonne le fascisme de Unity de les avoir exacerbées. Mais le fait que son engagement ait pris une tournure sentimentale va encore compliquer ma tâche.

Une fois le navire à quai, les deux tourtereaux descendent la passerelle d'un pas nonchalant, main dans la main, en balançant leurs sacs. J'agite le bras pour leur signaler notre présence. Leurs sourires insouciants s'effacent lorsqu'ils me voient.

— Vilaine fille, nous nous sommes fait un sang d'encre ! dis-je. Muv a versé des torrents de larmes.

— Qu'est-ce que vous fichez là, tous les deux ? réplique Decca. On nous a tendu une embuscade ! lance-t-elle alors à la cantonade.

Je tire une longue bouffée de ma cigarette pour calmer mes nerfs avant de lui rétorquer :

— Chère petite sœur, je ne serais pas ici si tu n'avais pas rédigé une lettre provenant de prétendus amis qui t'invitaient à leur rendre visite en France, tout cela pour t'enfuir avec ce garçon !

Je désigne Esmond, ce cousin éloigné que je n'ai côtoyé qu'occasionnellement chez Clemmie, et dont la véhémence m'a toujours irritée.

— Quand Muv et Farve ont découvert que tu n'étais pas à Dieppe, ils sont devenus fous d'inquiétude. Avant que la mère d'Esmond ne reçoive un courrier l'informant de vos projets de mariage, ils restaient toute la journée près du téléphone, attendant un coup de fil de toi ou de la police. Ils te croyaient morte, bon sang !

L'ombre d'un remords glisse sur le visage de Decca, puis elle se tourne vers Esmond qui nous toise d'un air de défi, et son expression change du tout au tout.

— Pourquoi devrais-je me conformer à vos notions bourgeoises ? À 18 ans, j'ai le droit de vivre comme je le veux. Je souhaite m'engager comme reporter de guerre aux côtés des républicains espagnols.

On croirait entendre Esmond. Qu'est-il arrivé à ma petite sœur ?

— C'est toi qui as comploté pour nous forcer à monter à bord de ce bateau ? ajoute-t-elle sur un ton accusateur.

— Parle moins fort, Decca, intervient Peter. Ce quai grouille de journalistes. La presse a fait ses choux gras de votre fugue. Nous préférerions qu'elle reste en dehors de cette « réunion de famille ». Et pour répondre à ta question, les autorités ont agi à la demande de la mère d'Esmond. Pas à celle de ta sœur ni de vos parents. Ta colère est mal dirigée.

Avec un sourire narquois, Esmond déclare d'une voix tonitruante :

— Au contraire, nous tenons à ce que les journalistes entendent notre histoire ! Les gens devraient s'intéresser à ce qui se passe en Espagne. Cette guerre n'est que le prélude du conflit qui va bientôt embraser tout le continent. Pourtant, les Anglais refusent de voir la vérité et croient préserver la paix en pliant devant Hitler.

Même si cela m'ennuie de l'admettre, je partage l'avis de ce morveux. Toutefois, ce n'est ni le lieu ni le moment de débattre de politique. Outre le fait que je trouve son attitude particulièrement déplaisante, je ne tiens pas à ce que nous nous donnions en spectacle.

Mais Peter ne peut s'empêcher de mettre les pieds dans le plat :

— Ce n'est pas à toi de nous faire la leçon, mon garçon. Nous ne sommes pas vos ennemis. Nous sommes simplement venus vérifier que vous alliez bien. La famille de Decca l'assure de son soutien si elle regagne Londres. Aussi, je vous conseille de…

Peter croit bien faire en jouant les grands frères, mais sa condescendance ne peut que braquer les deux amoureux. Esmond a rougi quand mon mari a mentionné une aide financière. Je sais Decca capable de raison. Il est temps de changer de tactique.

J'interromps Peter :

— Nous nous sommes inquiétés, et nous souhaitons juste avoir une conversation avec vous. Il y a un café tranquille à quelques pas d'ici. On y sert un excellent coq au vin. Si nous allions déjeuner ? Vous êtes nos invités.

Le mot « déjeuner » a allumé des étoiles dans les yeux des deux jeunes gens. Depuis quand n'ont-ils pas pris un repas digne de ce nom ? Sans attendre leur réponse, je ramasse le sac de Decca, Peter hisse celui d'Esmond sur son épaule, et nous nous dirigeons vers le café.

J'entends Esmond dire dans mon dos :

— Si nous acceptons de parler avec vous, c'est uniquement parce que Nancy a écrit *Charivari*. Les autres Mitford sont tous des nazis.

J'ai raison de garder pour moi les remerciements sarcastiques que m'inspire cette sortie, car dans le silence qui suit Decca vient marcher à mes côtés. Je lui pose alors la question qui me brûle les lèvres :

— Comment avez-vous financé votre périple, tous les deux ?

Muv et Farve lui ont donné 30 livres pour payer son séjour en France, mais cette somme doit être depuis longtemps épuisée. Pour autant que je sache, leurs seuls revenus proviennent des articles qu'Esmond vend à Reuters.

— Du plus loin que je me le rappelle, me confie-t-elle en riant, j'ai toujours économisé pour m'enfuir.

Je l'avais oublié, mais Decca savait à peine marcher qu'elle cachait déjà son argent de poche dans un endroit secret. Diana, Unity et moi la taquinions souvent à ce sujet. Apparemment, elle a fini par trouver un usage à ce magot.

— Est-ce que tu vas bien, Decca ? dis-je en passant mon bras libre autour de ses épaules pointues.

Si elle a toujours été mince, elle a encore maigri pendant son séjour en Espagne.

Au lieu de me repousser comme je le craignais, elle presse ma main.

— Rassure-toi, Naunce. J'ai vécu des moments merveill…

Elle se tait soudain, gênée d'évoquer une guerre civile avec autant d'enthousiasme.

— Ce que je veux dire, reprend-elle, c'est que j'adore être avec Esmond et œuvrer avec lui à une entreprise qui nous dépasse.

— Même en dehors des liens du mariage ?

— Surtout ! répond-elle en pouffant d'un air espiègle. De toute manière, Esmond considère le mariage comme une institution bourgeoise.

— Cela ne me surprend pas, je murmure pour moi-même.

Enfin, nous atteignons le café. Pendant que nous nous asseyons autour d'une table en marbre, Decca s'interroge tout haut :

— Pourquoi Muv et Farve vous ont-ils chargés de nous ramener, alors qu'ils ne voient pas d'inconvénient à ce que Unity reste à Munich ?

— Ça, c'est envoyé ! marmonne Peter.

Je ne peux lui donner tort, mais ce genre de commentaire dessert plus notre cause qu'autre chose. Je lui lance un regard noir et tente de répondre à la question que je me suis moi-même posée à de nombreuses reprises :

— Sans doute parce qu'elle a demandé la permission d'y aller pour étudier l'allemand, et qu'elle s'est pliée aux convenances en logeant dans une pension respectable du centre-ville. Elle n'a pas prétendu partir en vacances avec des amis pour s'enfuir avec un jeune homme.

Cette explication suscite une moue dubitative chez Decca.

— En quoi est-ce plus admissible d'occuper un appartement spolié à des Juifs qu'on a probablement envoyés dans un camp de concentration ? Un appartement où elle reçoit des officiers SS, mais aussi Hitler en personne ? À côté de ça, on nous refuse le droit d'aider des gens soumis à une répression brutale en raison de leurs sympathies communistes.

Cette déclaration me cloue le bec. Peter et Esmond eux-mêmes en restent sans voix. Ma sœur a mis le doigt sur le caractère dérisoire de ma mission et sur l'hypocrisie de nos parents. Ceux-ci lui répliqueraient sans doute que la sécurité de Unity est garantie par ses relations, alors que Decca encourt de graves dangers. Mais ce serait un mensonge de plus. La vérité, c'est qu'un gouffre sépare leurs visions respectives du fascisme et du communisme, toutes deux fondées sur leurs craintes et leurs intérêts. La politique est une affaire éminemment personnelle.

41

Diana

20 mars 1937
Berlin, Allemagne

Diana avait cru pouvoir décliner l'invitation de Unity et de leurs parents à les accompagner à Munich en janvier. Tout ce qui comptait pour elle, c'était Berlin. Là, elle avait Hitler pour elle seule sans devoir subir le bavardage incessant et obséquieux de sa sœur. Mais peut-être a-t-elle péché par orgueil en laissant passer cette occasion. Maintenant qu'elle fait la une des journaux – *« UNE ANARCHISTE CHEZ LES MITFORD »* –, la fugue de Decca ne risque-t-elle pas d'indisposer Hitler à son égard ?

Elle arpente nerveusement sa suite de l'hôtel Kaiserhof, tripotant son collier de perles et jetant des coups d'œil impatients à la pendule de cheminée.

Dès son atterrissage à Berlin, elle s'est pliée au protocole en appelant le secrétariat de Hitler pour l'informer de son arrivée et de ses disponibilités. En principe, son téléphone devrait sonner à 18 heures précises. Elle n'aura alors qu'à traverser la Wilhelmplatz pour se rendre à la *Reichskanzlei*, la chancellerie, où ils passeront la soirée à bavarder ou à regarder un film. Les curieux qui spéculent sur les actes de débauche auxquels ils se livreraient ensemble seraient déçus d'apprendre que le Führer se contente de l'admirer de loin. Il semble la considérer comme une déesse intouchable. Elle s'est souvent demandé comment elle réagirait s'il lui faisait des avances.

À 19 heures, Diana sent la panique la gagner. L'absurde expédition de Decca et d'Esmond chez les communistes espagnols a-t-elle à jamais entaché le nom de Mitford aux yeux de Hitler ? Son silence exprime-t-il le désir de prendre ses distances avec elle ? Sa disgrâce signerait l'échec de sa stratégie pour asseoir son influence sur M.

Un moment, elle est tentée d'imiter Unity en traquant le Führer à travers la ville. Elle sait quels endroits il fréquente. Elle pourrait même lui rendre une visite impromptue à la *Reichskanzlei*. En la voyant, veut-elle croire, il reviendrait aussitôt à de meilleurs sentiments.

Elle prend soudain conscience de sa vulnérabilité, seule dans une chambre d'hôtel, à presque 1 000 kilomètres de ses fils. Hormis Hitler, elle ne connaît personne à Berlin. Malgré ses efforts pour se convaincre qu'elle contrôle la situation, elle est à la merci d'un dirigeant réputé impitoyable et cruel, en dépit de la courtoisie qu'il lui a toujours témoignée.

Cela valait-il la peine de prendre de tels risques ? Quelle sensation étrange de douter du bien-fondé de ses actions !

Le téléphone sonne alors, la faisant sursauter. Elle se précipite pour décrocher.

— *Guten Abend !* dit-elle d'une voix essoufflée.

— *Gnädige Frau, wollen Sie zu und hierüber kommen ?*

L'invitation qu'elle espérait !

— *Es wäre mir ein Vergnügen*, répond-elle scrupuleusement.

Ayant raccroché, elle vérifie rapidement sa tenue – un tailleur bleu pâle d'une coupe classique, pas trop près du corps – et son maquillage – à peine un voile de poudre, ni fard ni rouge à lèvres. Puis elle attrape son sac à main, dévale le grand escalier de l'hôtel et traverse en courant presque la place qui la sépare de la résidence de Hitler.

Là, une fois calée contre les coussins d'un fauteuil en cuir, elle boit une gorgée de cordial à la violette avec une fausse décontraction. Les flammes orangées qui dansent dans l'âtre baignent la pièce d'une lumière chaude, et une agréable odeur de feu de bois flotte dans l'air. Face à elle, le Führer semble aussi serein qu'elle-même s'efforce de le paraître.

Après un échange de nouvelles sur leurs connaissances communes – Diana sait que les potins le détendent –, la jeune femme déclare sur un ton mielleux :

— J'espère que le Dr Goebbels n'est plus fâché contre moi. La dernière fois que nous nous sommes vus, en décembre, sa mauvaise humeur était évidente. Cela m'ennuierait beaucoup qu'un de vos proches pense du mal de moi.

Hitler sourit en coin.

— Comment être fâché contre la belle Diana Mitford… Pardon ! Lady Mosley.

Elle baisse les yeux, prenant cet air timide qui lui plaît tant.

— Vous êtes trop aimable, *mein Führer*.

— Je n'ai fait que dire la vérité, lady Mosley. Vous permettez que je vous appelle ainsi, même si le reste du monde ignore toujours votre mariage ?

— Bien sûr, Herr Hitler. Je sais que mes secrets ne craignent rien avec vous.

Un officier en uniforme noir surgit alors de l'ombre avec deux carafes en cristal. Diana attend qu'il ait rempli son verre et versé de l'eau minérale dans celui de Hitler pour reprendre la conversation :

— Donc le Dr Goebbels m'a pardonné, même si j'ignore en quoi j'ai pu l'offenser ? Lord Mosley et moi-même l'avons-nous indisposé en célébrant notre mariage chez lui ? J'ai beaucoup d'amitié pour sa femme, Magda. Je ne voudrais pas qu'il la dresse contre moi.

— Comme vous l'aurez remarqué, Goebbels se plaint de tout et de tout le monde. Il a certainement ronchonné quand le parti a viré 100 000 livres à l'organisation de lord Mosley, en décembre dernier. Mais des reproches contre vous ? Jamais.

Diana glisse un ongle impeccablement verni le long de la manche de Hitler. Le sentant frémir, elle pousse un peu plus son pion.

— Vous m'en voyez soulagée, *mein Führer*. J'ai passé plus d'une nuit blanche à me demander ce qui avait pu provoquer le mécontentement de Herr Goebbels. Cela me rassure d'apprendre que ni ma personne ni ma conduite ne sont en cause.

Elle ne précise pas que cette subvention, fruit de huit longs mois de discussions et de plaidoyers subtils, revêtait une importance vitale pour l'UFB. Celle-ci est au bord de la faillite depuis que Mussolini a presque cessé de la soutenir. Mosley a dû hypothéquer sa propriété familiale. Pour faire des économies, il a ramené ses enfants à Wootton Lodge, à la grande fureur de Baba, qui n'admet pas que ses neveux vivent sous le même toit que Diana. La situation s'est encore dégradée quand le Parlement a voté une loi soumettant à l'autorisation préalable de la police les manifestations et meetings politiques, lesquels constituaient une source de revenus appréciable pour eux. Diana passe ces détails sous silence, craignant que Hitler ne juge l'UFB trop affaiblie pour s'allier à elle.

— Votre personne ne saurait causer de tort à quiconque, murmure-t-il.

— Quant à vous, soyez certain que l'UFB est plus que jamais déterminée à voir triompher le fascisme, en dépit des tentatives de nos gouvernants pour la priver de ressources.

— Ces maudits *torys*, gronde Hitler. Quelle honte pour l'Angleterre !

Ses yeux gris-bleu lancent des éclairs de colère. Pour la première fois, Diana ressent de la peur face à lui. Sans doute a-t-il perçu son malaise, car son sourire aimable réapparaît aussitôt.

— Bien sûr, je sais que l'UFB partage nos valeurs et nos objectifs. Lord Mosley nous a amplement prouvé qu'il était des nôtres.

Diana est émue. Si elle ne s'est jamais inquiétée de l'opinion de Goebbels – elle n'a évoqué son supposé mécontentement que pour amener le financement de l'UFB dans la conversation –, celle de Hitler lui importe au plus haut point. Ce jugement élogieux dépasse ses espérances et constitue une transition idéale.

— Vous, moi, Mosley, Unity, nous partageons tous le même rêve de voir l'Angleterre s'aligner sur l'Allemagne. Pour cela, nous avons besoin d'une UFB puissante. Mais si nous vous savons gré de votre générosité, il n'est pas question que la santé financière de notre organisation dépende plus longtemps de votre parti. Pour cela, nous avons un plan.

Hitler esquisse un sourire sous sa moustache.

— Et en quoi ce plan consiste-t-il, lady Mosley ?

— Je vous en prie, appelez-moi Diana.

— Diana, répète-t-il lentement, comme s'il savourait la sonorité de son prénom sur ses lèvres.

— Une station de radio commerciale.

42

Unity

20 mars 1937
Munich, Allemagne

Unity épluche avec soin les journaux allemands, nationaux ou régionaux : *Münchener Beobachter*, *Müncher Neueste Nachrichten*, *Berliner Tageblatt*, *Berliner Morgen-Zeitung*, *Berliner Abendpost*, *Neue Preußische Zeitung*, *Frankfurter Zeitung und Handelsblatt* et même le *Bayreuther Tagblatt*. Elle passe chaque page au crible pour s'assurer qu'on a répondu favorablement à sa requête. Jusqu'ici, à son grand soulagement, elle n'a trouvé aucune mention de l'incident fâcheux impliquant Decca et Esmond. Si le bruit qu'elle a une sœur communiste venait à se répandre, sa réputation en pâtirait. Mais Hitler a tenu sa promesse d'étouffer l'affaire en Allemagne.

Toutefois, son humeur s'assombrit chaque fois qu'elle pense à Decca. Comment la pauvre petite a-t-elle pu se fourvoyer ainsi ? Certes, elle n'a jamais fait mystère de ses inclinations. Quand Unity décorait sa moitié de chambre de croix gammées et de photos de Mussolini et de Hitler,

Decca gravait des faucilles et des marteaux sur les vitres de la fenêtre. La ligne imaginaire qu'elles avaient tracée au milieu de la pièce ne les a pas empêchées de forger des liens profonds. Elles ont inventé une langue, le « boudledidge », comprise d'elles seules, et un peu de Debo. Leur affection a résisté à la croisière en Méditerranée que Muv a improvisée, l'année dernière, pour distraire les trois cadettes pendant que Farve, acculé par de nouvelles difficultés financières, vendait Swinbrook House avec presque 1 000 hectares de terre. Même l'insistance de Unity à porter devant la duchesse d'Atholl le swastika en or offert par Hitler n'a provoqué qu'une brouille passagère et superficielle.

Decca serait-elle jalouse ? Chercherait-elle à la surpasser ? Sa fuite avec Esmond Romilly pour participer à la guerre civile espagnole est son seul titre de gloire jusqu'ici. Unity, elle, est l'amie du Führer, qui l'a introduite au cœur du régime nazi. Même si elle n'a jamais décrit sa situation en ces termes à sa jeune sœur – laquelle, dans sa dernière lettre, lui a dépeint son escapade comme une « évasion totale » –, elle ne peut s'empêcher de sourire quand elle pense à ses triomphes.

Soudain, on frappe trois coups à la porte. Unity se précipite pour ouvrir et répond au salut nazi du visiteur : Erich Widener, le bel officier SS à la blondeur presque surnaturelle que le destin a mis sur sa route à l'Englischer Garten quelques mois plus tôt.

Elle l'invite à entrer. L'appartement baigne dans une pénombre crépusculaire. Erich balaie du regard le salon envahi de journaux froissés.

— Je vois que mon lieutenant t'a livré la presse du jour comme tu l'avais demandé, constate-t-il.

— Merci, susurre-t-elle en posant une main sur la sienne. J'apprécie ta gentillesse.

La prenant dans ses bras, il lui glisse à l'oreille :

— C'est un plaisir de te rendre service, car j'aime que tu me sois redevable.

— Et moi, j'adore te retourner tes faveurs… quand je le décide.

Lorsqu'il se penche vers elle, elle détourne la tête. Unity goûte d'autant mieux ce jeu d'attirance et de rejet qu'elle est sûre de remporter la partie.

Feignant de se débattre, elle se presse contre lui jusqu'à ce qu'il l'embrasse de force. Alors seulement, elle s'abandonne. Grisée par l'odeur de lessive qui imprègne son uniforme et celle de son eau de Cologne, elle s'imagine que c'est Hitler qu'elle couvre de baisers et de caresses, ce qui décuple son ardeur.

Quand elle est certaine de son emprise sur le jeune homme, elle s'écarte brusquement.

— Tu n'as pas quelque chose pour moi, en plus des journaux ? demande-t-elle.

Le regard brillant de désir, il l'attire de nouveau contre lui.

— Non, non, proteste-t-elle. Donne-moi d'abord ce que tu m'as promis.

Elle lui résiste, jouissant du pouvoir qu'elle exerce sur lui, son officier SS à elle. Mais, contrairement aux fois précédentes, il insiste. Unity est forte. Elle se sent capable de le repousser, mais elle ne souhaite pas en arriver là. Une simple allusion à l'amitié qui la lie au Führer devrait suffire à le calmer.

— À ta place, je ne ferais pas ça.

Même si elle a parlé d'une voix posée, l'avertissement était clair.

Erich s'immobilise.

— Je… Pardon. Je ne sais pas ce qui m'a pris.

Unity se retient d'éclater de rire devant la terreur abjecte qui déforme les traits du pauvre garçon. Étrangement, elle éprouve autant de plaisir à lire la peur que la concupiscence sur son visage. Mais elle ne doit pas trop l'effrayer, car elle a besoin de lui. Il s'est révélé précieux en lui procurant les renseignements qui lui ont permis de renouer ses relations avec le Führer comme si celui-ci ne s'était jamais absenté.

— Tu n'as pas à t'excuser, déclare-t-elle sur un ton radouci. Moi aussi, je me laisse facilement emporter par la passion avec toi.

— Tu ne m'en veux pas ?

— Pas du tout.

Comme il lui caresse tendrement la joue, elle fait courir un ongle sur sa poitrine.

— Alors ? demande-t-elle d'une voix suggestive. Tu as le petit cadeau que tu m'avais promis ?

— Oui, acquiesce-t-il, soulagé de constater qu'elle lui a pardonné.

— Ne me fais pas languir plus longtemps, et je ne te ferai pas attendre non plus, dit-elle en défaisant lentement les boutons en argent de sa veste. Quand le Führer sera-t-il de retour à Munich ?

— À la fin de la semaine, répond-il, la respiration hachée.

— Où est-il en ce moment ? En Rhénanie ?

Il y a tout juste un an, Hitler a déployé dans la région un contingent de 3 000 hommes, suscitant le mécontentement de plusieurs pays européens qui l'ont accusé de violer les termes des accords de Locarno. Il serait logique qu'il se rende sur place.

— Non. À Berlin.

Unity se fige. Quelle affaire pressante peut bien exiger la présence du Führer dans la capitale ? Il n'y a fait aucune allusion la dernière fois qu'ils ont dîné ensemble, et chacun sait qu'il préfère Munich à Berlin.

— Qu'est-ce qu'il est allé faire là-bas ? s'interroge-t-elle tout haut.

Erich lui lance un regard surpris.

— Tu n'es pas au courant ?

Elle secoue la tête.

— Il est à Berlin pour rencontrer ta sœur.

43

Nancy

28 décembre 1937
Londres, Angleterre

Un mouchoir plaqué sur le nez et la bouche, nous enjambons une pile de déchets d'origine inconnue.

— Je vais vomir, gémit Peter.

Réprimant une nausée, je tente en vain de me convaincre que l'odeur qui me soulève le cœur provient de la marée, et non d'ordures en décomposition.

Certes, Rotherhithe n'est pas loin de la mer. Mais surtout le quartier est plein de taudis, de docks grouillant de marins mal embouchés et d'entrepôts d'où s'échappent des relents pestilentiels. La description de Muv n'était pas exagérée. Comment Decca peut-elle habiter ici ?

Après l'échec de notre mission, Muv et Nellie, la mère d'Esmond, se sont précipitées à Bayonne, où le jeune couple avait trouvé refuge. Farve a failli faire une attaque en découvrant que sa fille vivait dans le péché avec un communiste. Les deux femmes étaient d'autant plus déterminées à marier les deux tourtereaux qu'on avait appris entre-temps la grossesse de Decca. En prévision, notre mère avait glissé dans ses bagages une robe de mariée en soie achetée chez Harrods. Après la cérémonie, le jeune couple s'est laissé convaincre de regagner l'Angleterre pour le bien du futur bébé. Mais ceux qui s'imaginaient voir les nouveaux mariés rentrer dans le droit chemin en ont été pour leurs frais. Ils ont élu domicile dans un immeuble délabré où leurs familles n'ont droit de visite que lorsque Esmond s'absente pour travailler dans une agence publicitaire.

Peter abaisse son mouchoir et frappe à la mince porte en bois. Comme personne ne répond, il frappe de nouveau. Une voix lasse s'élève alors de l'intérieur :

— Qui est là ?

Peter me lance un regard incrédule : lui comme moi n'avons connu que des maisonnées pourvues d'au moins une bonne pour accueillir les visiteurs. Puis il ouvre la bouche et la referme sans avoir émis le moindre son, ce qui ne lui ressemble guère. Je prends la situation en main.

— Decca, c'est Peter et Nancy ! On peut entrer ?

Sans attendre son invitation, je pénètre dans une cuisine sommairement équipée d'une table branlante, de deux chaises, d'une antique cuisinière noire et d'un évier en émail ébréché.

— Par ici !

La voix de Decca provient de la pièce suivante. Je me réjouis d'apprendre que le logement ne se limite pas à cette entrée-cuisine miteuse. Qui sait ? Le reste nous réserve peut-être une bonne surprise.

Trois enjambées suffisent pour rejoindre un salon qui fait aussi office de chambre à coucher, comme l'atteste la présence d'un lit étroit et d'un berceau dans l'angle le plus proche de la cheminée. Ma sœur, pâle et maigre, est assise dans un canapé face à deux fauteuils. Soudain, mon regard tombe sur un vase de nuit. Comment Decca et Esmond peuvent-ils vivre dans ces conditions ? Et leur bébé ?

Peter est le premier à se ressaisir.

— Content de te voir, Decca, dit-il. Je suppose que cet humain miniature est ta fille ?

Elle acquiesce et nous présente le petit être niché dans ses bras.

— Julia, annonce-t-elle, rayonnante de fierté.

Je distingue un visage aux traits délicats parmi les plis de la couverture rose qui l'enveloppe. Mon cœur se serre à la vue de ses paupières closes et de sa bouche pareille à un bouton de rose.

Je pose mon sac à main et tends les bras.

— Je peux la tenir ?

— Bien sûr, Naunce !

Ma sœur se lève et me confie l'adorable paquet.

— Julia, voici ta tante Nancy.

Je prends le bébé avec précaution et me penche pour respirer son odeur.

— Elle est magnifique !

Comme ç'a été facile pour Decca ! Elle est tombée enceinte sans même l'avoir désiré, alors que Peter et moi tentons en vain d'avoir un enfant depuis trois ans. Cependant, je ne peux que me réjouir de ce miracle devant l'air de ravissement de ma sœur tandis que je berce sa fille.

— Toc toc !

La voix suave de Diana flotte à travers l'appartement. Decca se rembrunit. Elle devait pourtant se douter que ses sœurs débarqueraient l'une après l'autre – en l'absence d'Esmond, bien sûr.

Diana entre d'une démarche nonchalante, comme si elle allait boire le thé au Savoy. En apercevant Julia dans mes bras, elle bat des mains et s'exclame :

— Félicitations, Decca !

Celle-ci la remercie et prend le cadeau enrubanné qu'elle lui tend.

— Il ne fallait pas, proteste-t-elle. Nous avons déjà tout ce qu'il nous faut.

— On ne dirait pas, observe Diana avec un coup d'œil circulaire.

Elle fronce son nez ravissant comme si elle avait senti une odeur désagréable. L'état du quartier ? Ou la présence d'un nourrisson dans la pièce ?

— Nancy, me lance-t-elle en guise de salut.

Aujourd'hui, je n'ai pas droit au diminutif affectueux de « Naunce », toutefois elle me sourit. Je doute que Mosley m'en accorderait autant. S'il consent à ce que Diana entretienne des relations avec moi, j'ai toujours l'interdiction de paraître devant lui, ce qui me sied parfaitement.

— Diana.

Sans manifester plus d'intérêt pour Julia, elle se tourne vers notre sœur.

— Qu'attends-tu pour ouvrir le cadeau ? demande-t-elle sur un ton impérieux.

Comprenant qu'il ne servirait à rien de tergiverser, Decca se lève et va chercher un couteau dans la cuisine, si on peut l'appeler ainsi. Après avoir coupé le ruban et déchiré l'épais papier crémeux, elle en extrait une mousse de dentelle ivoire qui, dépliée, se révèle être une robe de bébé.

— Elle est très belle, mais je ne peux pas la garder, dit-elle.

Pour une fois, Diana a l'air décontenancée.

— Que veux-tu dire ?

— Il n'est pas question que ma fille porte une robe aussi... *bourgeoise*. Cela irait à l'encontre de mes convictions. De simples vêtements en coton lui suffisent. En outre, Esmond n'acceptera jamais un cadeau de la femme de Mosley.

Mes deux sœurs se dévisagent en silence. Très peu de gens peuvent se vanter d'avoir déstabilisé Diana. Decca, elle, y est parvenue sans même hausser le ton. Serait-elle restée aussi calme si elle savait que, pas plus tard qu'hier soir, les Mosley étaient les hôtes d'honneur d'une réception à l'ambassade d'Allemagne ? Mes parents et ceux de Peter étaient présents ainsi que toute la haute société londonienne, jusqu'aux Churchill. J'ai ressenti une bouffée d'amour pour mon mari quand il a décliné l'invitation en yiddish.

Je tente une diversion pour ramener la paix :

— Diana, tu veux tenir Julia ?

Elle me prend le bébé des bras et se dirige vers la cuisine. Après un rapide échange avec Peter, sa voix revêt des intonations tendres pour parler à Julia.

— Comment peux-tu être aussi complaisante avec elle ? me souffle Decca. J'ai lu *Charivari*. Je sais que tu vois aussi clairement que moi les horreurs qui accompagneront la montée du fascisme en Europe, que ce soit dans la variante locale de Mosley ou dans la version importée de Hitler.

Je me suis souvent posé cette question. Si la conduite de Diana m'inspire parfois du dépit, j'ai mis un couvercle sur mes sentiments. Sur eux, mais aussi sur l'état de mon couple, mon désir d'enfant, l'instabilité du monde. Si je soulève ce couvercle, j'ai peur d'être emportée par un torrent d'émotions auquel je ne survivrai pas.

J'avance une explication :

— C'est sans doute parce que je n'ai pas un autre système de croyances auquel me raccrocher, contrairement à toi. Ma seule conviction, c'est que je n'aime pas les fascistes.

— Pas besoin d'adhérer au Parti communiste pour combattre les idées de Diana. Elle me fait horreur !

— Et Unity ? Autant qu'il est possible, elle est encore plus enragée que Diana.

— Ça va te sembler étrange, mais je n'arrive pas à lui en vouloir. Je suis pourtant bien placée pour savoir que sa fascination pour le fascisme remonte à l'enfance. Pendant des années, je me suis endormie chaque soir en regardant des photos de Mussolini et de Hitler ! En revanche, j'en veux à Diana de l'avoir emmenée à Munich, puis d'avoir utilisé ses relations au sein de l'appareil nazi pour accomplir ses desseins, ou, plus exactement, ceux de Mosley. Elle connaissait son caractère excessif et impressionnable. Sans elle, l'obsession de Unity pour Hitler aurait peut-être fini par s'éteindre.

Elle secoue la tête avant de poursuivre :

— Je ne pourrais jamais me pardonner d'être restée passive face au danger que représente le fascisme. Pour Julia, je ne peux pas admettre que l'Europe tombe sous la coupe d'une poignée de dictateurs.

Les paroles de Decca touchent un point sensible.

— Ma « complaisance » vient peut-être de ce que je n'ai à me soucier de l'avenir de personne, hormis le mien.

J'ai lancé cette remarque sur un ton désinvolte. Mais la compassion que je lis dans le regard de ma petite sœur m'apprend que je ne cache pas ma tristesse aussi bien que je le croyais. J'ai si peu l'habitude qu'on me témoigne de la pitié que mes yeux débordent de larmes. Decca se penche vers moi et me presse la main. Ce simple geste m'indique qu'elle a conscience d'avoir rouvert une plaie mal cicatrisée.

Une colère subite monte en moi. Pourquoi, dans notre famille, ne parle-t-on jamais de ce qui importe vraiment ? Ma stérilité et le chagrin qu'elle me cause. L'inquiétude que nous inspire l'allégeance de Unity au nazisme. Le fait que Diana fraie avec Hitler et exploite sa sœur dans l'intérêt de Mosley. Ma crainte de voir Decca renoncer à sa jeunesse pour la maternité et le communisme. La guerre qui couve en Europe et qui, lorsqu'elle éclatera, nous obligera tous à choisir notre camp.

Comment pouvons-nous prétendre vivre des temps normaux quand tout nous prouve le contraire ?

Réprimant mon envie de hurler, je repense au défi que m'a lancé Winston il y a un peu plus d'un an. Vais-je continuer à me réfugier dans le passé ou à dissimuler mes opinions sous les oripeaux de la fiction ? Vais-je au contraire creuser pour découvrir ce que manigancent mes sœurs et agir avec le courage de mes convictions ? Une étincelle s'allume soudain en moi, m'apportant la réponse que j'attendais.

44

Diana

1er janvier 1938
Brandebourg, Allemagne

— *Mein Führer*, il me semble que c'est votre tour, dit Magda Goebbels avec une gaieté calculée.

Diana a l'impression de lire dans ses pensées : « *Je ne rêve pas ? C'est bien Herr Hitler qui joue à un jeu de société dans ma maison de campagne, le soir du Nouvel An ?* »

— Je crois plutôt que c'est à lady Mosley de parler, répond Hitler.

Personne n'ose lui faire remarquer qu'il ne respecte pas les règles.

— Pardon, *mein Führer*, s'excuse Diana en courbant la tête. J'étais distraite.

Elle se retient de pouffer quand Magda lui presse la main sous la table. Son amitié avec la blonde et sculpturale épouse de Joseph Goebbels n'est pas la moindre des surprises que lui ont réservées ses années d'efforts pour infiltrer la hiérarchie nazie. La première dame officieuse du Reich, l'âme du petit cercle de femmes qui gravitent autour de Hitler, est aussi élégante et posée que Diana en société. Mais elle est le feu quand celle-ci est la glace. C'est étonnant comme cette femme, l'incarnation de l'idéal aryen, peut se montrer rouée en privé.

— Voyons, laissez-moi réfléchir, dit Diana en tapotant la table d'un ongle laqué.

Elle fait semblant d'hésiter : en réalité, elle a commencé à préparer ses réponses quand Magda a annoncé qu'ils joueraient au portrait chinois après le dîner. Elle regarde autour de la table où a pris place la *Umgebung*, la petite cour de Hitler.

Ce dernier se penche en avant, impatient de découvrir ce qu'elle pense de lui. C'est pour cela qu'il lui a cédé son tour. Le futur maître du monde n'est donc pas aussi sûr de lui que l'on pourrait le croire.

— Si notre Führer était une fleur... ce serait le lis tigré !

L'assistance retient son souffle. Quand Hitler sourit, puis éclate de rire, elle en fait autant. Tous ont déjà été témoins de ses brusques colères, dirigées même contre ses intimes. Leur soulagement est palpable. Diana, quant à elle, n'a jamais douté de son aptitude à le charmer.

Encore quelques tours de table, puis la partie s'achève. Comme répondant à un signal, deux domestiques entrent alors dans le salon, apportant un plateau de pâtisseries, de l'eau minérale pour le Führer et du café pour les autres.

— Nous ne prenons pas le dessert dans la salle à manger ? s'étonne Hitler.

Tous se figent, comme si une sorcière d'un conte des frères Grimm leur avait jeté un sort. Magda est la première à se ressaisir.

— Bien sûr que si, *mein Führer* ! Ces sottes ont mal compris nos instructions, et elles seront punies en conséquence.

Les convives se lèvent en observant Hitler du coin de l'œil.

— Allez-y, dit-il en leur faisant signe de sortir. Je désire m'entretenir en privé avec lady Mosley.

Diana prend une profonde inspiration tandis que le salon se vide. Ces derniers temps, Mosley était d'une humeur sombre et changeante. Elle en a déduit que la situation financière de l'UFB s'était encore dégradée. La subvention qu'elle a réussi à obtenir du Parti nazi n'a fait que repousser une faillite inévitable. Mais si Hitler souscrit à son projet de radio, Mosley et elle connaîtront la même opulence que le député conservateur Leonard Plugge, le créateur de Radio Normandie, une station commerciale florissante émettant depuis la France. Le plan de Diana est beaucoup plus ambitieux : elle rêve d'un réseau diffusant dans toute la Grande-Bretagne le genre de programmes qui manquent actuellement à un public avide de divertissement. Encore faut-il pour cela que Hitler voie le bénéfice politique qu'il pourrait tirer de cette entreprise.

— Je suis très honorée que vous souhaitiez me parler, *mein Führer*, dit-elle en dirigeant toute l'intensité de son regard sur Hitler, assis face à elle dans un fauteuil sang-de-bœuf.

— J'ai réfléchi à votre proposition.

Le cœur de Diana se met à palpiter.

— Le simple fait que vous ayez pris le temps d'examiner mon idée alors que vous avez tant à faire pour gouverner l'Allemagne, étendre son influence sur les autres territoires germaniques et nouer des alliances à l'étranger, vaut tout l'or du monde, déclare-t-elle.

Cet inventaire de ses succès les plus récents, dont le pacte anti-Komintern signé par l'Allemagne, le Japon et l'Italie, fait briller les yeux de Hitler.

— Mes conseillers n'y sont pas favorables, dit-il, observant la réaction de la jeune femme. Contrairement à eux, je trouve votre plan très prometteur, et je connais mieux que quiconque le pouvoir de la radio. S'il vous plaît, expliquez-moi de nouveau comment vous envisagez les choses.

— Avec joie ! Comme vous le savez, la BBC détient le monopole de la diffusion sur l'ensemble du territoire britannique et nord-irlandais, et elle combat férocement toute tentative d'intrusion. Toutefois, elle accorde peu de place au divertissement. Nous pensons qu'il existe un marché pour ce type de programmes… Un marché pour lequel des annonceurs débourseraient des sommes importantes, assurant ainsi une manne financière à l'UFB. Idéalement, cette radio émettrait depuis l'Allemagne, pour des raisons à la fois économiques et politiques. Avec votre permission, bien sûr…

Diana baisse humblement les yeux. Le Führer, les mains jointes, la regarde sans rien dire. Cette présentation l'a-t-elle séduit par sa concision ? Son silence annonce-t-il au contraire un jugement implacable ? Pour la seconde fois de sa vie, la jeune femme ressent de la peur. La première fois, c'était aussi face à Hitler.

Lasse d'attendre un signe de sa part, elle décide d'aller droit au but. Après tout, Unity et elle l'ont habitué à une certaine franchise dans leurs échanges.

— Nous avons déjà créé une structure juridique, dit-elle en s'efforçant de réprimer le tremblement de sa voix. Pour ne pas éveiller les soupçons des services secrets britanniques, ni Mosley ni moi ne figurons dans l'organigramme. Nous sommes prêts à nous lancer au cas où *mein Führer* jugerait notre plan digne d'intérêt.

— Très astucieux, commente Hitler. Hormis un retour sur investissement, ajoute-t-il avant que Diana puisse se détendre, qu'est-ce que cet arrangement rapporterait à l'Allemagne ?

La question prend Diana au dépourvu. Elle croyait la synergie entre le Parti nazi et l'UFB évidente. Apparemment, Hitler attend d'elle un engagement explicite. Elle n'a pas sacrifié son premier mariage et sa réputation pour lier son sort à un raté. Elle portera Mosley au sommet afin qu'il siège à la droite du Führer le jour béni où celui-ci régnera sur l'Europe.

— Grâce à ce plan, répond-elle, le jour où vous prendrez les commandes de la Grande-Bretagne et de l'Irlande du Nord, vous y trouverez un gouvernement local à votre service.

Elle laisse passer un silence théâtral, puis ajoute :

— Vous disposerez aussi d'une station de radio pour diriger vos nouveaux sujets.

45

Unity

4 janvier 1938
Munich, Allemagne

— *Verdammtes Englisches Mädchen !*

Unity ne parvient pas à identifier l'homme à la voix rocailleuse qui jure ainsi dans la bibliothèque, mais elle est loin de connaître tous les officiels nazis présents. Ce qui l'étonne, c'est le sens de son exclamation : « Fichue Anglaise ! » Aucune de ses compatriotes n'assiste à cette réception, donc il parlait d'elle. Qu'a-t-elle fait pour mériter sa colère ? Elle sait que sa proximité avec le Führer suscite des jalousies, mais c'est la première fois qu'elle entend quelqu'un médire d'elle. L'auteur de ces propos prend des risques en exprimant une opinion aussi contraire à celle de son chef.

— *Was sind ihre Motive ?* s'interroge un deuxième homme.

Cette voix-ci évoque quelque chose à Unity. Si elle ne situe pas son propriétaire, elle se rappelle avoir échangé un jour avec lui des paroles dont le souvenir flotte à l'orée de sa mémoire.

De quel droit ces gens doutent-ils de ses intentions ? Son unique dessein est de servir et d'admirer le Führer. Comment pourrait-il en être autrement ? Chacun de ses succès rejaillit sur eux tous, et ils doivent œuvrer collectivement pour l'accomplissement de sa quête.

Elle tente de se remettre dans l'esprit de la soirée, qui se veut une réplique des festivités du Nouvel An. Quand elle a su que Diana avait célébré celui-ci avec Hitler, chez les Goebbels, elle a eu du mal à surmonter sa déception. La discussion qu'elle vient de surprendre a ravivé sa mauvaise humeur et sa rancœur contre sa sœur. Elle s'attarde dans le couloir le temps de plaquer un sourire sur son visage. Mais, pendant qu'elle se dirige vers le salon, une nouvelle bribe de conversation lui parvient de la bibliothèque :

— En tout cas, ce n'est pas l'appât du gain qui la motive. Certes, le Führer supporte les dépenses relatives à ses voyages et à son logement. Mais elle aurait les moyens de le faire.

Un tintement de glaçons. L'inconnu se sert à boire avant de poursuivre :

— Peut-être espionne-t-elle au profit des Anglais ?

Comment ose-t-il la traiter d'espionne ? Personne n'a jamais montré autant de loyauté qu'elle envers le Führer, pas même les membres de son état-major ! Est-ce si difficile d'admettre que la compagnie de l'homme qu'elle vénère suffit à son bonheur ? Elle doit faire appel à toute sa volonté pour ne pas se ruer vers la bibliothèque et frapper les deux malotrus à coups de poing.

— Il est vrai qu'elle appartient à la haute société d'où sont issus la plupart des politiciens. Elle est même parente avec Winston Churchill, ce roquet hargneux qui s'entête à vouloir dresser l'opinion et le gouvernement anglais contre le Führer. Si ça se trouve, elle travaille pour lui.

— Ou pour le MI5. Cela expliquerait qu'elle connaisse l'emploi du temps de Hitler mieux que nous. Dès qu'il entre dans un salon de thé ou un restaurant, elle est déjà là, en train de l'attendre.

Unity réprime un ricanement. Ces soi-disant responsables nazis font preuve d'une bêtise et d'une naïveté confondantes. C'est d'eux, non d'elle, que le Führer devrait se méfier. De toute évidence, ils ignorent à quel point ses gardes personnels sont bien renseignés, et aussi qu'elle a noué des relations intimes avec plusieurs d'entre eux, en particulier Erich.

— Il faudrait la faire surveiller. Le Führer parle très librement devant elle.

— Je veux croire que les sujets qu'il aborde en sa présence ne sont pas de nature à compromettre la sécurité de l'État. Et je pensais qu'elle faisait déjà l'objet d'une surveillance ?

— Jusqu'ici, le Führer a repoussé toutes les suggestions en ce sens. Ces sœurs Mitford le fascinent. Il trouve du charme à leur excentricité et à leur effronterie, des traits de caractère qu'il ne supporte chez personne d'autre. Il est trop séduit pour envisager qu'elles puissent représenter une menace.

— Quelle imprudence !

Un long silence s'ensuit. Unity est sur le point de s'éloigner quand le deuxième homme gronde :

— Tu accuses le Führer d'imprudence ?

— Non, non ! La décision de ne pas faire surveiller Unity Mitford émane certainement d'un subalterne. La vigilance de notre Führer n'est jamais en défaut. D'ailleurs, c'est lui qui a eu l'idée brillante de l'employer à des fins de propagande. Streicher a fait un bon usage de son interview dans le *Münchener Zeitung* et de sa « Lettre d'une jeune Anglaise » dans *Der Stürmer*...

— Sans oublier les meetings.

— En effet, acquiesce le premier homme, apparemment rassuré par cette marque d'approbation. Chacune de ses interventions à la tribune était magistrale. Je ne doute pas qu'elle puisse contribuer à adoucir la position des Anglais à l'égard du Parti nazi. Si l'une des leurs – une cousine de Churchill, qui plus est – s'est laissé séduire par notre gouvernement...

— Qui sait combien d'autres pourraient suivre son exemple ?

— Exactement ! De quoi nous assurer un meilleur accueil quand nous défilerons dans les rues de Londres.

Unity ressent une bouffée de fierté avant de se rappeler le début de la conversation. Non content de la soupçonner, l'un des deux hommes – celui dont la voix lui est familière – a insinué que le Führer avait fait preuve de légèreté en lui accordant sa confiance. Il mérite d'être châtié pour avoir manqué de foi.

L'autre dit alors :

— Je me demande comment on nous accueillera le jour où nous défilerons dans les rues de Prague ou de Varsovie. À ton avis, Putzi ?

Unity, abasourdie, cesse d'écouter. Le traître est Putzi Hanfstaengl, le chef du Département de la presse étrangère ! Le même Putzi qui a pris ses distances avec sa sœur et elle quand il a jugé leur maquillage incompatible avec l'idéal aryen… Elle ne peut laisser son crime impuni.

Sans prendre la peine d'étouffer le claquement de ses talons, elle dépasse la bibliothèque et entre dans le salon aux murs damassés d'argent. Les seules touches de couleur proviennent des bouquets composés des fleurs préférées de Hitler : des edelweiss, qui revêtent pour lui une importance symbolique, et des roses du même rouge que le drapeau nazi. Sa gorge se noue à l'idée de briser l'harmonie de ce tableau avec de mauvaises nouvelles.

— Où étiez-vous passée, *mein Schatz* ? s'enquiert Hitler quand elle prend place dans le fauteuil qu'il lui a gardé près du sien. Nous nous demandions quel salon de thé de Munich servait les meilleurs éclairs, ajoute-t-il en lançant un regard amusé à Magda Goebbels.

Unity sait combien il raffole de ces conversations futiles avec les femmes de son premier cercle. Elle s'en veut d'autant plus de venir assombrir son humeur. Pour se donner du courage, elle se répète qu'elle agit dans son intérêt et dans celui du parti.

— *Mein Führer*, lui murmure-t-elle, je dois vous rapporter des faits d'une extrême gravité. Il s'agit de Putzi Hanfstaengl.

Tandis qu'ils poursuivent leur discussion à voix basse, Unity songe qu'elle est peut-être en train de remporter une bataille décisive dans la guerre qui l'oppose à Diana. Quelle plus grande preuve d'amour pourrait-elle donner à Hitler que de lui livrer un traître ?

46

Nancy

24 mars 1938
Londres, Angleterre

Je prends place sur un banc en bois dur, au premier rang de la galerie des Étrangers, pour suivre les débats qui se déroulent en contrebas.

Cette galerie n'a jamais mieux porté son nom en ce qui me concerne : je n'avais encore jamais éprouvé le désir de visiter la Chambre des lords. Pourquoi aurais-je perdu mon temps à écouter pontifier les vieillards décrépits qui, dans les bals, rôdent en quête d'une cavalière ? Si j'avais voulu périr d'ennui en leur compagnie, cela fait des années que j'aurais accepté leurs invitations à danser.

Mais aujourd'hui c'est différent. Je suis venue dans l'espoir d'éviter un désastre imminent. Si je devais avancer une date, je dirais que tout a commencé avec la première visite de mes parents à Munich pour prendre des nouvelles de leur fille rebelle, Unity. Après une longue période de gestation, les signes avant-coureurs de la catastrophe se sont multipliés ces dernières semaines, jusqu'au dîner d'hier.

Le 11 mars, la BBC et les journaux ont rapporté que les troupes de Hitler avaient pénétré en Autriche, violant tous les traités. Deux jours plus tard, on annonçait l'annexion du pays par l'Allemagne. Suivant les sources, cette réunification avec leurs « frères de sang » germaniques plonge les Autrichiens dans la joie ou dans la terreur. Je suppose que les deux thèses sont vraies, selon que l'on est un sympathisant nazi ou un opposant, juif de surcroît.

Forcément, ce sujet d'actualité s'est invité à notre table du Quaglino's, l'un des rares restaurants londoniens à trouver grâce aux yeux de Farve. Si Unity me considère comme *persona non grata* depuis que j'ai désapprouvé son installation dans un appartement spolié à une famille juive, elle tient nos parents constamment informés des succès et des victoires de Hitler. Aussi, à un moment, Muv a évoqué la « chance » qu'elle avait eue d'assister à l'arrivée des troupes allemandes.

— En quoi est-ce une *chance* d'être témoin de l'invasion brutale d'un pays par son voisin ? ai-je demandé, choquée.

Muv a haussé les sourcils.

— Assurément, c'en est une de voir les Autrichiens et les Allemands célébrer leur unité retrouvée. Après tout, ils n'ont jamais formé qu'un seul peuple. C'est plus fort que toi, Nancy. Tu ne peux t'empêcher de critiquer.

Malgré tous ses défauts, Peter a toujours été un allié fidèle contre mes parents. Une fois de plus, il a volé à mon secours :

— Avec tout le respect que je vous dois, une partie des Autrichiens ne donne pas l'impression d'être à la fête.

— Ce n'est pas ce que nous a écrit Unity. Elle sait mieux que vous ce qu'il en est. Elle était sur place, à Vienne, dès le premier jour. J'ignore de quel torchon vous tirez vos renseignements, mais un journal digne de ce nom devrait informer correctement ses lecteurs sur un événement de cette importance.

Farve a tapé du poing sur la table, faisant sursauter la moitié de la salle. En général, il parvient à contrôler son impulsivité en public, mais cette conversation l'avait échauffé.

— Ça suffit, Nancy !

Comme d'habitude, sa colère était dirigée contre moi seule, même si Peter en était tout aussi responsable.

— Tu n'as jamais mis les pieds en Allemagne, tu n'es pas en position de juger. Si tu avais parlé avec Hitler, tu saurais qu'il n'a que de bonnes intentions envers l'Autriche. Les opposants à cette réunification sont libres de quitter le pays, mais, à ma connaissance, la majorité des Autrichiens y est favorable. Si l'Angleterre pouvait ne pas se mêler des affaires de l'Allemagne, elle n'aurait pas à s'inquiéter d'une autre fichue guerre !

Où est passé le Farve qui vitupérait contre les Boches qu'il avait combattus ? Qui lâchait ses chiens sur nous, qui faisions semblant d'être nous-mêmes des Boches, un jeu qu'il avait appelé la « chasse à l'enfant » ?

— Mais...

— Il n'y a pas de mais, Nancy. Ne recrache pas à cette table les billevesées que tu as lues dans Dieu sait quelle feuille de chou. J'en ai plus qu'assez de vous entendre, toi et tes semblables, professer des opinions infondées. D'ailleurs, j'ai l'intention de m'exprimer à ce sujet à la Chambre des lords demain.

J'ai échangé un regard avec Peter pendant que Farve coupait rageusement son steak.

Après avoir tenté en vain de le ramener à la raison – c'est une chose de gober la propagande nazie, c'en est une autre de la soutenir publiquement –, je me suis résolue à venir au Parlement aujourd'hui. Je doute que mon père renonce spontanément à son discours en me voyant au premier rang de la galerie des Étrangers, mais je ne me pardonnerais pas d'être restée les bras croisés.

Un coup de marteau annonce le début de la séance.

— Mes nobles lords, commence le baron Snell de sa voix nasillarde, nous sommes réunis en ce lieu afin de débattre de la réaction de notre nation, la Grande-Bretagne, à l'invasion de l'Autriche par l'Allemagne.

Il s'interrompt pour boire une gorgée d'eau. Je suis soulagée qu'il ait employé le terme « invasion », et non « annexion ». Ce choix traduit sa profonde compréhension des motifs de Hitler. Par le passé, Snell s'est distingué par une opposition marquée au fascisme et à la politique d'apaisement de Baldwin.

Soudain, je me sens moins seule. Puis mon père se lève, et mon estomac se noue.

— Je souhaite mettre ici en avant une opinion que je crois plus répandue que ne le laisse supposer le silence dont elle fait l'objet…

À la façon dont il se racle la gorge, je le devine nerveux. S'il a déjà pris la parole devant ses pairs et laissé transparaître son soutien à l'Allemagne, même lui comprend qu'il s'apprête à franchir une étape supplémentaire. Je prie pour qu'il se ravise en me voyant, mais il regarde partout sauf dans ma direction. De guerre lasse, je tousse bruyamment. Enfin, il lève les yeux vers la galerie des Étrangers. Lorsqu'il m'aperçoit, le mécontentement se peint sur ses traits. Je secoue la tête et joins les mains dans un geste de prière, en pure perte. Il s'éclaircit la voix et se lance :

— Je pense que nous nous accordons sur le caractère inévitable de la réunification de l'Autriche et de l'Allemagne. Plusieurs de nos pairs y ont fait allusion aujourd'hui et au cours des séances précédentes.

Il prend une profonde inspiration pour cacher son trac avant de poursuivre :

— Toutefois, aucun n'a mentionné l'accueil chaleureux, voire triomphal, que le peuple autrichien a réservé à Herr Hitler. Je suis persuadé que beaucoup le considèrent comme un héros et sont heureux de pouvoir se dire de nouveau allemands. Seule une poignée de communistes, de Juifs et de libéraux a manifesté son désaccord. Nous devrions être reconnaissants à Herr Hitler d'avoir réunifié ces deux pays sans bain de sang, contrairement à ce que l'on voit en Espagne.

Des acclamations s'élèvent de la galerie des Étrangers, accompagnées d'une bonne dose de huées. Si je m'attendais à celles-ci, celles-là ne laissent pas de me surprendre.

Mais le plus choquant, c'est que les paroles de Farve pourraient sortir de la bouche de Unity ou même de celle de Hitler. Un revirement étonnant, chez un homme qui a toujours voué aux Boches une haine dont la férocité surpassait celle que lui inspiraient, par ordre décroissant, les Français, les Américains et le reste de l'humanité, à l'exception de ses enfants, de sa femme et de quelques amis de la campagne.

Comment Diana et Unity ont-elles réussi à faire des Mitford les ambassadeurs de Hitler ? Si je n'avais pas écrit *Charivari*, auraient-elles tenté de m'entraîner moi aussi dans leur plan ?

Une partie de notre famille est devenue l'équivalent d'une plante invasive semée dans le sol anglais afin d'étouffer les espèces locales. Pour faire cesser sa prolifération, je n'ai d'autre choix que de me transformer en jardinier pour arracher ces mauvaises herbes à la racine.

47

Diana

24 mars 1938
Staffordshire, Angleterre

Étendue sur son lit, Diana s'efforce de garder une immobilité complète. *Si je ne bouge pas même le petit doigt*, pense-t-elle, *la nausée finira peut-être par passer.* Elle redeviendrait alors elle-même, et non cette coquille vide que la grossesse a fait d'elle.

La fenêtre entrebâillée laisse entrer les voix de Jonathan et de Desmond, qui jouent sur la pelouse sous l'œil vigilant de leur nurse. En les entendant rire, elle sourit et tourne la tête en direction du son. Quelle erreur ! Le mouvement suscite une nouvelle nausée qui l'oblige presque à recourir à la bassine en faïence posée sur la table de chevet.

Pour oublier son état, elle tente de se concentrer sur le morceau que diffuse la radio, « They Can't Take That Away from Me ». La voix de Fred Astaire l'enveloppe, faisant remonter à sa mémoire l'image du chanteur donnant la sérénade à Ginger Rogers sur le pont d'un bateau noyé dans la brume. Est-ce avec Evelyn qu'elle a vu le film

L'Entreprenant Mr Petrov ? Il s'est passé tant de choses au cours de l'année écoulée… Les vieilles amitiés se sont effacées devant ses nouvelles responsabilités.

Un bulletin d'information succède aux notes de trompette finales, la ramenant brutalement au présent. Lorsque le speaker évoque l'accueil enthousiaste que les Autrichiens ont réservé aux troupes allemandes, deux semaines plus tôt, elle a la sensation pénible qu'une chance unique est en train de lui filer entre les doigts. Pas la moindre allusion, en revanche, aux milliers d'opposants arrêtés et déplacés dans des camps. Sans doute cette épuration n'est-elle pas parvenue aux oreilles du public. Diana est au courant grâce à Unity, qui lui a fourni quantité d'autres détails confidentiels. Bien sûr, sa petite sœur se trouve en Autriche depuis le début des événements, et peu de gens peuvent se vanter d'être aussi proches qu'elle de Hitler. Le bulletin se clôt sur le constat que le transfert de souveraineté de l'Autriche vers l'Allemagne s'est opéré sans heurts et sans susciter de réelles protestations à l'étranger, malgré une violation manifeste du traité de Locarno.

Diana donnerait cher pour être sur place. Elle sait combien le Führer est charmant quand tout va comme il le souhaite, et rien ne pourrait lui causer un plus vif plaisir que la réunification de sa patrie et de l'Allemagne. Si elle était en état de voyager sans vomir sur tout et tout le monde, elle obtiendrait à coup sûr son consentement au projet de radio. Mais elle est forcée de garder le lit, captive de son propre corps et du bébé qui grandit en elle.

Si elle se réjouit d'être enceinte de M, ils n'ont pas encore annoncé officiellement leur mariage. Ils n'ont pas les moyens de s'aliéner Baba, qui verse à Mosley de maigres subsides prélevés sur le patrimoine des Curzon. Pourtant, cette grossesse imprévue les met au pied du mur. D'un autre côté, M a toujours souhaité que Diana devienne la mère de ses enfants, et pas uniquement celle des héritiers de Bryan. Elle trouve cela attendrissant, comme tout ce qui peut contribuer à renforcer ses liens avec cet homme insaisissable.

Toutefois, Mosley ne paraît pas conscient que son sort dépend en grande partie de sa femme. Sans elle, la radio qui doit sceller son alliance avec le Parti nazi n'a aucune chance de voir le jour. Pire, sans elle, il n'aurait jamais eu l'oreille de Hitler. Ce dernier ne lui a-t-il pas fait miroiter qu'elle obtiendrait *sa* fréquence une fois la situation en Autriche stabilisée ?

Ces voyages épuisants à Berlin et à Munich, où elle a joué sans compter de ses charmes et de son intelligence, ne visaient qu'à assurer l'avenir de son mari le jour où surviendra l'inévitable : l'*Anschluss*, de la Grande-Bretagne à l'Allemagne. Sans elle, M risquait de finir dans les poubelles de l'Histoire. Et cela, Diana ne pouvait l'admettre.

Avec un long soupir, elle tente de chasser sa nausée par la seule force de sa volonté. L'heure de sa victoire approche, et cette certitude, plus que tout, lui apporte la paix.

48

Unity

24 mars 1938
Vienne, Autriche

Unity se déchausse en hâte et se précipite sur le balcon. L'immense Heldenplatz (la « place des Héros », ainsi nommée en l'honneur des chefs militaires qui ont successivement libéré le pays des Turcs et de Napoléon) s'étend devant elle. Ce soir, seuls quelques groupes de civils y flânent, en plus des soldats qui la surveillent. Mais, quelques jours plus tôt, une foule d'au moins 250 000 personnes s'y pressait afin d'acclamer Hitler. Une vague d'euphorie la soulève au souvenir du triomphe de son bien-aimé.

Elle écarte les bras comme il l'a fait presque au même endroit, s'imaginant un instant que c'est elle que la multitude est venue adorer, puis elle tournoie sur elle-même jusqu'au vertige et se laisse tomber sur le sol, secouée par un éclat de rire. Quelle bonne idée d'être accourue à Vienne pour voir l'Histoire s'écrire sous ses yeux ! Quand elle se promène en ville, des inconnus l'arrêtent pour lui baiser la main parce que Hitler l'a touchée. Ainsi, elle a cette sensation grisante qu'un peu de la gloire du Führer rejaillit sur elle.

Elle avait deviné des semaines plus tôt que quelque chose couvait, depuis que les nazis autrichiens avaient fait pression sur le chancelier Kurt von Schuschnigg pour qu'il les intègre au gouvernement. Dans l'entourage du Führer, les officiers de haut rang échangeaient des messes basses et se taisaient dès qu'elle approchait. Hitler, lui, était d'une humeur radieuse. Mais personne, pas même son précieux Erich, ne laissait transpirer quoi que ce soit.

Le 11 mars, enfin, elle a appris que Schuschnigg avait été poussé à la démission et que Hitler avait fait nommer à la place un de ses partisans, Arthur Seyss-Inquart. Elle a alors compris qu'une intervention militaire était imminente. Pourtant, quand Erich lui a révélé que la 8e armée de la Wehrmacht venait de pénétrer en Autriche, le lendemain soir, elle est tombée des nues. Sans même emporter un sac, elle a sauté dans sa voiture et foncé pied au plancher, arborant son swastika en or au cas où on l'aurait arrêtée. Elle a franchi la frontière à Braunau am Inn, puis traversé Linz avant d'atteindre Vienne. Elle a pleuré de joie de voir autant de gens acclamer le Führer et lui lancer des bouquets en agitant des drapeaux nazis.

Malgré ses relations étroites avec Hitler, elle n'espérait pas un traitement de faveur. Elle était même prête à dormir sur un banc public. Mais un membre de la garde personnelle du Führer l'a repérée et en a informé son chef, qui lui a attribué une chambre proche de la sienne à l'Hôtel Impérial. Il l'a également invitée à se joindre aux plus hauts dignitaires du parti sur le balcon d'où il s'est adressé à la foule le 15 mars.

Unity n'avait jamais été aussi fière de lui. Il a prononcé là le discours de sa vie, expliquant qu'il était venu libérer l'Autriche et la réintégrer au sein du Reich. « Nous devons nous unir pour une plus grande Allemagne ! » a-t-il dit. Observer de près le bonheur de son idole l'a émue aux larmes.

Ce soir-là, légèrement éméchée après avoir bu plusieurs coupes de champagne pour célébrer cette victoire, elle s'est assise au bureau blanc et doré de sa chambre et a commencé à écrire sur une feuille à en-tête de l'hôtel : *« Farve, vous ne devinerez jamais où était votre Bobo ces derniers jours. »* Elle a fait à son père le récit détaillé de la progression du cortège et de l'accueil extatique des Autrichiens, en le priant de partager largement ces informations, car *« les journaux anglais raconteront certainement une tout autre histoire, faisant état d'exactions et de scènes de violence imaginaires »*. Puis elle a rédigé une lettre similaire à l'intention de Winston, le mari de Clemmie, qui s'acharne à vouloir contrecarrer les projets de son cher Hitler. Elle fera tout son possible pour changer la vision désastreuse que les Britanniques ont du Führer afin que les destins de leurs deux pays s'alignent.

Voilà qu'on frappe à la porte. Unity se retourne brusquement. Même si l'hôtel est truffé de soldats nazis, les rumeurs de dissidence lui reviennent à l'esprit. Pour sa part, elle n'a pas vu un seul opposant manifester en public, mais cela ne veut pas dire qu'ils n'agissent pas dans l'ombre. Elle tente de se raisonner : *Ma parole, tu deviens aussi négative que Nancy et Decca. Où est passée ta foi dans Hitler et dans ses desseins ?*

Prenant une profonde inspiration, elle va ouvrir et pousse un cri de surprise.

— *Mein Führer ?*

Elle se ressaisit et esquisse une révérence.

— Votre visite m'honore. Vous sachant très occupé par l'Anschluss, je ne pensais pas que vous auriez du temps pour moi.

— J'ai toujours du temps pour *meine Walküre*, répond Hitler de son ton le plus aimable.

Unity porte une main à son cœur. Elle est tellement émue de l'entendre employer le surnom affectueux qu'il lui a donné qu'elle nc trouve plus ses mots.

Il brise le silence qui s'est installé :

— Surtout le jour où votre père a approuvé avec tant de fougue le retour de l'Autriche dans le sein de l'Allemagne devant la Chambre des lords.

— Vraiment ?

Cette nouvelle dépasse les espérances les plus folles de Unity. Elle savait que le séjour de Farve à Munich avait profondément transformé sa vision de l'Allemagne, mais de là à ce qu'il prenne aussi fermement position devant ses pairs...

Hitler sourit sous sa moustache.

— Il a fait allusion à un témoignage de première main sur l'accueil triomphal de nos troupes par le peuple autrichien. Un témoignage dont je pense connaître l'origine.

Unity rougit. Une citation de Shakespeare lui revient à l'esprit : « *Mes yeux sont-ils éblouis ?* » Jamais personne ne l'avait regardée avec autant de tendresse et de ferveur que le Führer à cet instant. Certainement pas ses parents et ses sœurs, qui l'ont toujours jugée bizarre ou encombrante. Unity ferait n'importe quoi pour que son bien-aimé Führer lui garde son affection et son admiration.

49

Nancy

29 septembre 1938
Londres, Angleterre

J'hésite un moment devant la porte du 26, Rutland Gate. Je n'ai pas envie d'entrer. Tout ce que je désire, c'est rester au fond de mon lit jusqu'à midi, passer le reste de la journée sur mon canapé, vêtue d'un vieux chandail et d'un pantalon, un verre de brandy, de bordeaux, de champagne, de sherry – de n'importe quoi, pourvu que cela se boive – à portée de main, puis retourner me coucher. Hormis celle de mes chiennes, je ne tolère aucune compagnie depuis quinze jours. Je ne suis pas prête à affronter une nouvelle crise familiale, mais je n'ai pas le choix.

Après ma fausse couche, je me suis accordé deux semaines pour porter le deuil du bébé qui commençait à peine à se former dans mon ventre – un véritable miracle, après trois années d'efforts infructueux. Deux semaines pour pleurer, boire, fumer et céder à mes penchants autodestructeurs dans une solitude totale. Deux semaines avant de reprendre le cours de ma vie et ranger pour toujours mon désir de maternité au fond d'un tiroir.

J'ai ignoré les appels et les courriers de ma famille et de mes amis, même ceux d'Evelyn. Si je ne pouvais pas officiellement bannir Peter de la maison, durant cette période il a trouvé d'autres lits pour l'accueillir. Cela m'est égal. Il y a longtemps que notre mariage n'est plus fondé sur l'amour, mais sur la politesse et nos tentatives pour concevoir un enfant. J'ai préféré me complaire seule dans mon chagrin, surtout que celui-ci était jugé excessif comparé à la perte d'un enfant « réel ». La pauvre petite Julia a succombé à la rougeole au printemps. Ce décès a incité Decca et Esmond à émigrer en Amérique, même s'ils ont imputé cette décision à la situation politique en Europe. Nos parents se sont lamentés sur le départ de leur fille et la mort d'un bébé que Farve avait pourtant toujours refusé de voir.

À l'issue de ces deux semaines de deuil, j'ai résolu de raviver l'étincelle qui s'est allumée en moi après l'Anschluss et le discours affligeant de Farve à la Chambre des lords. Avant l'été, j'avais commencé à dresser la liste des voyages de Diana en Allemagne, à relire ses lettres et celles de Unity et à noter les conversations que j'avais surprises à propos de leurs activités à toutes deux. Repensant à la proposition de Winston, j'ai tenté de comprendre ce qu'elles manigançaient et d'évaluer le danger qu'elles représentaient. Mais quand je suis enfin tombée enceinte, j'ai appliqué les conseils de mon médecin en restant autant que possible couchée. Mes efforts n'ayant servi à rien, aujourd'hui, j'ai décidé de mettre à exécution le plan que j'ai conçu entre-temps.

J'actionne le heurtoir. Le bruit résonne à l'intérieur, pourtant personne ne vient. Je tambourine alors à la porte, aussi fort que je l'ose, sans plus de résultat. Je savais que les finances de mes parents n'étaient pas brillantes, mais je ne pensais pas qu'ils en étaient réduits à se passer de personnel.

Longeant la façade de la maison de quatre étages, construite au siècle dernier dans le quartier à la mode de Knightsbridge, je m'approche d'une fenêtre, à travers laquelle j'aperçois ma famille dans le salon. Je toque à la vitre jusqu'à ce que Diana se retourne.

Elle me fait signe de l'attendre à la porte. Je regagne donc le porche toscan, et peu après Diana m'ouvre. D'abord, je ne vois que son sourire radieux. Je me réjouis qu'elle ait réussi à mettre de côté sa rancune pour renouer des relations avec moi, quoique toujours en l'absence de Mosley. Puis je la considère en entier, et j'ai l'impression de recevoir une gifle.

Bien sûr, j'étais au courant de sa grossesse. Durant l'été, nous en avons plaisanté au téléphone, convaincues que nous aurions des enfants à peu près du même âge. Mais je ne l'avais pas revue depuis des mois : elle était toujours soit à Wootton Lodge, soit en Allemagne, et pour ma part je suivais les instructions de mon médecin en restant couchée. Ce rappel de ma propre infortune m'inflige une douleur presque physique.

— Naunce ! s'exclame-t-elle en me serrant dans ses bras.

Ne supportant pas le contact de son ventre, je m'arrache à son étreinte.

Incapable de mentionner son état sans céder à l'émotion, je botte en touche :

— Comment va Unity ?

— Tu ne vas pas tarder à le savoir, répond-elle en m'entraînant vers le salon.

Unity, en grand uniforme SS, bondit du canapé à notre arrivée et exécute un salut nazi, ignorant les protestations de Muv, qui craint qu'elle ne se fatigue.

— Ça fait plaisir de te voir, Naunce, me dit-elle. Désolée pour…

Je l'interromps, ne voulant pas l'entendre mentionner tout haut la perte de mon bébé.

— Merci, Bobo, dis-je en lui pressant la main. Maintenant, tu devrais écouter Muv et te reposer.

Elle se rallonge et je m'assieds près d'elle. Mais elle ne reste pas longtemps silencieuse.

— Notre sœur nous racontait une histoire tordante, explique-t-elle en tripotant son swastika en or. Continue, Diana !

— Eh bien, enchaîne celle-ci sur un ton enjoué, figure-toi que mon cuisinier, Grimwood, et mon majordome, James, m'ont tous les deux donné leur congé le même jour, à la même heure !

— Tu m'en diras tant ! dis-je en m'efforçant de ne pas paraître trop sarcastique.

Elle n'a pas l'air de se rendre compte que la situation financière de nos parents les oblige à réduire leur train de vie de manière drastique. Ils projettent de quitter Londres pour Inch Kenneth, la minuscule île écossaise que Farve a achetée sur un coup de tête et que Debo nous a dépeinte comme sinistre. Quant à mon propre personnel, il se limite à une bonne à tout faire. Le tracas que sa nombreuse domesticité inflige à Diana n'est sans doute pas le sujet de conversation le plus adapté aux circonstances.

— Mais tu ne sais pas le plus comique, intervient Unity. Dis-lui, Diana !

Elle a presque crié ces derniers mots. Notre jeune sœur n'a jamais su réfréner ses ardeurs. Diana la regarde avec une expression indéchiffrable, qui a pour effet de la calmer immédiatement. Emploie-t-elle la même technique pour la mettre au pas, dans leur nid de serpents nazi ?

— Un peu plus tôt, reprend-elle, comme ils ne répondaient pas à mon coup de sonnette alors que nous attendions des invités, je les avais trouvés étendus sur le sol de la cuisine parmi des débris de vaisselle, baignant tous les deux dans leur sang !

Je ne vois pas ce qu'il y a de drôle, mais je fais l'effort de sourire.

— Les types s'étaient disputés avant d'en venir aux mains ! claironne Unity.

— Après cela, poursuit Diana, aucun des deux ne voulait plus jamais avoir affaire à l'autre. C'est pourquoi ils m'ont présenté leur démission en même temps.

— Incroyable ! pouffe Muv.

— J'ai dû déployer des trésors de diplomatie pour les convaincre de rester… Encore plus que pour arracher aux ministres allemands leur accord à notre projet de radio !

Comprenant qu'elle a trop parlé, Diana rougit imperceptiblement. Une station de radio… Voilà qui explique ses cachotteries des derniers mois et peut-être aussi ses voyages répétés en Allemagne. Quels sont les termes de cet accord, et qui en sont les partenaires ? Diana, Mosley et une émanation du Reich, probablement. Un arrangement offrant à celui-ci l'accès à une zone de diffusion jusque-là contrôlée par la BBC et jalousement protégée par le gouvernement britannique ne présage rien de bon dans la situation actuelle. Notre nouveau Premier ministre, Neville Chamberlain, se trouve en ce moment même à Munich avec son homologue français, Édouard Daladier, pour discuter avec Hitler et le dictateur italien, Mussolini. Ils espèrent encore éviter une guerre, bien que l'Allemagne projette d'annexer une partie de la Tchécoslovaquie. Cette histoire de radio cache certainement autre chose, mais quoi ? Je me promets *in petto* de relire mes notes au sujet des activités de mes sœurs à la lumière de ce nouvel élément.

Diana tente de rattraper son étourderie en détournant la conversation :

— Comment te sens-tu aujourd'hui, Unity ?

— Je suis presque guérie, répond celle-ci en toussant.

Elle a fait une pneumonie l'été dernier, pendant le Festival de Bayreuth. Elle était si malade que Muv s'est rendue en Allemagne pour la soigner.

— Cela, c'est au médecin d'en décider, bougonne Farve, non sans raison.

Muv était à peine rentrée qu'il a dû partir pour Nuremberg en urgence : Unity, sans doute mal remise, avait contracté une grippe sévère durant le *Parteitag*.

— Le Dr Morell a promis de s'occuper de moi à mon retour, lui rétorque Unity. Je ne pourrais pas être en de meilleures mains.

Déjà, à Bayreuth, Hitler avait mis son médecin personnel à sa disposition, ce dont elle n'a cessé de se vanter depuis.

— Pour le bien qu'il t'a apporté l'autre fois ! grommelle Farve. Tu es retombée malade aussitôt après.

— Je suis rétablie, maintenant, s'entête Unity. Et je compte repartir prochainement, que cela vous plaise ou non.

Ignorant les interruptions de notre père, Diana et moi continuons à commenter l'état de santé de notre cadette. Apparemment, l'ensemble du corps médical la juge apte à retourner en Allemagne d'ici une semaine ou deux. Toutefois, cette perspective fait resurgir dans mon esprit une question qui me taraude depuis des mois : comment nos parents peuvent-ils l'autoriser à regagner un pays qui pourrait entrer bientôt en guerre contre le nôtre ? Si Peter m'avait accompagnée, il aurait fait un foin de tous les diables. Plus j'y pense, plus je me dis qu'il aurait eu raison. Et ne me suis-je pas engagée à agir ?

— Vous croyez que c'est prudent de renvoyer Unity en Allemagne ?

Tous me regardent comme s'il m'était poussé une deuxième tête. Évidemment, chacun d'eux a de bonnes raisons d'encourager Unity à replonger dans la fosse aux lions. Nos parents sont incapables de contenir son caractère impulsif, et Diana, en plus d'un prétexte pour enchaîner les déplacements en Allemagne, a besoin de son entremise pour accéder à Hitler et aux huiles du régime nazi.

Unity est la première à réagir :

— Arrête de parler de moi comme si je n'étais pas là, Nancy. Je connais ton opinion sur le Führer. Si je t'ai pardonné de l'avoir publiée dans *Charivari*, je n'ai pas oublié.

Pour ne pas la braquer, je m'efforce de contrôler le tremblement de colère dans ma voix :

— Il ne s'agit pas de mon opinion, mais du climat politique et du risque de guerre. Si Chamberlain ne parvient pas à préserver la paix, tu seras coincée derrière les lignes ennemies. C'est normal que je me fasse du souci pour ma petite sœur.

C'est la pure vérité. Derrière son sourire plein de suffisance, je la sens seule et perdue.

— Tu n'as pas à t'inquiéter pour moi, Naunce, dit-elle d'un ton radouci. Hitler et ses hommes me défendront jusqu'à la mort s'il le faut. N'oublie pas que je suis leur Valkyrie.

Sa réponse me glace le sang, mais le lui dire ne ferait que l'éloigner un peu plus de moi.

— Et puis, ajoute-t-elle, *mein Führer* sera bientôt notre chef à tous. Attends de voir ce qu'il fera après la Tchécoslovaquie !

Je jette un coup d'œil à nos parents et à Diana. Seule cette dernière ne paraît pas étonnée par les paroles de Unity. Avant que je puisse réclamer des éclaircissements, la nurse de Diana passe la tête dans le salon.

— Madame, les enfants vous demandent.

Diana s'extrait de son fauteuil et se dirige lentement vers la porte.

— J'ai peut-être eu tort d'amener les garçons, lance-t-elle en soupirant. Ils ont été insupportables.

— Ne raconte pas de bêtises, proteste Muv.

— Mais non ! s'exclame Unity. Ça m'a fait du bien de les voir.

Un silence suit la sortie de Diana.

— Je vais dire bonjour à Jonathan et Desmond, dis-je en me levant.

Je longe le couloir en direction du bureau de Farve.

La porte est entrouverte. Je la pousse légèrement sans m'annoncer, espérant leur causer une agréable surprise. À cause de la haine que me voue Mosley, je vois trop rarement mes neveux. Vont-ils au moins me reconnaître ?

Dans l'entrebâillement, j'aperçois Diana de dos. Agenouillée devant les garçons, elle semble corriger leur position. Que fabrique-t-elle, dans son état ?

— C'est bon ! dit-elle en se redressant. Maintenant, j'aimerais vous entendre.

Elle s'écarte alors, révélant à ma vue Jonathan et Desmond. Les deux adorables garçonnets, au garde-à-vous, portent la main à leur front dans un salut militaire et crient à l'unisson :

— *Heil Hitler !*

— Bravo ! applaudit Diana, tout sourire. Encore quelques détails à régler, et ce sera parfait. Car nous voulons accueillir le Führer comme il le mérite, n'est-ce pas ?

Jonathan et Desmond acquiescent avec vigueur.

— Ai-je répondu à votre question ? leur demande Diana. Si oui, je vais retourner auprès de vos grands-parents et de vos tantes.

Une main plaquée sur la bouche pour étouffer un cri d'horreur, je m'éloigne en veillant à ne pas faire craquer le parquet. En remontant le couloir, je tombe sur la nurse, à moitié cachée dans l'ombre. Je marque un temps d'arrêt, puis me remets en marche comme si de rien n'était. Comme si la scène à laquelle je viens d'assister ne m'avait pas bouleversée. Toutefois, comme je la dépasse, la nurse me lance un regard si étrange que j'hésite à m'attarder pour l'interroger. Mais je regagne le salon et prends congé, sur un ton plus fort que nécessaire. Cette comédie vise à convaincre Diana que je n'ai jamais quitté la pièce. Comment réagirait-elle si elle savait que je l'ai surprise en train de commettre un crime de haute trahison ?

Jusqu'où ma sœur irait-elle pour protéger son secret ?

50

Diana

29 septembre 1938
Londres, Angleterre

En la refermant derrière Nancy, Diana pèse instinctivement de tout son poids contre la porte jusqu'à entendre le déclic du loquet. Cette visite l'a prise au dépourvu, et la présence de Unity rendait le terrain encore plus mouvant.

Bien sûr, elle aime sa grande sœur. Nancy et elle sont aussi complémentaires que l'ombre et la lumière. Mais un fossé s'est creusé entre elles au fil du temps, et leurs opinions divergent trop pour qu'elles puissent entretenir des relations sincères. Rien n'échappe à l'esprit affûté de Nancy. Elle aurait vite fait de percer à jour les plans de Diana, et celle-ci ne peut prendre ce risque.

Elle s'attarde dans le hall, se demandant ce que Nancy a vu ou entendu pendant les quelques minutes qui ont précédé son départ. Elle aurait dû la tenir à l'œil, mais la fatigue liée à sa grossesse a émoussé sa vigilance.

Quand elle a regagné le salon, Nancy distribuait les embrassades, même à Farve, qui a toujours détesté cela, et à Muv, qui lui opposait une indifférence glaciale. Sa sœur aînée avait à peine quitté la pièce que Unity a ramené la conversation sur l'intention de Hitler d'annexer la Tchécoslovaquie quelle que soit l'issue de ses discussions avec Chamberlain, Mussolini et Daladier. Pour avoir côtoyé plusieurs dignitaires nazis lors de son dernier séjour à Berlin, Diana sait que c'est la vérité. Mais le fait de divulguer des renseignements aussi confidentiels n'est pas sans danger. Mosley et elle pourraient se voir accusés d'espionnage, voire de trahison, le jour où le Führer étendra inévitablement sa domination à la Grande-Bretagne.

Diana s'est empressée de créer une diversion. Elle ignorait alors que Nancy traînait toujours dans le hall, mais elle craignait que ses parents ne retirent leur soutien à Hitler en apprenant qu'il envisageait de violer l'accord qu'il s'apprête à signer avec Chamberlain. Il importe que leur famille présente un front uni et, pour cela, elle devra se montrer très convaincante une fois que Hitler aura envahi toute la Tchécoslovaquie.

Elle passe en revue les propos qu'elle a tenus après la sortie intempestive de Nancy et les juge parfaitement anodins. Elle pousse un soupir de soulagement quand un détail lui revient à l'esprit. Muv lui a demandé si elle pourrait raccompagner Unity en Allemagne. « Cela te donnerait l'occasion de poursuivre les négociations pour ton projet de radio », a-t-elle ajouté. Diana lui a répondu que c'était impossible : elle doit bientôt accoucher, et de toute manière elle a déjà obtenu le permis d'émettre depuis l'Allemagne en direction de la Belgique et d'une partie de la Grande-Bretagne. À supposer que Nancy l'ait entendue, que fera-t-elle de cette information ?

Elle tente de se représenter la scène : seule dans le vestibule, Nancy enfile ses gants, un doigt après l'autre, puis elle farfouille dans son sac et se remet du rouge à lèvres devant la glace. Comment aurait-elle réagi si Diana l'avait surprise en train d'épier leur conversation ?

La voix de sa mère interrompt ses réflexions :

— Diana !

Elle regagne le salon à pas lents. Le bébé ne doit naître que dans deux mois, mais elle se sent énorme et disgracieuse.

— Un appel pour toi.

Hormis le personnel de l'appartement qu'ils louent à Londres, personne ne sait qu'elle est ici.

— Qui est-ce ?

— Mosley.

En entendant le nom de son amant – de son mari, il lui arrive encore de l'oublier –, elle se précipite et prend le combiné des mains de Muv.

— Chéri ? murmure-t-elle en tournant le dos aux autres pour avoir un peu d'intimité.

— Tu ne m'avais pas dit que tu allais à Rutland Gate avec tes fils.

— Je ne voulais pas t'ennuyer avec cela. Je souhaitais juste passer un moment avec mes parents et Unity.

Elle s'abstient de mentionner la visite-surprise de Nancy. M considère toujours celle-ci comme une ennemie, et il y a peu de chance pour qu'il change un jour d'avis.

— Et puis, ajoute-t-elle, tu es très occupé par les préparatifs de ton voyage à Paris.

Pendant qu'elle posait les bases de l'accord concernant la radio avec les proches collaborateurs de Hitler, elle entretenait M dans l'illusion qu'il jouait un rôle clé dans les négociations. Plus récemment, quand il s'est agi de régler quelques points juridiques délicats, elle a suggéré qu'il rencontre lui-même la délégation allemande, composée de l'homme d'affaires Johannes Bernhardt, du banquier Kurt von Schröder, et de l'aide de camp de Hitler, Fritz Wiedemann.

— J'espérais relire le contrat avec toi avant mon départ, dit-il sans prendre la peine de cacher son mécontentement. Après tout, c'est toi qui as insisté pour mener les discussions jusqu'ici.

Diana se hérisse. Si leur projet a abouti, c'est uniquement grâce à son charme et à son sens tactique. Prétendre qu'elle monopolise les négociations par pur égoïsme est aussi absurde qu'insultant. Mais elle garde ses réflexions pour elle. Pour rien au monde elle ne voudrait risquer de perdre l'homme qu'elle désire par-dessus tout, en grande partie parce qu'il est le seul à n'avoir jamais plié devant elle. Pas maintenant, alors qu'elle est sur le point d'obtenir tout ce qu'elle souhaitait pour leur couple – la sécurité économique, des fonds pour leur mouvement politique, une place auprès de Hitler quand il aura conquis la Grande-Bretagne – et pour elle-même : être la femme de Mosley et porter son enfant.

Après plus de deux ans, nul n'est encore au courant de leur mariage, hormis leur famille proche. Au début, M prétextait avoir peur de froisser Baba. Au fil du temps, il est apparu que ses relations avec Diana allaient de toute manière tarir cette source de financement. Mais entre-temps ils avaient trouvé une nouvelle raison de taire leur union : pour ne pas éveiller la curiosité du contre-espionnage britannique, rien ne devait relier officiellement Mosley au projet de radio. L'imminence de la naissance de leur enfant et de la signature du contrat rend ces précautions inutiles.

Alors Diana ravale ses griefs et promet de rentrer au plus tôt pour relire le contrat avec lui.

51

Unity

29 septembre 1938
Londres, Angleterre

Unity se lève d'un bond et tente d'arracher le combiné à Diana.

— Laisse-moi tranquille ! crie celle-ci en faisant le geste de la chasser, comme si elle était une mouche importune.

Unity déteste qu'on la rabroue, surtout Diana. Sous l'affront, elle redevient une petite fille bizarre et maladroite, coincée parmi des sœurs plus jolies et plus brillantes qu'elle. S'il lui arrive encore de jalouser la beauté de son aînée, sans parler de la facilité avec laquelle elle a noué des relations amicales avec le Führer, elle voue à Diana une admiration proche de l'adoration. Et elle croyait que celle-ci éprouvait les mêmes sentiments pour elle, ou qu'au moins elle appréciait sa compagnie.

— Je veux parler à Mosley ! proteste-t-elle.

Son ton geignard lui fait horreur, mais Hitler lui manque affreusement, et elle tient à lui faire savoir que sa Valkyrie sera bientôt de retour.

— Il doit transmettre un message au capitaine Wiedemann quand il le verra à Paris, explique-t-elle. Un message destiné au Führer. C'est très important.

— Comment Unity est-elle au courant de mon voyage à Paris ? demande Mosley.

La question s'adressait à Diana, mais Unity l'a entendue à travers le combiné.

— Et comment sait-elle qui je dois y rencontrer ? ajoute-t-il. Qu'est-ce que tu lui as raconté, au juste ?

Unity n'en revient pas. Quelle raison aurait-il de vouloir lui cacher l'objet de son séjour à Paris ? Ne sont-ils pas dans le même camp ?

— Parle moins fort ! souffle Diana en étirant au maximum le fil du téléphone pour s'éloigner de Unity.

— Ne me donne pas d'ordres ! hurle-t-il.

Unity et ses parents ne perdent pas une miette de leur conversation.

— Elle t'entend, chuchote Diana.

— Je me fiche qu'elle m'entende, ou même Hitler ! Tu es ma femme ! Tu n'as pas à me dicter ma conduite, et tant pis si ta foutue sœur n'est pas contente !

— Nous ne pouvons pas nous permettre de fâcher Unity. De toute manière, tu n'as pas à parler de ma sœur comme ça !

Unity regarde le ravissant visage de Diana se décomposer. Elle d'habitude si droite voûte les épaules. Comment Mosley ose-t-il la traiter ainsi ? Cet ersatz de fasciste – n'a-t-il pas changé trois fois de parti avant de fonder l'UFB ? – ne mérite pas une femme comme elle. Unity sait très bien que c'est Diana, et non lui, qui croit sincèrement en Hitler et le Reich. Et c'est elle, Unity, qui lui a transmis sa foi.

En définitive, Mosley n'est peut-être pas digne de servir le Führer. Quand celui-ci aura formé une alliance avec la Grande-Bretagne, il aura besoin de partenaires fiables, comme Diana… ou comme elle.

Guidée par une froide détermination, elle se dirige vers la table sur laquelle repose le téléphone, ignorant sa mère qui l'exhorte à se rasseoir. Farve la réprimande à son tour quand une quinte de toux la secoue. Mais elle doit protéger sa sœur et ses deux patries, l'Allemagne et l'Angleterre.

— Non ! hurle Diana, la voyant tendre l'index vers la base de l'appareil.

Sans lui prêter attention, Unity presse l'interrupteur pour réduire Mosley au silence.

Elle ne laissera personne se mettre en travers de son chemin.

52

Nancy

2 août 1939
Perpignan, France

Des hommes m'interpellent à travers la clôture :

— *Señora, señora !*

Des mains se tendent par-dessous les barbelés pour attraper ma manche ou le bas de mon pantalon. Les visages expriment un désespoir qui me serre le cœur.

Je réponds avec les quelques mots d'espagnol que j'ai appris :

— *Lo siento, señores.*

Je voudrais faire davantage. Ce ne sont pas mes excuses qui rempliront leur estomac et éclaireront leur avenir.

Je me dirige vers la section des femmes, elle aussi entourée de barbelés, comme une cour de prison. Pourtant, le seul crime de ces gens est d'avoir voulu échapper aux exécutions de masse auxquelles se livrent le général Francisco Franco et ses troupes. En voyant ces malheureuses aux traits tirés, aux corps sales et amaigris, pour la plupart flanquées d'animaux de ferme et d'enfants qui s'accrochent à leurs robes en coton trop mince, je me demande toujours comment elles ont survécu à la traversée des Pyrénées. On aurait pu croire que la France les accueillerait à bras ouverts, mais le pays semble plus préoccupé par ses préparatifs de guerre contre l'Allemagne que par le sort des réfugiés. Si l'on peut au moins lui savoir gré de ne pas les avoir renvoyés en Espagne, sa décision de les maintenir dans les limbes nécessite une foule de bénévoles pour prendre soin d'eux. Et nos ressources s'amenuisent de jour en jour tandis que nous cherchons une terre d'asile pour cette multitude de miséreux.

Bien que je n'apporte rien à manger, les réfugiées m'entourent avec de grands sourires dès que j'ai franchi le portail. Par souci de la bienséance, l'administration a séparé les hommes des femmes. Nous sommes trois volontaires à faire la navette entre les deux parties du camp pour permettre aux familles éclatées d'échanger des nouvelles. Si je peux comprendre cette décision, je trouve cruel d'ajouter ainsi du malheur au malheur.

Je procède à la distribution du courrier en écorchant la plupart des noms espagnols, quand une main se pose sur mon épaule.

— Nancy ?

Je me tourne vers Peter.

Au printemps, ne supportant plus l'inactivité, mon mari est parti porter assistance aux centaines de milliers de réfugiés espagnols. Il m'a fallu plusieurs mois pour trouver le courage de le rejoindre à Perpignan, inspirée par les articles qu'il écrivait pour des journaux et par les lettres où il me décrivait la situation sur place. Pour ma part, je cherchais toujours à donner un sens à mon existence après ma fausse couche, et je n'avais rien découvert contre mes sœurs qui vaille la peine de rester en Angleterre. Unity était retournée en Allemagne, et Diana venait d'accoucher. Le fait d'avoir endoctriné ses deux fils aînés ne constituait pas un délit en soi… Du moins, pas encore.

Si j'étais venue pour passer du temps avec mon mari, et non pour me rendre utile, j'aurais été amèrement déçue. Le jour de mon arrivée, après un rapide baiser sur la joue, Peter m'a confiée au volontaire chargé de la distribution des rations alimentaires. Depuis, ses responsabilités le tiennent éloigné de moi presque jour et nuit. Lui qui ne voyait jamais au-delà de ses projets pour la soirée s'est mué en homme d'action, entièrement dévoué à la bonne marche du camp. Je le reconnais à peine. Toutefois, je crains que le retour à sa routine londonienne n'entame vite sa détermination, et la mienne.

— Présente ! dis-je en tendant les lettres restantes à un gardien. Tu as besoin de moi ?

— Nous avons dressé la liste des familles qui doivent bientôt embarquer pour le Mexique. Maintenant, il faut leur attribuer des cabines et des couchettes. Tu veux bien t'en charger ? Tu es un as de l'organisation.

J'esquisse un sourire en coin.

— Bien tenté, mais tu n'obtiendras rien de moi par la flatterie !

Il sourit à son tour, ressuscitant un instant le Peter d'autrefois, celui qui animait jusqu'au bout de la nuit les cocktails au bar du Savoy.

— Je savais que je pouvais compter sur toi, dit-il en me pressant le bras, comme si j'étais une simple collègue. Il faut éviter que des bagarres n'éclatent à bord.

Soudain, il me dévisage avec une attention qu'il ne m'avait pas encore accordée depuis mon arrivée.

— Tu as l'air crevée. Tu ne voudrais pas aller t'allonger et dormir quelques heures ? Tu as jusqu'à demain après-midi pour répartir les cabines.

Sa sollicitude m'étonne et me touche. Si je n'y prenais pas garde, je pourrais retomber amoureuse de ce Peter-ci, si différent de l'homme dont j'ai partagé la vie à Rose Cottage, puis dans notre maison de Maida Vale. Je pourrais décider de rester mariée à ce Peter-ci.

— Si tu insistes…

— Je ne te laisse pas le choix !

Il m'embrasse sur le sommet de la tête avant de répondre aux questions de Donald et d'Humphrey, ses deux assistants, qui attendaient patiemment qu'il en ait fini avec moi.

Dans la lumière du crépuscule, je me dirige vers le village de tentes des bénévoles. En apercevant au loin le bleu de la Méditerranée et la forteresse médiévale qui domine l'horizon, je me dis que ce serait l'endroit idéal pour passer des vacances. Sans le camp qui s'étend entre la ville et le littoral, bien sûr.

Avant de rejoindre ma tente, je me lave les mains dans la bassine d'eau fraîche placée sur une table à l'extérieur. Je m'interroge tout en grattant la saleté sous mes ongles ; j'imagine la grimace de Muv si elle me voyait faire. Comment mes sœurs et même Tom, depuis peu, peuvent-ils soutenir un système politique qui a jeté des centaines de milliers de pauvres gens sur les routes de l'exil ? Un système plus soucieux d'accroître son pouvoir que des citoyens qu'il est censé gouverner. Diana et Unity persisteraient-elles à tresser des lauriers à leur cher Hitler devant les souffrances des femmes et des enfants que je viens de quitter ? Si elles voyaient de leurs propres yeux les bébés nés dans le camp et ceux qui vont naître à bord des bateaux ?

Mais si je commence à me demander comment Unity et Diana peuvent brandir le drapeau nazi et, peut-être, trahir leur pays en partageant des informations confidentielles avec l'homme qui sera bientôt notre ennemi, je ne trouverai jamais le sommeil. *Ça suffit !* me dis-je quand des interrogations lancinantes sur les affaires et les alliances que Diana est en train de conclure surgissent dans mon esprit. « Ça suffit ! », je répète à voix haute quand je me reproche de n'avoir pu réunir que des renseignements anodins à propos de mes sœurs : les dates de leurs voyages en Allemagne, les noms des dignitaires du régime qu'elles y ont côtoyés, mais rien qui laisse soupçonner des activités antipatriotiques. Cette pensée en entraîne une autre, encore plus dérangeante : pourquoi ai-je tellement à cœur de découvrir des preuves incriminantes contre elles ?

Je tente de me calmer en songeant aux trois heures de sommeil que je vais m'accorder. C'est peu, mais ce sera toujours plus que la nuit dernière. Quant à Peter, il n'a pas fermé l'œil depuis quarante-huit heures.

Des cahiers sont empilés près de mon lit de camp. Ils contiennent l'ébauche d'un roman dans lequel je m'efforce de donner un sens au chaos idéologique dans lequel baigne notre famille. Je les ignore délibérément et me dépouille de mes vêtements imprégnés de sueur avant de me laver du mieux que je peux. À quel moment ai-je décidé d'entrer en guerre contre le fascisme ? Je ne saurais le dire précisément, mais, un matin, il m'est apparu que je ne pouvais plus me satisfaire d'enquêter mollement sur les activités de mes sœurs et de transposer mes états d'âme dans des œuvres de fiction. L'étincelle qui couvait en moi s'est muée en un désir irrépressible de me salir les mains en aidant les victimes de Franco. Maintenant que j'entrevois jusqu'où je vais devoir aller pour empêcher Diana et Unity de répandre la tyrannie fasciste, je réalise que j'avais besoin de constater par moi-même ses ravages pour comprendre contre quoi je me battais.

53

Diana

4 août 1939
Bayreuth, Allemagne

— Encore un peu de thé, lady Mosley ? demande Hitler avec un charmant sourire.

Parfois, Diana a du mal à reconnaître dans ce gentleman aux manières irréprochables le dirigeant qui n'a pas hésité à violer les accords signés avec Chamberlain. À son retour de Munich, celui-ci avait été accueilli en héros pour avoir sauvé la paix. Mais, quelques mois plus tard, le Führer a envahi la totalité de la Tchécoslovaquie, reniant sa promesse de s'en tenir à la région des Sudètes, peuplée en majorité de germanophones.

— Avec plaisir, *mein Führer* ! répond-elle en tendant sa tasse en porcelaine fine gravée d'un swastika doré.

Comment Hitler s'assure-t-il que la vaisselle fabriquée spécialement pour lui est disponible à l'hôtel Goldener Anker, où il séjourne pendant le Festival de Bayreuth ? Peut-être l'établissement garde-t-il un service en réserve en prévision de sa venue.

Elle le regarde verser le thé, regrettant de ne pas être plutôt chez elle, en train de câliner son petit Alexander, à présent âgé de 8 mois. Un bébé merveilleux, même si l'on ne peut en dire autant des circonstances de sa naissance. Mosley et elle ont été forcés d'annoncer publiquement leur mariage, provoquant une tempête aux proportions inattendues. S'ils avaient anticipé la fureur de Baba, la réaction hostile de Nicholas, le fils de M, les a tous les deux peinés. Diana éprouve une affection sincère pour les enfants de son époux, et si celle-ci n'est pas toujours payée de retour – Baba leur a farci la tête d'histoires de méchantes belles-mères –, l'entente qui règne entre eux et ses fils, Jonathan et Desmond, lui réchauffe le cœur.

Nicholas a fini par se calmer à l'approche des vacances de Pâques. Diana espérait une agréable réunion familiale à Wootton Lodge quand Hitler a pris la décision d'occuper la Tchécoslovaquie, faisant un pied de nez à Chamberlain, Mussolini et Daladier. Un funeste pressentiment a alors saisi la nation entière, bien que le gouvernement n'ait pas encore prononcé le mot « guerre ». Mosley, quant à lui, s'est décomposé. Seule l'affluence inédite à son meeting de juillet au parc des expositions d'Earls Court (une manifestation pour la paix et contre un conflit avec l'Allemagne) l'a brièvement détourné des inquiétudes que lui inspire l'instabilité financière de l'UFB. Si la guerre est déclarée, qu'adviendra-t-il de leur projet de radio ? S'il croit fermement à la supériorité militaire de l'Allemagne, il doute de pouvoir garder l'organisation à flot jusqu'à la victoire de Hitler. Ce sujet revenait constamment dans leurs conversations, et rien de ce que pouvait lui dire Diana ne parvenait à l'apaiser. C'est pourquoi elle a dû se résoudre à confier le pauvre Alexander à la nurse et s'est envolée pour l'Allemagne afin d'y accomplir de nouveaux miracles.

— N'êtes-vous pas impatient d'assister à la représentation de ce soir ? demande-t-elle en feignant l'enthousiasme, ou du moins un intérêt sincère.

En réalité, l'opéra l'ennuie, et la passion du Führer pour cette musique assommante est l'un des aspects les plus rebutants de ces voyages. Pour sa part, elle n'a qu'une hâte : découvrir au plus vite si leur accord tient encore.

— Oh oui ! répond Hitler sur un ton plein de déférence. *Le Vaisseau fantôme* m'inspire toujours beaucoup.

Pendant qu'ils commentent les décors somptueux du Festspielhaus, Diana songe que l'ambiance du festival a beaucoup changé. Les jeunes soldats blonds au teint éclatant de santé que l'on y croise habituellement par centaines brillent par leur absence. Les rares militaires présents sont couverts de bandages et se déplacent à l'aide de béquilles. Ils sont venus sur l'ordre de Hitler, qui prête aux œuvres de Wagner des vertus curatives. Si Diana doute de l'efficacité de cette prescription, elle sait que nul n'oserait décliner une invitation du Führer.

— Et vous avoir toutes deux à mes côtés me met du baume au cœur, déclare Hitler en souriant.

Il éprouve un plaisir manifeste à se montrer à Bayreuth avec deux aristocrates anglaises dont la famille entretenait des liens étroits avec Wagner lui-même.

— Votre présence allège mes soucis et me fait espérer un avenir apaisé pour l'Allemagne et la Grande-Bretagne, ajoute-t-il.

Unity, inquiète, pose une main sur son bras.

— *Mein Führer* n'est pas malade, j'espère ?

— Non, *meine Walküre*. Mon corps va bien. Seule mon âme souffre.

— Puis-je faire quelque chose pour vous ? Rien ne m'importe plus que votre bonheur.

— Je sais, répond Hitler. Mais je crains que le problème ne vous dépasse. Vous et moi avons de nombreuses fois abordé ce sujet. Hélas ! Mon devoir sacré m'oblige à prendre une décision qui ne peut que vous peiner.

De quoi parle-t-il ? s'interroge Diana.

Unity, elle, semble avoir compris, car ses yeux s'arrondissent.

— Non ! s'exclame-t-elle.

Hitler jette un coup d'œil à ses gardes, qui à leur tour regardent autour d'eux. Mais s'ils ont entendu le cri de la jeune femme, aucun des autres clients n'ose leur prêter ouvertement attention.

Diana observe sa sœur à la dérobée. Que sait-elle au juste ? Quelle est la prochaine étape du plan de Hitler ? Elle se retient de poser la question, par crainte de paraître indiscrète. Toutefois, elle prie pour que ce fichu Winston n'ait pas vu juste lorsqu'il a affirmé que, en cherchant l'apaisement, Chamberlain avait précipité la guerre.

Le Führer leur prend la main à toutes les deux, puis il chuchote :

— Je vais partager avec vous un secret connu de mes seuls ministres et généraux. Il est important que vous repartiez pour l'Angleterre aussitôt après la représentation de ce soir.

Un frisson glacé parcourt Diana.

— La guerre est inévitable, précise inutilement Hitler. Elle peut éclater dans quelques semaines comme dans quelques jours. Pour votre sécurité, *meine Lieblinge*, vous devez rentrer au plus tôt chez vous.

— Mais c'est ici, chez moi ! gémit Unity sur un ton pathétique.

À cet instant, Diana n'a qu'une pensée en tête : que va-t-il advenir de la radio sur laquelle ils ont fondé tant d'espoirs ? Pourra-t-elle émettre en dépit des circonstances ?

Hitler lâche la main de Diana et presse celle de Unity entre les siennes, étonnamment blanches et élégantes.

— Je sais bien. Et vous avez prouvé en maintes occasions que vous étiez une vraie nazie et la *Walküre* de l'Allemagne. Mais le gouvernement britannique n'a jamais voulu saisir le rameau d'olivier que je lui tendais ni reconnaître à notre nation le droit de ramener dans son giron les territoires dont on l'a privée. Il nous refuse même de rassembler les peuples germaniques que le traité de Versailles a placés sous la tutelle de la Pologne. Moi-même, je ne pourrais pas garantir votre sécurité si vous restez, *meine Lieblinge*.

Des sanglots pathétiques soulèvent la poitrine de Unity. Diana se demande si l'impatience de Hitler à les renvoyer ne cache pas un avertissement à la Grande-Bretagne, qui aurait tort de prendre ses menaces à la légère. Mais, quels que soient ses motifs, elle sait quoi dire pour garder ses faveurs.

— Je me refuse à croire que c'est la dernière fois que nous nous parlons, *mein Führer*. Soyez sûr que lord Mosley poursuivra sa croisade en faveur de la paix. Qu'il réussisse ou non, je suis certaine que vous triompherez et que nous

nous retrouverons tous un jour en Angleterre. Mosley, Unity et moi-même vous y attendrons, prêts à vous seconder le moment venu.

Peut-être n'est-ce qu'un effet de la lumière, mais il lui semble voir briller une larme dans l'œil de Hitler.

— C'est mon vœu le plus cher, ma belle amie, répond-il avec un entrain forcé. D'ici là, tâchons de profiter de cette soirée et de la représentation du *Vaisseau fantôme*.

54

Unity

4 août 1939
Bayreuth, Allemagne

Unity se rappelle dans les moindres détails les minutes qui ont précédé l'effondrement de son monde : la brise légère soufflant sur la terrasse du Goldener Anker. La vapeur d'un thé incroyablement désaltérant malgré la chaleur. Les éclairs (les gâteaux préférés de Hitler) sur un plateau en argent. Le rouge des drapeaux nazis tranchant sur le charme bucolique du paysage. Le sourire de sa sœur et celui de son cher, son précieux Führer.

La joie qu'elle éprouvait à partager ce moment d'intimité avec Hitler avait même endormi sa jalousie envers Diana, qui faisait preuve d'une discrétion inhabituelle. Ce soir-là, pour l'ouverture du festival, sa sœur et elle se retrouveraient littéralement dans la lumière des projecteurs quand elles entreraient dans la loge réservée aux invités d'honneur du Führer, et ce quart d'heure de gloire marquerait une étape supplémentaire dans l'accomplissement des rêves de Unity.

C'est alors que Hitler avait murmuré les mots qu'elle redoutait plus que tout d'entendre, ceux qu'elle l'avait maintes fois supplié de ne jamais prononcer.

Ensuite, c'est le trou noir, jusqu'au moment où elle a quitté l'hôtel, lourdement appuyée sur l'épaule de Diana. La voilà sans forces, privée de l'énergie qui la parcourait comme un courant électrique en présence de Hitler. Où est-il passé, d'ailleurs ? Deux de ses gardes leur ouvrent la voie, mais lui n'est visible nulle part.

— Où est le Führer ? demande-t-elle d'une voix aussi éraillée que si elle avait hurlé pendant des heures.

Diana lui lance un regard soupçonneux.

— Tu ne te souviens de rien ?

Unity secoue la tête.

— Quand il nous a priées de quitter l'Allemagne, tu es devenue comme folle. Tu t'es mise à crier, à sangloter… C'était horrible. Hitler a fini par se lever et ses gardes nous ont escortées vers la sortie.

— J'ai vraiment fait cela ?

— *Pire* que cela ! Tu t'es jetée à ses pieds en le suppliant de renoncer à son projet.

— Seigneur !

Diana l'entraîne vers le Hofgarten, le vaste jardin planté de chênes et de hêtres qui traverse Bayreuth. Après s'être assurée que personne ne les observait, elle laisse éclater sa colère :

— Enfin, quelle mouche t'a piquée ? En te voyant aussi bouleversée, les aristocrates allemands qui nous entouraient auront compris que le Führer venait de partager un secret terrible avec nous : l'Allemagne s'apprête à entrer en guerre contre la Grande-Bretagne. Comment as-tu pu trahir ainsi sa confiance ?

— Je suis désolée.

— Ce n'est pas à moi de te pardonner, mais à lui. Je te suggère de lui présenter des excuses avant ce soir.

— Je le ferai.

— À condition qu'il accepte de te recevoir, après le scandale que tu as causé !

Unity n'avait encore jamais vu sa sœur, d'ordinaire si sereine, dans une telle fureur. Quant à sa conduite, elle ne se l'explique pas autrement que par un coup de folie passagère. Seul le désespoir de voir s'affronter les deux pays – et les deux peuples – qu'elle aime de tout son cœur a pu l'amener à se donner ainsi en spectacle.

— Nous avons de la chance d'être en vie, Unity. D'autres sont morts pour moins que cela !

Diana cherche certainement à lui faire peur, mais sa déclaration produit l'effet inverse. Unity entrevoit soudain un moyen radical de mettre fin à ses souffrances. Du plus loin qu'elle s'en souvienne, la douleur a toujours été sa plus fidèle compagne. Seule la présence de Hitler parvenait à l'apaiser.

Elle sait ce qu'il lui reste à faire.

— Je prie pour que le Führer puisse éviter cette guerre, Diana. Mais si elle doit avoir lieu, je ne supporterai pas d'être séparée de lui.

Enfin libérée de la jalousie qui la rongeait depuis des années, Unity pose un regard plein d'amour sur cette sœur liée à elle par le sang, mais aussi par leur foi commune.

— Si la guerre éclate, je me tuerai.

55

Nancy

3 septembre 1939
Inch Kenneth, Écosse

Je veux croire qu'il faisait un temps magnifique le jour où Farve a décidé sur un coup de tête d'acheter Inch Kenneth, un îlot des Hébrides intérieures entouré de plages et de rochers escarpés. En effet, si la vaste maison battue par les vents, construite au pied d'une colline verdoyante, offre un tableau enchanteur dans les rares moments où le soleil brille, elle respire la désolation sitôt que la pluie revient. Mais cette atmosphère lugubre reflète on ne peut mieux notre état d'esprit.

Je marche de long en large dans le salon, enchaînant les cigarettes sans y trouver le soulagement escompté. C'est la pièce où l'on capte le mieux la radio, et je ne voudrais pour rien au monde manquer la déclaration imminente de Chamberlain. L'ultimatum qu'il a lancé à Hitler il y a deux jours expirait à 11 heures. À 11 h 05, l'Allemagne non seulement poursuit son offensive militaire contre la Pologne, mais elle observe un silence qui équivaut à un refus pur et simple. Toutefois, tant que le Premier ministre n'aura pas parlé, je me raccrocherai comme à une bouée de sauvetage à l'espoir qu'on pourra éviter la guerre.

Soudain, des grésillements interrompent la musique. Muv et Farve se précipitent vers le poste. Je jette un coup d'œil à la pendule : 11 h 15. Puis la voix de Chamberlain retentit, et le sol se dérobe sous mes pieds quand j'entends ce farouche partisan de l'apaisement se désoler de l'échec de ses efforts. Cette entrée en matière ne peut signifier qu'une chose : nous sommes en guerre.

Muv pousse un cri strident et Farve se laisse tomber dans le canapé tandis que je reste paralysée par la stupeur. J'ai compris depuis un moment que nous nous dirigions vers un conflit armé ; c'est même le thème central de *Tir aux pigeons*, le roman dont j'ai tracé l'ébauche à Perpignan. Mais il y a un monde entre savoir et accepter. Hantée par de sombres visions d'avenir, je reviens brusquement au présent quand ma cigarette me brûle les doigts. Ma première pensée est pour Peter. Dans sa dernière lettre, il exprimait l'intention de s'engager (il est trop âgé pour la conscription) à la minute où la guerre serait déclarée. Peut-être est-il déjà en train de faire la queue devant un bureau de recrutement. Depuis son retour de Perpignan, il y a quelques semaines, il n'a cessé d'appeler de ses vœux une révolution mondiale. Je préférerais faire mes adieux à mon mari (même s'il tient maintenant plus du compagnon que de l'époux) de vive voix, mais je crains de devoir me contenter du téléphone. J'aimerais aussi prendre des nouvelles de Tom, qui s'est beaucoup trop rapproché à mon goût du camp fasciste ces derniers mois, et de mon cher Evelyn.

Je me précipite vers la pièce du téléphone, dépassant la bonne et la cuisinière en larmes, mais Muv est déjà en ligne.

— Diana, je t'en prie, fais quelque chose ! supplie-t-elle. J'ai appelé Munich, mais l'opératrice m'a dit que le numéro de Unity n'était plus en service. Je… je suis terriblement inquiète.

Elle éclate en sanglots.

— Je sais bien que c'est sa décision, reprend-elle après une pause. Je sais aussi que Herr Hitler a insisté pour qu'elle rentre en Angleterre. Mais cela n'empêche que je me fais du sou…

Diana a dû l'interrompre, car elle laisse sa phrase en suspens. Au fil des secondes, elle devient de plus en plus cramoisie et finit par exploser :

— Tu ne manques pas de culot ! Quand cela servait tes intérêts, tu ne te privais pas d'appeler Unity et de lui écrire. Mais maintenant que cela pourrait vous nuire, à Mosley et à toi, tu te moques bien de ce qui peut arriver à ta pauvre…

Diana parle à présent si fort que je l'entends jusque dans le couloir à travers le combiné, même si je ne distingue pas ses paroles. La colère de Muv retombe aussitôt.

— Oui, je comprends que tu doives protéger ta famille. Et je n'oublie pas que tu es enceinte.

Quoi ? Diana est *encore* enceinte ? Personne ne m'avait mise au courant ! Je pensais que rien ne pouvait plus m'ébranler après l'annonce de Chamberlain, mais j'avais tort. Je dois m'appuyer au mur pour ne pas m'effondrer.

— C'est d'accord, chérie. Si j'ai de ses nouvelles, je te le ferai savoir. Puisqu'on ne peut pas la joindre au téléphone, ton père va lui envoyer un télégramme. Prends soin de toi.

Après avoir raccroché, Muv se retourne et se cogne contre moi.

— Tu te sens bien, Nancy ? Tu es toute pâle. Certes, il y a de quoi être secouée, avec cette déclaration de guerre.

Sans me laisser le temps de répondre, elle enchaîne :

— Je me fais un sang d'encre pour notre petite Unity. Elle doit être effrayée, toute seule derrière les lignes ennemies… Même si Hitler n'est pas notre ennemi, cela va de soi.

Après l'allocution de Chamberlain, la fascination malsaine de mes parents pour le nazisme et la grossesse de Diana, cette remarque est la goutte d'eau qui fait déborder le vase.

— Au nom du ciel, qu'est-ce que vous racontez ? La Grande-Bretagne vient d'entrer en guerre contre Hitler ! Notre pays et nos compatriotes courent un grave danger !

— Ne dis pas de bêtises, Nancy. Le Führer apprécie le peuple britannique et notre mode de vie. Nous ne risquons rien. Je m'inquiète davantage de ce que les Anglais ou les Allemands pourraient faire à Unity.

— Vous ne savez pas ce qui est arrivé dans tous les pays que Hitler a envahis ? La Tchécoslovaquie, la Pologne ? À Perpignan, j'ai vu de mes yeux les horreurs que les fascistes infligent à de pauvres gens. Soyez sûre que Hitler fera la même chose à nos concitoyens et encore pire à nos soldats !

Muv hausse la voix.

— Tu ne connais pas Hitler, Nancy. Crois-moi, nous nous porterions mieux si c'était lui qui nous gouvernait. Tu sais ce que complotent nos dirigeants actuels ? Ils veulent créer un ordre socialiste mondial qui nous volera le peu d'argent et de privilèges qu'il nous reste. Ou pire, ils confieront le pouvoir aux communistes. Tu verras que j'ai raison.

— J'espère ne jamais voir Hitler contrôler la Grande-Bretagne !

Nous nous figeons en apercevant Farve sur le seuil du salon. Il nous observe sans un mot. Il est demeuré étrangement silencieux depuis que les nazis ont pénétré en Pologne et que Chamberlain a lancé son ultimatum, même si je l'ai parfois entendu marmonner contre le IIIe Reich depuis l'invasion de la Tchécoslovaquie au mépris des accords de Munich. Va-t-il se rallier à Muv ou retrouver un peu de bon sens ?

— Ce n'est pas très fair-play de la part du bonhomme, grommelle-t-il en nous laissant. Fichus Boches !

Je soupire de soulagement. Au moins un de mes parents n'a pas succombé au culte aveugle de Hitler. Mais Muv poursuit :

— Il ne faut pas que la Grande-Bretagne gagne cette guerre. Pour nous, mais surtout pour tes sœurs. Certes, Diana et Mosley sont ici, en Angleterre, mais ils ont pris publiquement position pour le fascisme et pour Hitler. Nous devons suivre leur exemple et faire le bon choix.

J'en reste sans voix. Non contente de placer le sort de ses deux filles préférées au-dessus de celui de la nation, elle m'invite à me rendre coupable de trahison ! Elle a raison au moins sur un point : dans ces circonstances, il convient de faire le bon choix. J'ai fait le mien.

N'ayant plus rien à me dire, ma mère me tourne le dos et s'éloigne dans la même direction que Farve.

— David, lui lance-t-elle, il faut envoyer un télégramme à Unity.

Les adieux à Peter attendront. Restée seule, j'ouvre le tiroir du meuble sur lequel repose le téléphone, en sors le répertoire d'adresses de Muv et y cherche rapidement le numéro qui m'intéresse.

Après plusieurs tentatives infructueuses, je parviens à joindre une opératrice. J'entends sonner, puis quelqu'un décroche.

— Allô ? fait une voix familière.

— Bonjour, Clemmie. Ici Nancy Mitford Rodd. Pardon de vous déranger dans un moment aussi dramatique, mais je dois absolument parler à Winston.

56

Diana

3 septembre 1939
Staffordshire, Angleterre

Diana n'ose pas regarder Mosley. Il ne supporterait pas qu'elle le voie aussi abattu, et cette blessure d'amour-propre achèverait de l'anéantir. Elle a consenti trop de sacrifices pour accepter qu'il échoue. Alors, elle mettra tout en œuvre pour assurer son succès, comme elle l'a toujours fait.

À la radio, Chamberlain continue de parler sur un ton monotone, mais Diana ne l'écoute plus. Son esprit vogue très loin du cocon douillet de la bibliothèque de Wootton Lodge, des chants d'oiseaux et de la grande pelouse parsemée de fleurs au-delà des portes-fenêtres. Elle oublie la présence de Baba, de Mosley et des enfants de son premier mariage – Nicholas, Vivien et Micky –, et même celle de ses fils chéris, Jonathan et Desmond, et du bébé Alexander, qui dort dans la nursery. Tous ont couru se réfugier chez eux sitôt avertis de l'imminence de la guerre. La *guerre*… Elle a du mal à prononcer le mot, ne serait-ce qu'en pensée.

Elle doit élaborer une stratégie pour garantir leur sécurité jusqu'à la victoire inévitable de Hitler. Une fois la paix revenue, Mosley accédera enfin au pouvoir. Selon lui, l'armée britannique n'a aucune chance face à la machine de guerre allemande. Il faut souhaiter qu'il ait raison.

Chamberlain finit par se taire. Leur groupe se disperse alors, chacun retournant à ses occupations et préoccupations. En quittant la pièce, Diana tapote distraitement l'épaule d'une femme de chambre en pleurs, souffle des paroles apaisantes à ses fils, qui semblent à la fois surpris et effrayés, et dépasse Mosley en grande conversation avec Baba. Les circonstances les ont poussés tous les trois sinon à se pardonner, du moins à conclure une trêve.

Diana a besoin de calme et de solitude pour réfléchir. Mosley a déjà commis un impair dont elle redoute les conséquences. Quand Chamberlain a émis son ultimatum, le 1er septembre, il a affirmé publiquement que cette guerre n'est pas celle du peuple britannique, mais de la finance juive. Il enjoignait ensuite à chacun de saisir toutes les occasions pour réveiller l'opinion et réclamer la paix. Si Hitler a dû approuver ces propos, elle doute que le gouvernement du Royaume-Uni les ait autant appréciés. Peut-être les services de renseignement les surveillent-ils déjà à leur insu.

Diana se dirige vers le grand salon. Debout devant la baie vitrée, Mosley lui tourne le dos. Tandis qu'elle se retire sur la pointe des pieds, une latte du parquet craque, avertissant M de sa présence.

— Ah, Diana ! s'exclame-t-il. Je voulais justement te parler. Je cherchais comment formuler un communiqué officiel.

En temps normal, Diana lui aurait immédiatement proposé de noter ses idées, avant de les remanier pour les rendre plus acceptables.

— Crois-tu que ce soit sage, mon chéri ? demande-t-elle, même si cela l'attriste de le contredire. Aussitôt après la… l'annonce de Chamberlain ?

Elle n'a pu se résoudre à employer les mots « déclaration de guerre ».

Mosley bombe le torse, les poings sur les hanches, comme s'il était sur scène.

— Mes partisans ont besoin que je les guide, affirme-t-il. Cela fait des années que nous appelons à préserver la paix. À présent, ils sont écartelés entre ce que leur pays exige d'eux et ce que leur dicte leur conscience.

— Je comprends.

Assise tout au bord du sofa bleu pâle, elle se fait aussi petite que possible. Son instinct lui dit comment se comporter dans ce genre de situation, même si elle préférerait ne pas devoir jouer cette comédie. Mais la fin justifie les moyens.

— Tu sais mieux que quiconque ce que tes partisans attendent de toi, chéri. Si tu estimes devoir leur montrer la voie, alors fais-le, fût-ce au prix de ta liberté.

L'inquiétude se peint sur le visage de M.

— Que veux-tu dire ?

— Eh bien, je suppose que les services secrets vont surveiller nos moindres faits et gestes. Certains propos qui peuvent sembler anodins en temps de paix relèvent de la trahison dès que l'on entre en guerre. Mais je sais que tes devoirs envers l'UFB comptent plus pour toi que ton confort personnel et que tu prendras la bonne décision.

Diana doute que Mosley soit prêt à sacrifier sa liberté pour ses idées. Un animal politique tel que lui ne se rend pas aussi facilement. Comme elle l'escomptait, ses paroles font fléchir sa détermination.

— Crois-tu que je devrais revenir sur mes dernières déclarations ? demande-t-il.

Diana fait mine de réfléchir.

— Maintenant que l'Angleterre s'est jetée dans la mêlée, je crois qu'il faudrait t'abstenir de rappeler que cette guerre est celle de la finance juive, répond-elle en veillant à ne pas critiquer le fond de sa pensée. Peut-être pourrais-tu prendre acte que nous sommes en guerre et inviter les adhérents de l'UFB à se plier aux ordres du gouvernement ? Cela devrait détourner l'attention de nous, au moins pour le moment.

— Quelle brillante idée, ma chérie !

— En même temps, tu pourrais sous-entendre que l'UFB va poursuivre son œuvre en faveur de la paix... À moins que cela ne te semble trop risqué ? Je me refuse à croire que le pacifisme est devenu illégal.

— Non, c'est parfait ! Même si notre combat pour la paix est tout sauf pacifiste.

Avec un petit rire satisfait, il plaque un baiser sur la joue de son épouse, puis il gagne son bureau à grandes enjambées et commence à écrire.

— Si tu veux bien m'excuser, mon chéri, je dois m'enquérir de Unity, dit Diana.

Elle n'a toutefois pas l'intention d'appeler l'Allemagne : leur ligne est probablement sur écoute, et si sa sœur s'en est tenue à la résolution qu'elle a prise devant elle à Bayreuth, elle n'a aucune chance de la joindre.

— Unity ?

Mosley plisse le front comme s'il ne voyait pas du tout de qui elle parle. Après tous les services qu'elle a rendus à leur cause, il ne peut pas avoir oublié sa sœur ! Unity a grandement contribué à assurer la survie et l'avenir de l'UFB. Si Diana cesse de lui être utile un jour, l'effacera-t-il aussi facilement de sa mémoire ?

— Oui, ma sœur. Elle a décidé de rester en Allemagne alors que le Führer nous exhortait à partir, tu te rappelles ?

— Ah, oui !

Il n'a même pas levé les yeux de sa feuille. Comme il peut être décevant, parfois !

Troublée, Diana monte l'escalier à vis qui mène au premier étage. Elle atteint le palier quand un bruit de verre brisé lui parvient de sa chambre. Elle se précipite, craignant que le petit Alexander ne se soit blessé après avoir échappé à la surveillance de sa nurse.

En entrant dans la pièce, elle a la surprise d'y trouver Baba. De quel droit cette garce vient-elle violer son intimité ? Elle se retient de la tancer, se souvenant qu'ils vont tous devoir cohabiter à Wootton Lodge pendant des mois, peut-être des années. Puis elle aperçoit aux pieds de Baba les rideaux opaques qu'elle s'apprêtait à poser en prévision du couvre-feu. Du moins, c'est ce qu'elle voudrait faire croire.

— Tout va bien ? demande Diana. J'ai entendu du bruit.

Baba jette un coup d'œil au tapis jonché d'éclats de verre. La photo dédicacée de Hitler est tombée de la table de nuit et le cadre s'est cassé.

— C'était un accident, explique Baba sans s'excuser.

Elle ment, c'est évident. Diana réalise alors qu'à l'avenir elle devra se garder de ses ennemis de l'extérieur, mais surtout de ceux de l'intérieur.

57

Unity

3 septembre 1939
Munich, Allemagne

Unity éteint la radio, à la fois soulagée que cette attente interminable s'achève et effrayée par sa conclusion inévitable.

Elle entre dans sa chambre et ouvre l'armoire d'une main tremblante. Son choix se porte sur l'uniforme nazi qu'elle réservait aux meetings et aux occasions spéciales avec Hitler. Après avoir enfilé la jupe et le chemisier noirs, elle boutonne sa veste ajustée et épingle son swastika doré à son revers. Le miroir lui renvoie l'image d'une parfaite Aryenne. Avec un sourire satisfait, elle applique une couche de rouge carmin sur ses lèvres dans un infime acte de rébellion.

Elle se dirige ensuite vers la salle à manger. Des télégrammes s'empilent sur la table : ceux de ses parents, dont elle n'a pas pris connaissance par peur de fléchir devant leurs supplications, et celui du consul de Grande-Bretagne l'exhortant à quitter Munich. Elle prend les lettres qu'elle a écrites pour Diana et pour son amie la baronne von St Paul. Elle fait confiance à celle-ci pour survivre à n'importe quelle guerre et pour respecter ses dernières volontés. Elle postera l'une et l'autre avant de... Eh bien, avant.

Seulement alors, elle tire une clé de sa poche et ouvre le tiroir de son secrétaire. C'est là qu'est rangé son trésor le plus précieux, le pistolet en nacre que Hitler lui a offert pour sa protection. Cette marque d'attention l'avait émue aux larmes.

Un rai de lumière allume des reflets sur la crosse de l'arme au moment où elle la glisse dans son sac à main.

Elle regarde autour d'elle, pleine de nostalgie. Elle a été heureuse dans cet appartement. En servant le Führer, elle a joué un rôle, même infime, dans son plan grandiose. Même si elle a trahi la Grande-Bretagne en échouant à empêcher la guerre, elle ne regrette rien. Une partie d'elle-même aimerait rester ici, en Allemagne, mais la raison lui dicte qu'elle ne peut s'attarder plus longtemps dans cet entre-deux. Une seule voie s'offre à elle, à présent.

Elle décroche le téléphone et pose le combiné sur le côté. Puis elle enfile ses gants de cuir, un doigt après l'autre, ouvre la porte, descend l'escalier et sort dans la rue. Éblouie, elle cligne des yeux avant d'emprunter l'itinéraire familier menant à l'Englischer Garten.

Elle suit un moment le sentier qui longe l'Isar, avant d'atteindre l'endroit idéal pour son projet : un banc à l'ombre d'un hêtre, sans personne en vue. Elle s'assied et prend une profonde inspiration. Le soleil filtré par le feuillage sème des taches de lumière sur son uniforme noir. Elle plonge la main dans son sac et en tire le joli petit pistolet. *Aucun regret*, se répète-t-elle en appuyant le canon sur sa tempe. Puis elle presse la détente.

58

Nancy

4 septembre 1939
Londres, Angleterre

J'ai cru que je n'arriverais jamais à Londres.

J'ai insisté pour quitter Inch Kenneth aussitôt après ma dispute avec Muv. Celle-ci n'a pas cherché à me retenir, bien au contraire. Elle avait tellement hâte de se débarrasser de moi qu'elle s'est proposée pour me conduire à l'embarcadère d'où part le bac pour l'île voisine de Mull. Ce n'était que la première étape d'un voyage interminable : après avoir traversé Mull en voiture, un bateau m'a ramenée sur le continent, où j'ai pris un train de nuit pour Londres. Je comprends que Debo ait juré de ne plus jamais remettre les pieds sur ce maudit caillou. Pendant le trajet jusqu'au débarcadère, Muv a menacé de m'abandonner sur le bord de la route si je ne cessais pas de calomnier *son* Führer.

Lorsque j'atteins enfin Londres, épuisée par le manque de sommeil, je découvre une ville très différente de celle que j'ai quittée il y a deux semaines. Le flot habituel des hommes d'affaires regagnant leurs bureaux le lundi matin s'est soudainement tari. Si je ne suis pas surprise de trouver les lieux de divertissement fermés, conformément aux instructions de Chamberlain, les fenêtres condamnées par des planches ou masquées par des rideaux opaques ainsi que les affiches rappelant la conduite à tenir en cas de raid aérien me glacent le sang.

En sortant de la gare, tandis que je hèle un des rares taxis qui circulent encore, un homme m'aborde :

— Mrs Rodd ?

— Oui ? dis-je, aussitôt sur mes gardes.

Avec son chapeau mou assorti à son pardessus noir, l'homme pourrait passer pour l'un des quelques businessmen qui descendent ou remontent la rue d'un pas pressé. Comment connaît-il mon nom ? Cela ne peut être Peter qui l'a envoyé m'accueillir : compte tenu du nombre de correspondances et des retards accumulés au fil de mon voyage, il lui était impossible de prévoir l'heure de mon arrivée.

— À qui ai-je l'honneur ?

— Je viens de la part de votre cousin.

Si c'est une blague, elle tombe au plus mal.

— Vous pourriez être plus précis ? J'ai beaucoup de cousins.

— Le mari de… Clemmie, répond l'inconnu, visiblement mal à l'aise. C'est tout ce que je suis autorisé à vous dire, Mrs Rodd.

— Oh ! Je vois.

— Je crois savoir que vous avez récemment appelé votre cousine Clementine en demandant à rencontrer son mari.

— En effet. Mais nous n'avions pas fixé de rendez-vous.

Je n'ose rien ajouter. Tous ces mystères paraissent un brin excessifs, même pour Winston.

— C'est parce qu'il vient juste d'être nommé premier lord de l'Amirauté. Tout son temps est consacré aux préparatifs de guerre. Il m'a donc chargé de récupérer les documents auxquels vous avez fait allusion au téléphone.

L'homme parle maintenant si bas que je l'entends à peine.

— Premier lord de l'Amirauté ?

Je suis abasourdie. Jusqu'à présent, les opinions de Winston, en particulier sur l'Allemagne, ne lui valaient que des moqueries et des injures de la part de nos dirigeants actuels. Apparemment, ils ont fini par admettre qu'il avait raison depuis le début.

Les pièces du puzzle s'assemblent. Toutefois, la prudence m'incite à demander :

— Si vous êtes celui que vous prétendez être, que dois-je vous remettre, au juste ?

Ma question semble l'avoir déstabilisé. Il plisse le front, comme s'il se creusait la tête, puis son visage se détend brusquement.

— Appelons cela « l'itinéraire », répond-il.

— L'itinéraire de qui ?

— Je ne pense pas que vous souhaitiez que je cite leurs noms. Aussi dirai-je « l'itinéraire des sœurs ».

Je hoche la tête, rassurée, et fouille dans mon sac.

— Pas ici ! me souffle-t-il en posant une main sur mon bras. Allons plutôt au buffet. Nous allons nous asseoir au comptoir, commander du thé, et vous me les donnerez à ce moment-là. Ce sera plus discret.

En silence, nous nous dirigeons vers le minable buffet de la gare. Après quelques gorgées de thé, je lui passe subrepticement la chronologie manuscrite des voyages de Diana et de Unity en Allemagne, la liste des nazis qu'elles y ont rencontrés et de tout ce qu'elles ont pu me dire au sujet de Hitler et de ses intentions. Faute d'éléments probants, je n'ai pas mentionné le projet de la station de radio.

Il glisse la liasse de feuilles dans la poche intérieure de son pardessus, comme un journal, se lève sans un mot et sort, me laissant seule avec mes remords et ma tasse de thé refroidi. Ai-je bien agi ? Mes sœurs iraient-elles jusqu'à trahir leur pays par amour du fascisme et de Hitler ? Comment puis-je jeter le soupçon sur Unity alors que nous ignorons où elle est et comment elle va ?

Ma valise à la main, je regagne la rue. Je dois à tout prix dissiper mes doutes avant de poursuivre ma collaboration avec Winston et son laquais anonyme. Si je découvre que je me suis fourvoyée, il sera toujours temps de me désavouer. Soudain, une idée surgit dans mon esprit. Je saute alors dans un taxi et indique au chauffeur l'adresse de Diana : 129, Grosvenor Road.

Dorothy, la bonne de Diana, a l'air inquiète, mais je suppose que tous les Londoniens ressentent la même anxiété.

— Oh ! Bonjour, Mrs Rodd. Je regrette, mais milord et milady sont absents.

En effet, durant mon bref séjour sur Inch Kenneth, Muv a eu le temps de m'apprendre que les Mosley se trouvaient actuellement à Wootton Lodge. C'est ce qui explique ma visite.

— Merci, Dorothy. Je sais, mais Diana m'a chargée de passer récupérer quelques affaires.

— Bien sûr ! Pardon pour le désordre, dit-elle en s'écartant pour me laisser entrer.

Je comprends alors la raison de sa nervosité : le vestibule est encombré de rouleaux d'étoffe noire.

— Nous installons les rideaux de couvre-feu, comme l'a demandé le gouvernement. En prévision du retour de lord et lady Mosley. Si nous avions su que vous passeriez, nous aurions rangé un peu…

— Ne vous excusez pas. Dans l'affolement qui a suivi la déclaration de guerre, Diana aura oublié de vous prévenir de ma venue.

— Vous ne lui direz pas dans quel état vous avez trouvé l'appartement ?

— C'est comme si je n'avais rien vu !

La chance est avec moi : je ne pouvais pas tomber à un meilleur moment.

— Merci, Mrs Rodd.

— Je ne vous retarde pas plus longtemps. Ne vous occupez pas de moi, je connais le chemin.

Dorothy paraît soulagée de retourner à sa besogne. Selon les instructions des autorités, elle aurait dû installer les rideaux de couvre-feu il y a trois jours déjà, ce qui explique peut-être aussi sa gêne.

Diana ne m'a que rarement invitée dans son pied-à-terre londonien, et toujours en l'absence de Mosley. Toutefois, je connais assez l'appartement et ma sœur pour deviner où elle peut cacher ses secrets. Enfants, elle et moi avons échangé d'innombrables confidences dans le placard des Honorables. L'ennui, c'est que je ne sais pas exactement ce que je cherche.

Je traverse le petit, le grand salon et la salle à manger sans m'arrêter. Diana est trop maligne pour laisser des documents compromettants dans une pièce où il y a du passage, sans compter que les domestiques pourraient tomber dessus par hasard. En me dirigeant vers l'escalier, je manque de me cogner contre une jeune femme. Je reconnais la nurse que j'ai déjà croisée à Rutland Gate le jour où Diana faisait répéter le salut nazi à ses fils.

— Oh ! Bonjour, lui dis-je. Vous n'êtes pas à Wootton Lodge avec les garçons et le reste de la famille ?

Elle ne paraît pas plus de 20 ans. Elle a des cheveux d'un châtain terne, mais de magnifiques yeux bleus.

— Les enfants de lord Mosley sont arrivés avec leur propre nurse et leur gouvernante, m'explique-t-elle. C'est pourquoi milady m'a renvoyée à Londres afin de préparer leur retour.

À voir son expression, je comprends qu'elle aurait préféré rester à la campagne, réputée plus sûre.

— Vous ne craignez rien ici, lui dis-je avec toute la conviction dont je me sens capable. Les autorités ont la situation bien en main.

Elle esquisse une révérence et m'adresse un regard plein de gratitude.

— Merci, madame.

— Maintenant, si vous voulez bien m'excuser ?

Je monte l'escalier et commence par la chambre de Diana, un cocon fleuri et capitonné de soie, en m'efforçant de ne pas penser à ce qu'elle y fait avec Mosley. J'explore les tiroirs, passe la main sous le matelas et le sommier, jette un coup d'œil dans les sacs et les cartons à chapeaux parfaitement rangés sur les étagères, sans résultat.

Sur la pointe des pieds, je gagne ensuite son bureau, une petite pièce ensoleillée et décorée avec un goût exquis.

Assise dans son fauteuil, je l'imagine prenant son stylo Montblanc pour rédiger son courrier d'une écriture élégante. Suis-je vraiment en train de chercher des preuves contre ma propre sœur ? Ai-je envie de trouver la confirmation qu'elle nourrit de sombres desseins contre sa patrie, ou préférerais-je me dédire auprès de Winston ?

Soudain, mon regard avise les cadres alignés sur un guéridon en acajou, entre un fauteuil tapissé de soie grise et la cheminée. J'espérais des photos de Diana avec ses enfants et peut-être avec nous, ses sœurs. Mais celles que je découvre alors m'atteignent en plein cœur : Diana et Unity avec Hitler, Goebbels et des officiers décorés que je ne parviens pas à identifier. Faisant le salut nazi. Posant, souriantes, devant une rangée de soldats. Attablées avec plusieurs dignitaires du Reich. J'avais beau être au courant de leurs accointances avec ces monstres, les voir à leurs côtés provoque chez moi un rejet viscéral. Maintenant, je sais à qui va leur loyauté.

Malgré nos querelles passées, j'aime mes sœurs. Mais je ne peux les laisser conspirer pour que l'Angleterre devienne l'esclave de l'Allemagne.

Confortée dans mes convictions, j'ouvre l'un après l'autre les tiroirs du bureau et en explore les moindres recoins. Mon butin se résume à des articles de papeterie, plusieurs tubes de rouge à lèvres et un carnet d'adresses. Je passe alors une main sous le meuble, et… Un compartiment secret fermé à clé. Je m'agenouille et introduis une épingle à cheveux dans la serrure, une technique que j'ai perfectionnée avec Diana à l'époque où nous fouillions dans les affaires de nos parents. Une fois ouvert, le tiroir révèle une liasse de feuilles dactylographiées. Au début, je n'y comprends pas grand-chose, car la plupart sont en allemand. Mais en étudiant les commentaires en anglais dans les marges, je devine que Diana a bien l'intention de créer une station de radio grâce à ses relations en Allemagne, Dans quel but ? Que se passerait-il si une partie des informations reçues par la population échappait au contrôle de la BBC ? Si ma sœur et mon beau-frère fascistes trouvaient là un moyen aisé de communiquer avec l'ennemi ?

Mon recensement des voyages de Diana et de Unity et des bribes de conversations que j'ai saisies au fil des ans paraît bien anodin comparé aux preuves accablantes qui s'étalent sous mes yeux. C'est exactement le genre de documents que Winston attend de moi. Pour ne pas éveiller trop vite les soupçons de Diana quand elle reviendra à Londres, je décide de n'en emporter qu'une partie. Tandis que je choisis les pages les plus révélatrices, je me fais la réflexion qu'il n'y aura pas de retour en arrière possible, pour Diana comme pour moi, une fois que je les aurai confiées à notre cousin. Peut-être devrais-je les conserver en attendant de voir comment la situation va évoluer. Mais avec les nazis prêts à semer la mort et la destruction sur le sol britannique, le temps m'est compté.

Des pas résonnent dans le couloir. Ce n'est plus le moment d'hésiter ni d'avoir des regrets. Je glisse les feuilles dans mon sac à main et referme le tiroir secret avant de quitter la pièce.

59

Diana

4 septembre 1939
Staffordshire, Angleterre

Mosley, fou de rage, marche de long en large sous le regard inquiet de Diana : furieux, M est capable du pire, et le moindre faux pas pourrait leur coûter cher.

— Comment la police a-t-elle pu laisser détruire King's Road ? vocifère-t-il.

Diana attend patiemment qu'il se calme. Son impuissance à empêcher la mise à sac du siège de l'UFB, sur King's Road, l'amène à vouloir exercer son autorité sur son entourage. La jeune femme s'est soumise à lui, la nuit dernière, mais cela n'a pas suffi à étancher sa soif de pouvoir.

Elle devine qu'il ne souhaite pas vraiment qu'elle réponde à sa question. Même si c'était le cas, elle garderait le silence. L'explication est évidente. En tant que promoteurs de longue date du fascisme et du nazisme, Mosley et l'UFB constituaient des cibles faciles pour la vindicte populaire. Les autorités préfèrent que celle-ci se déchaîne contre eux plutôt que contre elles. Et la guerre commence à peine.

— Où sont l'ordre et la sécurité que ce foutu gouvernement prétend incarner ? tonne Mosley. Jamais Hitler ne supporterait cette insubordination. L'UFB non plus, si elle dirigeait l'État !

Diana acquiesce distraitement tout en écoutant le flot d'informations que diffuse la radio. La France, l'Australie et la Nouvelle-Zélande sont aussi entrées en guerre contre l'Allemagne, mais beaucoup de pays, dont les États-Unis, restent neutres. Le speaker mentionne rapidement les combats en Pologne et le cabinet formé par Chamberlain avant de développer la nouvelle qui a profondément choqué l'opinion : le torpillage par un sous-marin allemand d'un paquebot britannique reliant Glasgow à Montréal. Le SS *Athenia* transportait plus d'un millier de passagers, et les équipes de secours estiment le nombre de victimes à une centaine au moins.

Pourquoi Hitler frapperait-il un bâtiment civil, à peine huit heures après la déclaration de guerre ? Cela n'a aucun sens, surtout de la part d'un tel génie militaire. Cette action ne ferait que lui aliéner la population lorsque l'Allemagne régnera sur la Grande-Bretagne. C'est pourquoi Diana partage avec Mosley la conviction que c'est le gouvernement britannique qui a coulé le transatlantique afin de retourner l'opinion en sa faveur. Toutefois, elle juge plus sage de taire cette conviction, qui frôle l'hérésie.

La sonnerie du téléphone vient régulièrement interrompre la diatribe de M. Diana a chargé une domestique de prendre les appels, en lui précisant qu'elle ne devait les déranger qu'en cas d'urgence. Sans cela, ils auraient consacré la journée à régler des broutilles avec le personnel de l'UFB ou à répondre aux sempiternelles questions de Muv à propos de Unity.

Mary passe la tête dans la pièce, visiblement intimidée par la mauvaise humeur de son patron.

— Le *Times* pour lord Mosley, annonce-t-elle.

— Le *Times* ne figure pas sur la liste des urgences, Mary, réplique Diana en s'efforçant de contenir son agacement.

— Mais, milady, ils disent que c'est important.

Diana voudrait évacuer sa colère sur la jeune fille, mais elle ne peut s'en prendre qu'à elle-même pour avoir confié une telle responsabilité à une campagnarde mal dégrossie.

— Vous n'avez qu'à leur répondre que lord Mosley est occupé, et…

— Non ! aboie M. Dites-leur que j'arrive.

Mon Dieu, pas cela ! pense Diana. Énervé comme il l'est, il va raconter n'importe quoi. Mais en tentant de le retenir elle ne ferait qu'attiser sa fureur et l'inciter à des déclarations encore plus incendiaires.

Dès qu'il a quitté la pièce, Diana change de siège pour mieux entendre la conversation.

— Vous voulez savoir ce que je pense du torpillage du SS *Athenia* ? demande-t-il.

Le journaliste a dû répondre par l'affirmative, car M enchaîne :

— Eh bien, je m'en vais vous le dire, à condition que vous précisiez noir sur blanc qu'il s'agit de la position officielle de l'UFB.

Diana se lève d'un bond et se colle contre le mur qui sépare le salon du vestibule.

— Bien sûr, c'est une tragédie. Mais tant qu'on n'aura pas mené une enquête approfondie, rien ne prouve que ce n'est pas le gouvernement britannique qui en a donné l'ordre afin de pousser les pays neutres à entrer en guerre.

Diana n'en croit pas ses oreilles. Passe encore que M accuse Chamberlain d'avoir sacrifié des civils innocents, dont des femmes et des enfants, devant elle ou devant les membres de son parti. Mais de là à l'affirmer publiquement…

Prise de nausée, elle sent la pièce tourner autour d'elle. *Que faire, que faire ?* se répète-t-elle. Elle a travaillé dur pour offrir un avenir à M. Elle s'est même servie de sa propre sœur… Alors que son mari vient de franchir la ligne étroite qui sépare l'opposition de la subversion, elle tente désespérément de se raccrocher à ses succès passés : son intimité avec Hitler, la stabilité financière de l'UFB, et la station de radio. Tout ce qu'elle a accompli, c'était pour lui, pour eux deux.

Avec des accents fiévreux, M défend maintenant son point de vue auprès du journaliste. Ne sachant si elle doit attribuer son malaise à sa grossesse ou à ce développement, Diana se rue vers la salle de bains. Après avoir vomi, elle reste un moment agenouillée sur le carrelage froid. Pour la première fois de sa vie, elle doute d'elle-même. Serait-elle en train de perdre le contrôle de la situation ?

60

Nancy

4 octobre 1939
Londres, Angleterre

— Nancy, le premier lord de l'Amirauté te demande ! me crie Hazel.

— Très amusant ! Et le roi d'Angleterre t'attend au petit coin, dis-je sans détacher le regard du plan de Londres.

J'ai intérêt à améliorer ma connaissance de la ville si je veux garder ma place au Comité de précaution contre les raids aériens. Celui-ci informe les citoyens du protocole en cas de bombardement, leur distribue du matériel et répond aux appels à l'aide. Mon rôle consiste à conduire nos équipiers à bon port. Si j'y attache tellement d'importance, c'est en partie parce que Peter semble très fier de moi quand il parle de mon travail.

Cette « drôle de guerre », comme l'appellent les journaux, me laisse tout le temps de poursuivre l'écriture de *Tir aux pigeons*, un projet qui me tient particulièrement à cœur. L'héroïne, une jeune mondaine engagée comme volontaire dans l'effort de guerre, y met au jour un réseau d'espions utilisant la radio pour diffuser la propagande nazie. « *La Vie imite l'Art bien plus que l'Art n'imite la Vie* », prétendait Oscar Wilde. L'avenir dira s'il avait raison.

Si je ne fais pas mes preuves à ce poste, je serai affectée à un autre service. Si cela doit arriver, mon plus grand regret sera d'être séparée de ma copilote, Hazel. Cette jeune femme aux cheveux bouclés et aux yeux noisette garde le sens de l'humour même dans les pires situations. Toutefois, ses plaisanteries ne suffisent pas à faire oublier mes erreurs de conduite. Pour me défendre, elle a mis mes détracteurs au défi de manœuvrer un véhicule à travers la ville dans le noir complet. Dans ces conditions, n'importe qui finirait par avoir un accident. Mais cet argument prend de moins en moins.

— Je suis sérieuse, Nancy.

Je lève les yeux de mon plan. Le visage de Hazel exprime une gravité inhabituelle. Et c'est bien Winston que j'aperçois derrière elle. Son uniforme et son tricorne détonnent dans le garage où je m'active en combinaison de mécanicien depuis mon retour d'Inch Kenneth. Depuis le jour où tout a basculé et où Unity a cessé de donner de ses nouvelles.

Je me retiens d'éclater de rire devant cette vision incongrue. J'ai du mal à croire que Chamberlain ait réussi à surmonter son aversion pour le nommer premier lord de l'Amirauté, un poste qu'il a déjà occupé pendant la Grande Guerre. Cette concession s'imposait, dans la mesure où les prédictions de Winston se sont toutes réalisées, alors que les faits ont donné tort à Chamberlain et à sa politique d'apaisement.

J'esquisse une révérence, en espérant ne pas paraître trop ridicule dans ma combinaison crasseuse.

— Qu'est-ce qui me vaut cet honneur, milord amiral ?

— Comment se fait-il que ce titre sonne de manière ironique dans la bouche d'une Mitford ?

— Telle n'était pas mon intention !

Il rit.

— Je le sais bien, Nancy. Venez, allons faire un tour.

Hazel me regarde, bouche bée. Jusqu'à ce jour, je n'avais jamais évoqué mon statut social ni mes liens de parenté avec la classe dirigeante devant elle. Je trouvais reposant de n'être que moi-même, Nancy. Mais, à voir l'expression de Hazel, je devine que je vais devoir lui fournir des explications à mon retour.

Winston et moi sortons dans la clarté rose du crépuscule, suivis de ses gardes du corps. Si une certaine animation règne encore dans la rue (des travailleurs, des mères accompagnées de leurs enfants se hâtent vers leur logis), d'ici une heure le couvre-feu l'aura complètement vidée. Plus que la présence des soldats et des véhicules militaires, les rideaux noirs et les planches clouées sur les fenêtres indiquent que nous sommes en guerre.

— Comment allez-vous ? s'enquiert-il.

— Ce n'est pas ainsi que je me représentais la guerre. J'imaginais des hurlements de sirènes dans la nuit, des explosions et des incendies. Cela va vous paraître étrange, mais tout cela me fait penser à un jeu d'enfants : les concurrents attendent sur la ligne de touche que le capitaine d'une des équipes les appelle. L'Allemagne a choisi l'Italie, l'Angleterre la France, mais la partie ne commencera que lorsque les équipes seront au complet.

Winston glousse tandis que j'allume une cigarette.

— Nancy, vous avez un vrai don pour la métaphore. On m'a rapporté que votre époux se comportait de manière héroïque. Après son action en faveur des réfugiés, à Perpignan, il déploie une énergie inépuisable en tant qu'ambulancier. Vous-même avez intégré le comité de précaution anti-raids. Clemmie veille également à ce que nos filles contribuent à la défense civile.

Winston n'est pas du genre à bavarder sans raison. Cherche-t-il à me faire comprendre qu'il nous a tous à l'œil ?

— La guerre semble avoir révélé ce qu'il y avait de meilleur chez Peter, poursuit-il. Chez Tom et Randolph aussi. J'ai entendu dire que votre frère avait renoncé à ses opinions discutables pour s'engager dans le Devonshire Regiment. Mon fils, lui, sert dans le 4th Queen's Own Hussars, mon ancienne unité.

— Bonne chance à eux tous !

Mon ton enjoué cache mal l'inquiétude qui me ronge.

— Cela fait plaisir de voir Peter ainsi, ajoute Winston. La paix ne lui vaut rien, dirait-on. Je me rappelle la fois où il a perturbé un dîner de The Other Club[1]…

Lui comme moi pourrions citer des dizaines d'autres occasions où Peter s'est mal comporté en société. Je n'en reviens pas qu'il ait autant changé. C'est comme si nous vivions une nouvelle lune de miel, du moins les rares nuits où nous parvenons à nous retrouver. Mais je crains que cette embellie ne dure pas.

— Il va bientôt rejoindre les Welsh Guards, dis-je. L'âge n'a pas entamé sa détermination à combattre.

— Bravo à lui !

Winston tire sur son cigare, puis il reprend :

— Désolé de ne pas vous avoir accueillie en personne à la gare, l'autre jour.

---

1. Club politique, fondé en 1911 par Winston Churchill, qui se réunissait à l'hôtel Savoy. (*N.d.l.T.*)

— Inutile de vous excuser. Des devoirs plus importants vous retenaient ailleurs.

Les semaines qui se sont écoulées depuis m'ont laissé tout le loisir d'étudier les documents dérobés à Diana en m'aidant d'un dictionnaire d'allemand. Cette lecture a confirmé mes soupçons : ma sœur est bien de mèche avec le Parti nazi pour créer une station de radio. Mais ce qui me choque le plus, même si cela ne concerne pas directement Winston, c'est son désintérêt pour le sort de Unity, dont nous n'avons toujours aucune nouvelle. Encore récemment, chez nos parents, elle s'est montrée très réticente à l'idée de participer aux recherches pour la retrouver. Après tout le temps qu'elles ont passé ensemble en Allemagne, je ne comprends pas son attitude. À croire que Unity n'était pour elle qu'un moyen d'atteindre ses ambitions. Si son indifférence ne tombe pas sous le coup de la loi, elle ne m'incite guère à considérer ses actions sous un jour favorable.

Winston sourit.

— Très juste, Nancy ! Toutefois, je ne voudrais pas que vous pensiez que je vous ai oubliée... Ni vous ni votre sœur, Unity.

— Désolée. Je sais que Muv a bombardé Clemmie de lettres et d'appels téléphoniques. Pourtant, nous lui avons tous dit que vous ne pouviez rien pour elle. Maintenant que la guerre est déclarée, notre armée n'est plus guère en mesure d'obtenir des renseignements ni de peser sur les autorités allemandes.

— Ce n'est qu'en partie exact. Nous disposons toujours d'un important réseau d'informateurs en Allemagne.

— Vraiment ?

— Vraiment. Et je les ai chargés d'enquêter sur Unity.

Je suis à la fois soulagée et perplexe. Soulagée qu'un homme avec de telles responsabilités ait pris le temps de rechercher ma sœur en dépit de ses sympathies nazies. Toutefois, c'est avec Muv, non avec moi, qu'il devrait partager le résultat de son enquête.

— Oh ! Merci. Et vous avez appris quelque chose ?

— Je suppose que vous êtes au courant des rumeurs prétendant qu'elle serait détenue ou internée dans un camp ?

Cette terrifiante éventualité a surgi dans la confusion qui a suivi la déclaration de guerre, conduisant Muv au bord de l'hystérie et les incitant, Farve et elle, à regagner Londres, où ils espéraient trouver de l'aide pour faire libérer leur fille.

— En effet. Mais ces allégations étant invérifiables, nous n'en avons tenu aucun compte.

— Et vous avez eu raison. Mes informateurs pensent l'avoir repérée. Mais vous devez me promettre que cela restera entre nous.

— Bien sûr !

— Apparemment, Unity serait dans un hôpital.

— Un hôpital ? Il est vrai qu'elle a été très malade l'an dernier, et…

Soudain, une idée horrible me traverse l'esprit.

— Elle n'a pas été blessée au cours d'une action militaire, au moins ?

— Nous nous efforçons de le déterminer. En tout cas, nous avons la certitude qu'elle est vivante.

— C'est déjà un soulagement. C'est pour cela que vous êtes venu me trouver moi, et non ma mère ?

— En partie. Je sais que vous garderez le silence jusqu'à ce qu'une confirmation nous parvienne par des canaux plus officiels.

Il tire de nouveau sur son cigare. Comment Clemmie, si délicate, peut-elle supporter cette manie malodorante ?

— Ma visite concerne également les listes que vous avez remises à mon envoyé, à la gare.

Je hoche la tête, craignant que ma voix ne me trahisse. Je ne suis pas sûre de vouloir confier à Winston les documents compromettants que j'ai volés chez Diana. D'une part, ils pourraient le dissuader de rechercher Unity. Surtout, si je franchis cette ligne, il n'y aura pas de retour en arrière possible. Mais puis-je hésiter plus longtemps ?

— À présent que nous sommes en guerre avec le dictateur que vos sœurs considèrent comme un ami proche, je vous sais gré d'avoir partagé ces informations avec moi. Aussi, dans le cas où vous apprendriez quoi que ce soit d'autre, je me demandais si vous accepteriez de m'en faire part, ou à tout le moins, d'avoir l'œil sur Diana.

Je remarque qu'il n'a pas prononcé le verbe « espionner ». Est-ce le prix qu'il exige de moi en échange de son aide pour ramener Unity ? Si oui, je ne suis pas certaine de vouloir le payer.

— Je vais y réfléchir, dis-je prudemment.

— Parfait ! Un membre de mon entourage vous contactera dans les jours à venir. Je sais que ce n'est pas facile pour vous, Nancy, ajoute-t-il après m'avoir longuement dévisagée. Mais si cela peut vous consoler, dites-vous que vos sœurs ne peuvent s'en prendre qu'à elles-mêmes. Surtout Diana, même si son intimité avec Hitler et ses diatribes antisémites ne plaident pas en faveur de Unity. Le MI5 avait déjà ouvert une enquête à l'encontre des Mosley avant la guerre.

— Le MI5 enquêtait sur Diana ?

À la réflexion, cela n'a rien d'étonnant. Moi-même, je soupçonnais depuis longtemps ma sœur d'être plus qu'une simple admiratrice de Hitler. Mais savoir que les services secrets britanniques partagent mes doutes change inévitablement la donne.

— Oui, acquiesce Winston. Le gouvernement de l'époque redoutait que Mosley ne recueille des soutiens publics et financiers pour faire de la Grande-Bretagne un État fantoche à la botte de Hitler. Pour s'assurer que l'UFB ne dissimulait pas une « cinquième colonne », il l'a fait surveiller ainsi que tous ses proches, dont vos sœurs.

— Non !

Ce scénario dépasse de loin tout ce que j'avais imaginé.

— Hélas, si !

En lisant la tristesse dans le regard de Winston, je m'avise que cette situation est aussi pénible pour lui que pour moi.

— Les services secrets s'intéressent aux Mosley et à Unity depuis septembre 1934. Ils estiment que des trois, Diana est la plus intelligente et la plus dangereuse. Ils étaient au courant de son mariage avec Mosley des années avant que leurs propres familles ne l'apprennent. Saviez-vous que la cérémonie s'était déroulée chez Joseph Goebbels, le ministre de la Propagande du Reich, et que Hitler lui-même en était le témoin ? Tout cela pour vous dire à quel point vos sœurs sont proches de l'ennemi.

Sonnée, je regrette de ne pouvoir m'asseoir, ne serait-ce qu'une minute.

— Je comprends que la pilule soit amère, reprend Winston. Après tout, il est question de votre famille… et de la mienne. Bienvenue à la Direction des opérations spéciales, ajoute-t-il en me serrant la main. Ou, comme l'appellent mes agents, le Pays des ombres.

61

Diana

4 octobre 1939
Londres, Angleterre

La Bentley Sports Tourer se déporte dans les virages, mais Diana n'en a cure. Elle trouve la vitesse grisante et la campagne plus belle que jamais. Est-ce le danger de la guerre qui lui fait d'autant mieux apprécier son pays ? Au fil des kilomètres, elle se sent de plus en plus légère, libérée des remords dont elle n'avait même pas conscience avant ce matin.

À son réveil, elle avait en tête la musique solennelle du *Crépuscule des dieux,* qu'elle a vu représenté à Bayreuth avec Unity. Elle l'entendait toujours quand elle a déjeuné d'un œuf à la coque, d'un fruit et d'une tasse de café, puis tandis qu'elle se prélassait dans son bain, se maquillait, mettait une jupe en tweed et un pull en cachemire ivoire. Quand elle a embrassé ses enfants, qui sortaient de la nursery pour aller jouer dans le jardin, il lui a semblé que Unity lui murmurait à l'oreille : *« Qu'attends-tu pour venir me chercher, Diana ? Comment as-tu pu me laisser seule, connaissant mes intentions ? »*

— Assez ! a-t-elle dit en secouant la tête.

Le regard interloqué de Baba lui a fait comprendre qu'elle avait parlé à voix haute.

Cela fait maintenant plusieurs semaines qu'elle est enfermée à Wootton Lodge avec un Mosley rongé par l'angoisse, cette vipère de Baba et un troupeau d'enfants dont les nurses respectives ne cessent de se chamailler, sans parler du flot d'horreurs quotidien que leur déverse la radio et de la menace d'une enquête planant au-dessus de leurs têtes. Il n'est donc pas étonnant qu'elle ait les nerfs à fleur de peau et que l'inquiétude que lui inspire le silence de sa sœur s'immisce dans ses pensées.

Lorsque M entre dans le salon, tenant à la main le brouillon du discours qu'il doit prononcer ce soir-là, elle entrevoit aussitôt une échappatoire.

— Je t'accompagne à Londres ! annonce-t-elle en se levant du canapé.

— À Londres ? répète Baba, incrédule. Je croyais que nous avions quitté la capitale pour nous mettre en sécurité.

— Tu en es sûre, ma chérie ? demande M en regardant son ventre.

Baba détourne les yeux avec un grognement de dégoût.

— On ne peut plus sûre !

Grosvenor Road, d'habitude si animée, est étrangement déserte. Mosley gare la Bentley juste devant leur maison. Malgré la menace des bombardements, Diana se sent plus détendue ici qu'à Wootton Lodge. Est-ce la compagnie de Baba qui lui pèse ? Ou le silence de la campagne, si appréciable en temps normal, laisse-t-il trop de place à la voix de sa conscience ?

Dorothy esquisse une révérence. Elle paraît nerveuse, mais c'est sans doute le cas de tous les Londoniens.

— Bienvenue chez vous, milady !

— Merci, Dorothy.

Diana lui tend la cape qu'elle avait drapée autour de ses épaules durant le trajet.

— Chérie, je vais dans la bibliothèque afin d'écrire mon discours, annonce M.

— Le temps de récupérer quelques documents dans mon bureau et je te rejoins.

Quel bonheur de retrouver leurs habitudes de travail, loin de l'oisiveté oppressante de Wootton Lodge !

Dès que Diana franchit le seuil de son bureau tapissé de soie grise, c'est comme si on lui ôtait un poids. Elle a elle-même aménagé ce refuge où les domestiques n'ont le droit de pénétrer que pour faire le ménage indispensable. Avec son boudoir de Wootton Lodge, cette pièce est l'unique endroit où elle peut tomber le masque.

Elle prend place dans son fauteuil et consulte rapidement son courrier. Une seule lettre nécessite une réponse urgente. L'ayant mise de côté, elle ouvre le tiroir dans lequel elle conserve les brouillons des précédents discours de M. Ce faisant, elle remarque que le compartiment secret sous le meuble est mal fermé.

En l'examinant de près, elle distingue de minuscules éraflures autour de la serrure. Prise de panique, elle récupère la clé dans sa cachette. À son grand soulagement, les contrats de la radio et le reçu pour l'argent que le Parti nazi a versé à l'UFB sont toujours là.

Pourtant, elle n'a pas imaginé les traces d'effraction. Elle balaie la pièce du regard. D'abord, tout lui semble normal, puis… Est-ce une impression, ou a-t-on touché aux photos disposées sur le guéridon près de la cheminée ?

Ayant refermé le tiroir secret, elle prend les notes qu'elle était venue chercher et redescend. Apercevant la bonne dans la salle à manger, elle entre et demande :

— Quelqu'un est-il passé en notre absence, Dorothy ?

La jeune fille devient toute rouge.

— Juste vos parents, milady.

— Mes parents ?

Étrange, pense Diana. Muv ne lui a rien dit de cette visite.

— Oui. Lord et lady Mitford avaient à faire dans le quartier la semaine dernière. Comme il faisait très chaud, ils se sont reposés un moment dans le salon.

— Et à part eux ?

— Personne dont je me souviens, milady.

— Diana ! appelle alors M.

Renonçant à mener son enquête, elle se dirige vers la bibliothèque et croise dans le couloir l'ancienne nurse des garçons, Jean. Celle-ci baisse humblement les yeux, mais son attitude trahit son mécontentement d'avoir été renvoyée à Londres.

— Où sont passées mes fichues notes ? gronde M en mettant son bureau sens dessus dessous. Je ne peux pas prononcer le même discours que la dernière fois !

Une semaine plus tôt, ignorant les objections de sa femme, il a tenu une réunion publique durant laquelle il a martelé que les financiers juifs étaient les vrais responsables de la guerre et que l'UFB poursuivrait son combat en faveur de la paix. Diana a été stupéfaite de constater que plus de 2 000 fidèles étaient venus l'écouter, et plus encore de les voir répondre comme un seul homme au salut fasciste de leur chef. Elle avait pourtant supplié Mosley d'adopter un signe de ralliement plus discret. Il l'avait alors accusée de mollesse et de soumission, au moment précis où ils devraient affirmer haut et fort leurs opinions. En réalité, elle n'a pas varié dans ses convictions, mais les circonstances exigent qu'ils fassent profil bas. Et cela, Mosley ne semble pas le comprendre.

— Les voici, chéri, dit-elle en lui tendant les feuilles récupérées dans son bureau.

Au même moment, un bruit de conversation leur parvient du couloir, puis le général Fuller passe la tête dans la bibliothèque.

— Ah ! J'étais sûr de vous trouver ici, en train de répéter votre discours, dit-il à Mosley.

Ce brillant expert en stratégie militaire est devenu l'un des piliers de l'UFB depuis qu'il a pris sa retraite, jugeant que le gouvernement britannique tardait à moderniser les forces armées. Il débarque souvent à l'improviste, en particulier les jours de meeting, car il aime faire son entrée dans la salle aux côtés de Mosley.

Tandis que les deux hommes échangent une poignée de main, Fuller aperçoit soudain Diana.

— Je vous demande pardon, lady Mosley, s'excuse-t-il. Je ne vous avais pas vue. J'ignore comment c'est possible, car votre beauté illumine la pièce.

— Vous êtes trop aimable, général.

— Mon ami, je vous prédis un triomphe ce soir, se réjouit Fuller.

— En effet, acquiesce M. J'espère un public aussi nombreux et enthousiaste que la semaine dernière.

Diana sourit distraitement, repensant aux éraflures sur la serrure de son tiroir. Doit-elle faire part de ses soupçons à son mari quand ils seront seuls ? L'hypothèse d'un agent secret s'introduisant chez eux pour fouiller dans leurs affaires semble peu plausible. Les domestiques auraient appelé Wootton Lodge s'ils avaient constaté des signes d'effraction. Elle décide donc de se taire et de se concentrer sur une menace plus immédiate : celle que l'attitude de Mosley fait peser sur lui… et sur elle.

62

Nancy

28 octobre 1939
Londres, Angleterre

Écartant la bonne qui m'a ouvert, je me rue à l'intérieur de la maison. Dans le couloir, Farve a l'air hébété d'un homme qui a pris un coup sur le crâne. D'une certaine manière, c'est le cas.

Je trouve Muv dans le salon, étendue sur le sofa, la tête sur les genoux de Debo. Étrangement, je ne m'attendais pas à voir notre benjamine. Même si elle réside officiellement à Rutland Gate, et non sur ce sinistre caillou d'Inch Kenneth, elle n'est presque jamais là quand je viens en visite. Je suppose qu'elle menait une existence mondaine bien remplie avant de s'engager dans l'effort de guerre, comme presque toutes les jeunes filles de la bonne société londonienne.

Muv n'ouvre même pas les yeux à mon entrée. Elle serre le télégramme sur sa poitrine comme si sa vie en dépendait.

— Montrez-le-moi, Muv, dis-je, ignorant l'avertissement muet de Debo.

— Je te l'ai lu au téléphone, réplique ma mère. Ça ne te suffit pas ?

— Je vous en prie. J'ai besoin de le voir de mes propres yeux.

Je déplie ses doigts un à un pour prendre le morceau de papier que je déchiffre à la lueur d'une lampe de table. Le télégramme provient d'un ami de Tom, János Almásy, qui a pu se rendre en Allemagne grâce à sa nationalité hongroise. Dans un style laconique, il nous délivre les nouvelles que nous craignions depuis des semaines. Durant cette longue attente émaillée de rumeurs et de bulletins d'information incendiaires, j'ai respecté la promesse que j'ai faite à Winston de taire notre conversation.

— « *Unity à l'hôpital*, lis-je à voix haute. *Se remet lentement des blessures infligées à elle-même. Impossible de l'évacuer de Munich pour le moment.* »

En tant qu'écrivain, je devine que János a choisi ses mots avec un soin particulier pour atténuer la brutalité de son message : ma pauvre sœur, cette brebis égarée, a attenté à ses jours. Fallait-il qu'elle se sente seule et désespérée !

En me laissant tomber dans un fauteuil, je m'aperçois que Farve s'est assis au bord du sofa, près de Muv.

— « *À elle-même* » ?

Ce n'est pas vraiment une question.

— Peut-être avons-nous mal interprété le télégramme de János, avance Muv. N'oubliez pas qu'il est hongrois. Les Européens de l'Est ne sont guère connus pour leur maîtrise de notre langue. Il semble bien qu'ils ne l'apprivoiseront jamais complètement.

Même au désespoir, elle ne peut s'empêcher de médire. Et, malgré mes efforts, je ne peux m'empêcher de répliquer :

— János est apparenté à la famille royale de Hongrie, et il a étudié à Cambridge. Je parierais qu'il connaît mieux l'anglais que nous. Et il n'y a pas trente-six manières d'interpréter « *infligées à elle-même* ».

Farve fait entendre un grognement, indiquant qu'il a retrouvé au moins en partie ses esprits. C'est heureux, car nous allons devoir remuer ciel et terre pour en apprendre davantage. Pour cela, nous avons besoin de lord Redesdale, et non d'un Farve en état de sidération.

Muv recommence à pleurer et, selon son habitude, elle m'attribue l'entière responsabilité de son malheur.

— Comme tu es désagréable, Nancy ! Je suis morte d'inquiétude pour ta sœur, et tu pinailles sur les compétences linguistiques d'un ressortissant hongrois !

Elle oublie que c'est elle qui a déclenché cette discussion.

Debo m'adresse un regard compatissant. J'admets que le moment était malvenu pour laisser parler ma susceptibilité, mais ç'a été plus fort que moi.

— Je vous demande pardon, dis-je. Mais ce n'est pas en nous voilant la face que nous pourrons aider Unity.

— Cela change quoi, puisque nous ne pouvons rien pour elle ? s'emporte Farve. Bon Dieu, on ne peut même pas l'évacuer d'Allemagne !

Soudain, on entend claquer la porte d'entrée. Farve se lève et sort en coup de vent pour passer un savon à la domestique coupable de causer du raffut dans un moment aussi dramatique. Je m'attends à ses hurlements, mais la voix veloutée de Diana et celles, délicieusement flûtées, de ses fils nous parviennent alors du couloir.

— Par ici, ma chérie ! lui crie Muv.

« Ma chérie »... Moi, je n'ai même pas eu droit à un bonjour.

Diana entre d'une démarche aérienne, vêtue d'une élégante robe bleu glacier et coiffée d'un chapeau assorti. Allait-elle prendre le thé au Ritz quand notre mère l'a appelée pour l'informer de l'arrivée du télégramme, ou a-t-elle endossé son armure de femme du monde juste avant de sortir ? Jonathan et Desmond marchent derrière elle, accompagnés de leur nurse, la gamine aux cheveux ternes que je croyais rabaissée au rang de bonne à tout faire. Pourquoi Diana a-t-elle amené ses fils un jour comme celui-ci ? La réponse est évidente : elle compte les utiliser comme bouclier pour détourner les attaques que pourrait lui valoir son refus de rechercher Unity.

Je ne l'ai vue que par intermittence depuis que j'ai dérobé des documents dans son bureau. Mon emploi du temps ne me laisse guère le loisir de lui rendre visite à Wootton Lodge, et Mosley ne la quitte pratiquement pas d'une semelle lorsqu'ils séjournent à Londres. Dans ces circonstances, il m'est difficile de l'avoir à l'œil, comme me l'a suggéré Winston.

Muv les accueille avec chaleur avant d'expédier les garçons dans la bibliothèque, ce qui semble contrarier Diana.

— Tu as l'air énervée, ma chérie, fait observer notre mère. Ce n'est pas bon pour le bébé.

Diana caresse machinalement son ventre rebondi, un geste qui me transperce à chaque fois le cœur. Seule Debo paraît remarquer ma détresse.

— Il y a une armada de journalistes sur le trottoir, explique Diana en prenant place dans le fauteuil le plus éloigné du mien. J'ai cru qu'ils ne nous laisseraient jamais passer. Ils m'ont bombardée de questions à propos de Unity.

— Doux Jésus ! gémit Muv, une main plaquée sur sa bouche.

— Les canailles ! rugit Farve. Comment savent-ils, pour ta sœur ? Nous venons à peine de recevoir le télégramme !

— Ils étaient probablement au courant avant nous. Les rédactions placent des espions dans tous les bureaux de télégraphe et les centraux téléphoniques. J'ai entendu dire qu'elles paient grassement les informations que leur fournissent les employés.

Le mot « espions » m'a fait sursauter. Même si Diana ne me regardait pas, je me suis sentie visée.

Repoussant Debo, Muv s'assied et s'adresse à Diana :

— Ma chérie, tu es très proche du Führer, non ? dit-elle. Il nous aidera certainement à rapatrier Unity si tu le lui demandes.

Pour une fois, Diana semble troublée. En la voyant se tortiller dans son fauteuil, je devine que c'est précisément le genre de requête qu'elle espérait éviter en venant avec ses fils.

— Nous sommes en guerre avec l'Allemagne, Muv, répond-elle enfin. Je ne me vois pas décrocher le téléphone pour solliciter une faveur du chancelier du Reich.

— Fichus Boches ! marmonne Farve.

C'est un soulagement de l'entendre exprimer de nouveau sa vieille haine des Allemands. Quel contraste avec notre mère, qui continue d'afficher sa préférence pour l'ennemi que son fils et ses gendres sont partis combattre !

Muv revient à la charge :

— Ne me raconte pas d'histoires, Diana ! Je sais bien que tu as un moyen pour joindre Hitler.

— J'ignore à quoi vous faites allusion, mère, la coupe Diana.

Muv paraît interloquée. Diana ne l'appelle « mère » que lorsqu'elle est en colère contre elle.

— N'essaie pas de passer pour plus bête que tu ne l'es ! s'emporte-t-elle. L'autre soir encore, tu prétendais être toujours en contact avec lui au sujet de ton projet de ra…

— Assez, mère !

Jamais je n'avais entendu Diana lui parler sur ce ton.

— Je vous répète que nous sommes en guerre. Je n'ai aucun moyen de contacter le chancelier Hitler. Et même si c'était le cas, je ne ferais rien qui puisse compromettre ma sécurité et celle de ma famille.

— Même pour Unity ? demande Muv, choquée. Elle fait autant partie de ta famille que Mosley et tes fils.

— Même pour elle. Les instructions du Führer étaient très claires. Elle n'en a pas tenu compte et a décidé de rester en Allemagne. Et, en toute franchise, cela ne m'étonne pas qu'elle se soit…

Après une hésitation, Diana se résigne à employer un euphémisme, comme János Almásy dans son télégramme :

— … qu'elle se soit fait du mal. Elle en a exprimé l'intention devant moi l'été dernier.

Muv se lève d'un bond. Debo et Farve fixent Diana d'un air incrédule.

Pour ma part, ce n'est pas la surprise mais la colère qui me fait réagir :

— Pourquoi n'as-tu rien dit, alors ? Nous serions allés en Allemagne et l'aurions ramenée de force avant la fermeture des frontières. Et ici, en Angleterre, nous aurions trouvé le moyen de la sauver d'elle-même !

— Ne sois pas ridicule, Nancy ! réplique Diana, droite comme un I. Tu sais aussi bien que moi que quand Unity a une idée en tête, nul ne peut l'en détourner. Si j'avais tenté de la raisonner, je me serais mise moi-même en danger. Je n'ai pas voulu prendre ce risque alors et je ne le prendrais pas plus maintenant, achève-t-elle en posant une main sur son ventre dans un geste protecteur.

Ma fureur cède la place à la stupeur. Mosley, le fascisme et la fréquentation des nazis ont transformé Diana. Je l'ai constaté depuis un moment. Mais qu'elle n'ait pas empêché Unity d'attenter à sa vie, cela dépasse l'entendement. Quel est le monstre qui a pris l'apparence de ma sœur ?

Me sentant incapable de respirer plus longtemps le même air qu'elle, je m'apprête à faire une sortie fracassante quand il me vient une idée. Laissant Diana se défendre tant bien que mal contre les accusations et les supplications de Muv, je me dirige vers la cuisine comme pour donner l'ordre de préparer le thé. Chemin faisant, je passe la tête dans la bibliothèque. Assis par terre, les garçons jouent aux cartes sous la surveillance de leur nurse.

— Mademoiselle ?

La jeune fille se lève précipitamment et me fixe de ses beaux yeux bleus. J'hésite : qu'arrivera-t-il si elle rapporte notre conversation à Diana ? Mais l'insensibilité abjecte dont celle-ci vient de faire preuve devant moi dissipe mes derniers doutes. J'agis pour le bien de notre famille, et les risques que je prends semblent dérisoires comparés aux dangers qui menacent nos hommes, dont Tom et Peter.

— On va bientôt servir le thé, dis-je. Je voulais savoir si les garçons et vous aviez envie de quoi que ce soit.

Jonathan et Desmond réclament à cor et à cri des friandises. La nurse leur demande gentiment de se calmer et répond :

— Je ne souhaite rien en particulier, Mrs Rodd. Merci.

— Très bien.

Au lieu de m'éloigner, je me retourne vivement, comme si je venais de penser à quelque chose.

— Pouvez-vous me rappeler votre prénom, ma chère ?

— Jean, madame.

— Ah oui ! Je vous ai déjà vue ici avec les garçons, n'est-ce pas ?

La jeune fille regarde le sol sans répondre. Visiblement, la scène dont nous avons été toutes les deux témoins lui a causé un malaise persistant. Sa réaction me fournit l'ouverture que j'espérais. Je lui prends la main et murmure :

— Jean, je ne mets pas en doute votre attachement pour mes adorables neveux. Mais je soupçonne que vous avez vu chez les Mosley des choses… des choses d'autant plus troublantes que nous sommes maintenant en guerre contre l'Allemagne. Si jamais vous éprouvez le besoin de soulager votre cœur…

Jean m'interrompt d'une voix à peine audible :

— J'ai entendu milady dire à Jonathan et Desmond qu'ils ne devaient pas s'inquiéter parce que la guerre serait bientôt terminée, et que c'est pour ça qu'ils devaient s'entraîner à saluer le Führer. Est-ce vrai que l'Allemagne va envahir l'Angleterre ? achève-t-elle, les larmes aux yeux.

Un frisson me parcourt. Ma sœur n'a pas le droit de dire des choses pareilles à ses enfants. Même si elle est persuadée d'avoir raison. Même si elle sait des choses que nous ignorons. Même si elle fait partie du plan pour assurer la victoire de Hitler…

La pauvre Jean est terrifiée. Néanmoins, j'espère qu'elle trouvera le courage d'agir pour empêcher Diana et Mosley de semer le chaos dans nos vies.

63

Diana

28 octobre 1939
Londres, Angleterre

Est-elle la seule à voir que l'étau se resserre sur eux ?

Pour regagner Grosvenor Road – avec la nurse et les enfants, en plus ! –, elle suit un itinéraire détourné n'empruntant que des rues secondaires. Une fois rentrée, elle s'appuie un moment contre la porte fermée, comme si cela pouvait suffire à éloigner les ennuis. Pendant des années, elle s'est servie de ses relations chez les nazis pour maintenir l'UFB à flot et aussi, il faut l'avouer, pour s'attacher Mosley. Mais plus les jours passent, plus elle doute de sa capacité à préserver celui-ci et ses fils du danger qui les menace. Le gouvernement traque les fascistes, réels ou imaginaires, et l'UFB constitue un bouc émissaire idéal. À peine un mois après la déclaration de guerre, le Parlement a adopté une loi d'exception autorisant la détention sans procès des « étrangers ennemis », un terme vague qui englobe aussi bien des réfugiés ayant fui le nazisme que des résidents de longue date originaires d'Allemagne ou d'Autriche. Des milliers de citoyens britanniques ont ainsi été internés dans des camps, sans qu'il soit tenu compte de leurs opinions politiques. Comment Mosley peut-il s'imaginer que ses partisans et lui vont échapper à ce sort ?

Le moindre défaut dans sa cuirasse pourrait entraîner la chute de M, surtout s'il persiste à prendre des risques inconsidérés. Et, cet après-midi, les flèches empoisonnées de cette punaise de Nancy ont bien failli percer son armure.

Bien sûr que Diana se fait du souci pour Unity. Comment pourrait-elle n'éprouver ni inquiétude ni remords, à moins d'être dépourvue d'un cœur ? Mais en se pliant aux exigences de sa mère, elle attirerait immanquablement les soupçons sur eux et se priverait du dernier moyen de communication avec l'Allemagne qu'il lui reste.

— C'est toi, Diana ? appelle Mosley.

— Oui, chéri, répond-elle en se dirigeant vers sa voix. Je rentre à l'instant de chez mes parents.

Comme d'habitude, il ne demande aucune nouvelle de ceux-ci ou de Unity. Dès l'instant où elle franchira le seuil de la bibliothèque, il veillera à ce qu'elle lui accorde sa pleine attention. Si Diana est trop habituée à son égoïsme pour formuler des objections, elle n'en est pas moins consciente.

Une flambée brûle dans l'âtre pour lutter contre la fraîcheur de cette journée d'automne, renforçant l'impression de confort qui se dégage de la pièce lambrissée d'acajou. En entrant, Diana constate que M n'est pas seul. Un géant au torse puissant se tient de l'autre côté de son bureau.

Mosley affiche un sourire forcé qui le fait ressembler à un loup montrant les crocs. Diana frissonne : cette visite confirme-t-elle ses craintes ? Cet homme appartient-il aux services secrets ? Comme elle regrette de ne pas avoir brûlé les documents concernant la radio ! Elle les conservait tel un talisman, espérant que le projet verrait le jour malgré la guerre.

— Ma chérie, je te présente Me Jonathan Sims, le gestionnaire de la fortune que Cimmie a léguée à nos enfants.

— Ravi de vous rencontrer, lady Mosley, dit le visiteur avec un bref salut de la tête.

C'est à peine s'il lui a jeté un coup d'œil. Diana n'est pas habituée à cette indifférence. À l'évidence, il ne compte pas se laisser distraire. Que se passe-t-il donc ?

— Comme vient de le mentionner lord Mosley, reprend Sims, c'est moi qui gère la fortune de ses enfants. Votre époux a puisé dedans pour couvrir les frais d'entretien de cette maison et de Wootton Lodge. Or le domicile officiel de ses enfants étant fixé à Savay Farm, à Denham, il n'en avait pas le droit.

C'est absurde. Cela fait des années que M entretient leurs résidences successives avec l'argent de sa défunte femme. Pourquoi avoir attendu si longtemps pour élever des objections ?

La peur qui s'est emparée d'elle à la seconde où elle entrait dans la bibliothèque vire à la panique. Soit l'avocat ne fait que son travail, et ils risquent de se retrouver à la rue, soit il agit sur les ordres d'un gouvernement déterminé à démanteler l'UFB, et leurs vies sont en jeu.

La pièce tourne autour d'elle, et la discussion des deux hommes n'est plus qu'un lointain bruit de fond.

— Je vous prie de m'excuser, murmure-t-elle.

Le regard de Mosley se fixe sur elle. Évidemment, il comptait sur sa présence pour attendrir Sims.

— Tu ne te sens pas bien ? demande-t-il.

Il ne s'inquiète pas réellement pour elle, mais il veut lui faire comprendre qu'à moins d'être malade, elle n'a aucune raison valable de ne pas l'aider à désamorcer cette bombe déguisée en avocat.

Si la situation échappe à son contrôle, il lui reste une dernière carte à jouer. En serrant fermement la rampe, Diana gravit marche après marche l'escalier qui mène à son bureau. Après avoir refermé la porte, elle extrait d'un livre creusé la clé du tiroir secret. Puis elle sort de celui-ci les papiers qu'elle y a cachés, s'approche de la cheminée et les jette dans les flammes.

64

Nancy

3 janvier 1940
Wycombe, Angleterre

Cela fait plusieurs heures que je me ronge les sangs, seule à Old Mill Cottage, la dernière propriété que possèdent mes parents avec celle d'Inch Kenneth. Malgré mon impatience, je n'ai pas le droit de me plaindre. Ce n'est pas moi, mais Debo, que Muv a réquisitionnée pour l'accompagner. À lire leurs télégrammes, leur périple entre Londres et Berne fut un véritable cauchemar, à l'aller comme au retour. Elles ont raté plusieurs correspondances de trains, leur traversée de la Manche a été retardée de deux jours, et l'ambulance est tombée en panne. Sans parler des dangers inhérents aux déplacements en période de guerre et des hordes de journalistes qui les traquaient à chaque escale… Mais il n'y avait pas d'autre solution pour ramener Unity.

Les mois qui viennent de s'écouler ont été difficiles. Le temps semblait s'étirer, surtout depuis que j'ai été réaffectée à un centre de premiers soins près de Paddington. Pour occuper mes longues heures de permanence et éviter de trop penser à Unity, je me suis immergée dans l'écriture de *Tir aux pigeons*. Toutefois, les aventures de Sophia, jeune aristocrate capricieuse aux prises avec un réseau d'espions, n'ont cessé d'alimenter mes réflexions sur les activités séditieuses de Diana et sur sa responsabilité dans la tentative de suicide de Unity. Ce livre est-il trop autobiographique pour que je le publie un jour ? Si les agissements de Diana m'inquiètent assez pour les évoquer dans un roman, même en termes voilés, qu'est-ce qui me retient de confier à Winston les documents que je lui ai dérobés ? L'espoir de la voir changer, ou que sa mise à l'écart rende cette précaution inutile ? La loyauté à l'égard d'une sœur qui semble avoir elle-même renoncé à toute loyauté envers sa famille et son pays ?

Ces dernières semaines, j'ai donc consacré mon temps à rouler des bandages et à imaginer des espions fictifs tout en m'efforçant de déjouer un complot bien réel. Jusqu'au réveillon de Noël, du moins. Le coup de téléphone de János Almásy, ce soir-là, a été le plus beau cadeau que l'on pouvait souhaiter. Au moment où l'on servait le pudding à Rutland Gate, il a appelé pour annoncer que Hitler avait organisé le transfert de Unity dans un hôpital suisse. Encore mieux, notre sœur était suffisamment rétablie pour rentrer à la maison.

C'étaient les premières nouvelles irréfutables que nous recevions depuis son télégramme, en octobre. Après un déluge de larmes de joie et force libations pour célébrer l'événement, Farve s'est avisé que Unity risquait d'être arrêtée à la minute où elle poserait le pied sur le sol anglais. Serait-elle traitée comme une criminelle en raison de sa fidélité à Hitler ? Dans ce cas, mieux valait qu'elle reste en Suisse, pays neutre. Il s'est alors tourné vers une vieille connaissance, Oliver Stanley, qui venait d'être nommé secrétaire d'État à la Guerre. Ayant reçu l'assurance que l'état physique de Unity lui épargnerait un jugement et un emprisonnement, il a aussitôt pris des dispositions pour la faire rapatrier.

Le crépuscule rosit le paysage enneigé lorsque des pneus font crisser le gravier de l'allée. Laissant en plan le lit que j'étais en train d'installer dans la pièce principale pour éviter à Unity de monter l'escalier, je mets un épais manteau de laine et me précipite au-dehors. L'ambulance ralentit et s'arrête devant la maison. Muv et Farve, qui l'a rejointe en chemin, en descendent, puis le chauffeur se dirige vers l'arrière pour ouvrir la double porte.

Tandis que je m'approche du petit groupe formé par mes parents, le conducteur et une infirmière, Debo sort à son tour. Elle a les yeux rouges et son mascara a coulé. Qu'est-il arrivé à ma benjamine, d'humeur toujours égale et joyeuse ? Sa détresse est-elle due aux péripéties du voyage ou à l'état de Unity ?

Elle prend ma main et la serre avec une force que je ne lui soupçonnais pas.

— Comme je voudrais que Decca soit là ! me murmure-t-elle. Elle est la seule à pouvoir communiquer avec Unity.

Decca me manque aussi. Je regrette que la perte de son bébé et l'horreur que lui inspire la situation politique en Europe l'aient poussée à s'expatrier en Amérique avec Esmond. En revanche, j'avoue avoir ressenti du soulagement – ainsi qu'une pointe de mépris – quand Diana a prétexté être trop accaparée par les allées et venues de sa famille élargie pour se déplacer.

— C'est si terrible que cela ?

— Pire que tout ce que tu peux imaginer.

La réponse de Debo me fait frissonner, car elle n'est pas du genre à exagérer.

Muv et Farve s'écartent alors, et mon regard plonge à l'intérieur de l'ambulance. Je ne vois d'abord qu'un tas de draps blancs sur une civière. Peut-être Unity se sentait-elle assez solide pour quitter la position allongée qu'elle a dû conserver pendant le voyage.

Mais lorsque l'infirmière et le chauffeur soulèvent la civière, je distingue la forme d'un corps sous les draps. Un visage se détache de la blancheur d'un oreiller : des traits émaciés, des cheveux ras et emmêlés, des dents jaunies, des yeux sans vie qui semblent incapables de se fixer… Où est passée ma petite sœur, si imposante et déterminée ? L'adolescente qui ne renonçait jamais à ses convictions, quitte à se faire exclure de deux pensionnats ? La débutante qui ne craignait pas d'afficher sa singularité en amenant son rat apprivoisé au bal ? La jeune femme qui, à force de ténacité, est parvenue à nouer une relation avec Hitler, aussi funeste soit-elle ?

Devant mon expression horrifiée, Debo serre ma main plus fort.

— Je sais, me souffle-t-elle.

— On ne la reconnaît pas !

— Ce n'est plus elle, Naunce. Notre sœur a cessé d'exister à la seconde où la balle qu'elle a tirée s'est logée dans son cerveau.

Debo étouffe un sanglot avant d'ajouter :

— Une infirmière m'a confié qu'elle avait de nouveau tenté de se tuer à l'hôpital en avalant son fichu swastika.

Je crie « Non ! » en plaquant une main sur ma bouche.

— Figure-toi que c'est Hitler lui-même qui a organisé son transfert en Suisse et payé ses frais médicaux.

— C'était la moindre des choses !

Des larmes aussitôt glacées coulent sur mes joues, mais déjà la colère prend le pas sur l'émotion. Rien de tout cela ne serait arrivé si Diana n'avait pas encouragé les penchants extrémistes de Unity pour en tirer avantage. Qui d'autre entraînera-t-elle à sa perte si on ne l'arrête pas ? Elle, Mosley et leur détestable UFB iraient-ils jusqu'à détruire la Grande-Bretagne pour en faire un État fantoche entre les mains de leur cher Hitler ?

Une froide résolution grandit en moi. Dresser des listes, inciter une employée de Diana à l'espionner et transmettre les miettes d'informations qu'elle me fournit aux services secrets, tout cela ne suffira pas. Je vais remettre à Winston les documents relatifs à sa maudite radio.

65

Diana

3 janvier 1940
Staffordshire, Angleterre

Un unique flocon reste collé à la vitre. Certains s'extasieraient sur sa beauté et sa délicatesse, mais aux yeux de Diana il incarne une qualité bien plus essentielle : il doit être fort pour avoir survécu au passage de l'état liquide à celui de cristaux de glace.

Son regard se porte ensuite vers Jonathan et Desmond. Enveloppés dans d'épais vêtements de laine, les garçonnets aux joues rougies par le froid et l'exercice dévalent la colline sur leurs luges et rient aux éclats. En les observant, elle mesure sa chance d'avoir des enfants aussi faciles à vivre. Malgré les allées et venues constantes entre la pension et les domiciles de leurs parents, ils restent toujours polis, aimables et accommodants. En cela, ils tiennent beaucoup de Bryan. Alexander et le bébé qu'elle porte, nés d'un autre père dans une période si agitée, seront-ils différents ?

En les voyant si heureux, elle songe avec un pincement au cœur que ce sont les derniers moments qu'ils passent dans ce cadre idyllique. Quel qu'ait été l'élément déclencheur de l'enquête de Sims, le pire est arrivé : ils ne pourront plus puiser dans l'héritage des Curzon pour entretenir Wootton Lodge et Grosvenor Road. Ils doivent donc renoncer aux deux, car Baba n'acceptera jamais que l'on fixe la résidence officielle de ses neveux et nièce chez leur père. À l'avenir, ils logeront à Savay Farm, l'ancienne demeure de Cimmie, et ne garderont qu'un petit appartement à Londres. La pension que Bryan verse à Diana ne leur permet pas d'aspirer à mieux, et Mosley a hypothéqué presque tous ses biens propres pour financer l'UFB.

Le vacarme qui règne dans la maison arrache Diana à sa rêverie. On déplace des meubles, on froisse des papiers, on ferme bruyamment des malles et des tiroirs. Soudain, des éclats de voix résonnent dans la grande salle du manoir. M passe un savon à une employée, sans doute une des filles de ferme recrutées pour les préparatifs de déménagement. Elle va devoir intervenir.

Quand elle entre dans la pièce, trois domestiques se tiennent immobiles face à M. Seule Mary fait partie du personnel régulier de Wootton Lodge. Les deux autres sont des extras. Toutes paraissent soulagées de la voir.

— Elles me demandent où elles doivent ranger *ça*, explique Mosley. Comme si je n'avais rien de plus important à faire !

Il agite le bras en direction des doubles rideaux de soie grise qui habillaient les fenêtres. Diana espère les réutiliser à Savay Farm, pour remplacer les rivières de chintz de Cimmie.

Il gagne la porte en quelques enjambées, se retourne sur le seuil et hurle :

— Il faut que nous soyons partis dans une heure !

Après avoir donné des instructions aux trois filles et dissipé un quiproquo avec la nurse des enfants, Diana monte dans sa chambre et s'assied à son bureau. Il lui reste une dernière affaire à régler, d'ordre privé. Elle prend une feuille de papier, son stylo, et commence à écrire : *« Cher Peter… »*

La lettre est destinée à Peter Eckersley, sympathisant fasciste notoire et membre du conseil d'administration de leur future radio. Hitler a laissé entendre que celle-ci ne pourrait émettre dans l'éventualité d'une guerre, mais elle doit en avoir le cœur net. Le Führer n'a pas explicitement rompu le contrat qui les liait. Et quoi qu'elle ait pu dire à Muv, elle possède encore des canaux de communication avec l'Allemagne.

Dans des termes volontairement vagues, elle s'enquiert du projet d'émetteur d'Osterloog, dans le nord-ouest de l'Allemagne, conçu pour diffuser jusqu'à l'est et au sud-est de l'Angleterre. Les Allemands devaient en financer la construction avant de passer le relais aux investisseurs britanniques et à Radio Variety, l'entité chargée de la programmation. La guerre interdit que des sociétés britanniques et allemandes fassent affaire ensemble. Heureusement, Diana a pris le soin de dissimuler l'identité et la nationalité des contributeurs derrière une série de sociétés écrans. Malgré ces précautions, l'entreprise reste dangereuse. Leurs partenaires ont-ils assez le goût du risque pour maintenir leur participation ? C'est ce qu'elle doit découvrir.

Mais Mosley ne doit pas se douter que le projet prend l'eau… Du moins, pas tout de suite. Depuis des mois, elle lui répète que l'opération est en bonne voie, que l'argent va bientôt affluer et que leur installation à Savay Farm n'est que temporaire. Il est d'autant plus crucial qu'elle maintienne son emprise sur lui qu'ils vont de nouveau cohabiter avec Baba.

Pour ne rien arranger, c'est aujourd'hui que Unity rentre en Angleterre. Constater bientôt la déchéance physique et mentale de sa sœur cadette lui fournit un motif de crainte supplémentaire.

Une domestique entre alors, l'arrachant à ses ruminations :

— Milady, les malles avec tout le nécessaire pour trois semaines vont être chargées dans le camion. Les autres suivront plus tard.

— Parfait !

En levant les yeux vers la fenêtre, Diana distingue les pull-overs rouges de ses fils qui remontent la pente en tirant leurs luges et en faisant la course.

— Je suppose qu'il est temps d'aller chercher les garçons, dit-elle d'une voix aussi sombre que son humeur.

Elle descend pour la dernière fois l'escalier et donne la lettre pour Eckersley à l'employé le plus digne de confiance, en lui précisant de ne pas la poster dans la ville la plus proche, mais dans la suivante, Ellastone. Ainsi, si elle tombe en de mauvaises mains, rien ne permettra de la relier à Wootton Lodge.

Puis elle ouvre la double porte à l'arrière de la maison et appelle :

— Venez vite, les garçons ! Il faut vous préparer !

— Un dernier tour, maman ! S'il vous plaît ! la supplie Desmond.

Diana sourit. Comment leur résister ? M sera furieux, mais ils ne sont pas à cinq minutes près.

— D'accord, mais pas un de plus !

Une étrange mélancolie l'envahit en regardant ses fils dévaler la colline enneigée. Pourquoi a-t-elle le sentiment que la période la plus heureuse de sa vie est en train de s'achever ?

66

Nancy

2 février 1940
Londres, Angleterre

La discrète Austin noire me dépose dans l'allée du majestueux bâtiment de l'Amirauté. Un soldat en uniforme m'accueille sans un mot. À sa suite, je franchis une banale porte découpée dans un mur en briques jaunes et emprunte un couloir sinueux qui débouche dans le grand hall. D'un geste, il m'invite à patienter sur un banc recouvert d'un tissu imprimé d'hippocampes bleu et rouge. N'importe où ailleurs, ce motif prêterait à moquerie, mais je suppose qu'il a toute sa place dans le lieu de résidence et de travail du premier lord de l'Amirauté.

En faisant abstraction des rideaux opaques et de l'activité fébrile des officiers que j'ai aperçus un peu plus tôt dans l'ancienne salle de bal, je pourrais me croire en temps de paix. Si aucune bombe n'est encore tombée sur Londres, la guerre gagne peu à peu en réalité. Le gouvernement organise des patrouilles navales et aériennes ainsi que l'envoi de divisions en France. Cette évolution est perceptible jusqu'à Old Mill Cottage. Pendant que je change les draps de ma pauvre sœur devenue incontinente, lui fais manger à la cuillère des aliments écrasés, tente de lui réapprendre les mots qu'elle a oubliés, la veille à tour de rôle avec Debo et Muv, qui fait preuve d'une gaieté surprenante, j'ai l'impression que les hostilités vont éclater d'un moment à l'autre. Et, pour être honnête, le jour où Farve est parti pour Inch Kenneth parce qu'il ne supportait plus de voir sa fille réduite à l'état d'épave ni d'écouter Muv chanter les louanges de Hitler, j'ai regretté que ce ne soit pas déjà le cas. Je brûle de faire payer aux nazis ce qui est arrivé à ma sœur, même si elle en est en partie responsable.

La brève visite de Diana était à l'image de ce que fut cette guerre jusqu'à présent : une sinistre comédie. Elle n'avait pas plus tôt franchi le seuil de la petite maison à colombages et vu Unity dans son lit de fortune qu'elle ne pensait qu'à fuir. Pour donner le change, elle s'est mise à débiter des platitudes et de fausses paroles de réconfort. Incapable d'affronter plus longtemps le spectacle des ravages qu'elle avait contribué à causer, au bout d'une demi-heure, elle a lentement caressé son énorme ventre et déclaré qu'elle devait s'en aller, « pour le bien du bébé ». Au moins, elle a eu la décence de ne pas amener Mosley.

— Lady Churchill va vous recevoir, m'annonce un aide de camp.

Nous montons l'escalier menant aux appartements des Churchill. Là, je prends place sur un sofa confortable, face à la cheminée où crépite un grand feu, pour attendre Clemmie.

Quand celle-ci a téléphoné à Old Mill Cottage pour me dire de passer les voir à mon retour, j'ai immédiatement compris ce que cachait cette invitation. Ma cousine n'appelait pas seulement pour prendre des nouvelles de Unity ou de Muv. Son mari l'avait chargée d'un message pour moi : si j'étais disposée à partager les informations en ma possession, il se ferait une joie de m'accueillir au bâtiment de l'Amirauté. Quelle meilleure couverture qu'une visite à sa famille pour un conciliabule secret ?

Glacée jusqu'aux os par le froid hivernal, je me relève bientôt, m'approche du feu et ôte mes gants. Tandis que je me frotte les mains devant les flammes, des pas résonnent dans mon dos.

— Bonjour, Clemmie, dis-je sans me retourner.

— Je suis flatté, répond une voix bourrue. C'est bien la première fois que quelqu'un confond mon pas d'éléphant avec celui de Clemmie, qui semble à peine effleurer le sol.

Winston parvient toujours à me faire rire. Muv le trouve impossible, Farve le juge obtus, mais son intelligence et son sens de l'humour me ravissent.

— Que ne ferais-je pas pour le premier lord de l'Amirauté !

Winston bombe imperceptiblement le torse. Après son long exil politique, ce doit être grisant pour lui d'occuper une fonction aussi centrale. Son plaisir transparaît dans les discours vibrants qu'il prononce aux quatre coins du pays.

Soudain sérieux, il s'assied à côté de moi sur le sofa et s'enquiert :

— Comment va Unity ?

Il le sait mieux que la plupart. Mieux, en tout cas, que les journalistes qui consacrent sans cesse de nouveaux articles à la déchéance de ma sœur et à la nature de ses lésions. C'est lui-même qui a choisi les policiers qui gardent Old Mill Cottage. Je ne doute pas qu'ils le tiennent régulièrement informé de l'évolution de son état de santé. Je soupçonne que c'est la principale raison de leur présence, même s'ils sont officiellement censés nous préserver de la fureur populaire et protéger le pays d'une espionne nazie.

— Elle n'est plus elle-même.

— Une victime de plus de cette maudite guerre, soupire Winston.

— Là-dessus, je partage votre opinion.

— Et c'est cette communion de pensée qui nous réunit aujourd'hui.

— En effet. Mais cela, vous le savez déjà.

Il sourit d'un air entendu.

— Si vous souhaitez fumer, ne vous gênez pas, dit-il alors.

Je prends une Dunhill dans mon sac à main. Winston se penche pour l'allumer avec un briquet en argent.

— Je ne vous demanderai pas ce qui vous a incitée à collaborer avec mon service, reprend-il. Je suppose que Diana vous a donné quantité de raisons de le faire. Et peut-être Unity aussi.

— Vous supposez bien.

Je tire une bouffée de ma cigarette, songeant aux bribes d'informations que m'a fournies l'ex-nurse de Diana. Hormis ses déclarations sur l'arrivée imminente des nazis, celles-ci se limitaient aux dates des réunions clandestines de l'UFB. Je ne doute pas que les hommes de Winston en aient fait bon usage.

— Toutefois, j'hésitais à vous transmettre les éléments les plus compromettants jusqu'à ce que je voie Unity à son retour d'Allemagne.

— Ah ! J'imagine que ce spectacle provoquerait un sursaut patriotique chez n'importe qui.

Soudain, j'ai hâte d'en finir. Il y a trop longtemps que ce dilemme pèse sur ma conscience. Je n'aspire plus qu'à me décharger de ce fardeau, même si cela doit me hanter jusqu'à la fin de ma vie.

Je rouvre mon sac et en sors les documents dérobés chez Diana.

— Cela n'a pas été une décision facile à prendre, dis-je en les plaçant dans la main de Winston.

— Je vous crois. C'est pourquoi je n'ai pas insisté. Je soupçonnais qu'il y avait autre chose, mais il s'agissait de votre sœur, et nous sommes cousins, ne serait-ce que par alliance. Aussi vous ai-je laissé du temps… jusqu'au moment où je ne pouvais plus attendre. Qu'y a-t-il là-dedans ?

— Ma connaissance de l'allemand est assez limitée, mais d'après ce que j'ai réussi à traduire, ce sont des contrats. Apparemment, Diana et Mosley se sont entendus avec le gouvernement du Reich pour créer une radio émettant vers la Grande-Bretagne depuis l'Allemagne.

Winston se fige et regarde les papiers d'un air presque craintif.

— C'est si grave que cela ?

Évidemment, je connais déjà la réponse.

Il me fixe de ses yeux bleus perçants.

— Nancy, la guerre entrera bientôt dans une nouvelle phase. Les troupes allemandes vont se remettre en mouvement. D'après nos renseignements, elles marcheront sur la Scandinavie avant d'attaquer la France. En Norvège, Vidkun Quisling, un fasciste aussi ouvertement antisémite et pro-nazi que Mosley, pourrait prendre la tête d'un gouvernement fantoche à la botte de Hitler.

— Seigneur !

— Nous jugeons très sérieuse l'hypothèse d'une offensive sur notre territoire. Un déluge de bombes va s'abattre sur Londres, c'est certain, mais il n'est pas exclu que nous devions également repousser une invasion massive. Cette radio permettrait aux nazis de communiquer avec leurs partisans au sein de la population britannique tout en diffusant de la propagande et de fausses informations. C'est pourquoi nous devons absolument débusquer et mettre hors d'état de nuire les ennemis de l'intérieur, cette « cinquième colonne » dont parlent les journalistes. Sinon, ils livreront les clés de notre pays à Hitler.

67

Diana

2 mars 1940
Londres, Angleterre

— Voyez Quisling : il est sur le point de triompher. Son exemple doit nous inspirer !

Diana a manqué s'étrangler en entendant Mosley prononcer le nom du leader fasciste norvégien devant les cadres de l'UFB. Tous les regards se sont tournés vers elle. Elle a continué à fixer le vide comme s'il ne s'était rien passé. Pourtant, la déclaration de M constituait un appel à l'insurrection. Peu importe qu'ils soient en comité restreint, derrière des portes closes et des rideaux opaques. Il pourrait très bien y avoir un traître parmi eux.

— Ça, c'est parler ! approuve le général Fuller, déclenchant une salve d'applaudissements.

D'après leurs sources, Vidkun Quisling projette un coup d'État pour préparer la population à l'arrivée de Hitler. Ce plan a séduit M et son cercle rapproché. Quant à Diana, ce n'est pas tant la méthode qui la gêne – leur objectif a toujours été d'ouvrir la voie au Führer – que le fait de l'exposer publiquement ou presque.

Qu'est-ce qui fait croire à Mosley qu'il peut se passer de son aval ? C'est elle qui a bâti avec Hitler une relation sans laquelle l'avenir de l'UFB paraîtrait au mieux compromis. À ce titre, n'est-ce pas à elle de décider au moins en partie quels risques ils peuvent prendre ? A-t-il oublié que le gouvernement traque impitoyablement les ennemis de l'intérieur ?

En respirant profondément, elle passe une main sur son ventre. Le bébé doit naître d'ici un mois, dans un monde en proie au chaos. D'ici là, il mérite qu'on le laisse en paix. Pour ne pas perdre son calme, elle décide de ne prêter qu'une oreille distraite à la suite des débats. Cet après-midi, quand elle lui a fait part de son intention d'assister à la réunion, M a tenté de l'en dissuader. « Tu as besoin de repos, ma chérie, lui a-t-il dit. Si tu tombais malade, comme Cimmie, je ne me le pardonnerais pas. » En effet, il est persuadé que les déplacements incessants auxquels s'astreignait sa première femme pour soutenir sa carrière politique ont ruiné sa santé et provoqué son décès prématuré. Mais il n'invoque ce prétexte que lorsqu'il ne souhaite pas la présence de Diana. Il ne s'est jamais inquiété de savoir si ses voyages répétés en Allemagne la fatiguaient.

Ses réticences l'ont confortée dans sa décision de l'accompagner, même si elle aurait préféré passer la soirée seule. (Alexander est resté à Savay Farm avec sa nurse et ses deux aînés ont regagné leur pensionnat.) Leur appartement de Dolphin Square est l'unique endroit où elle peut jouir d'un peu d'intimité, et tant pis s'il lui coûte presque toute la pension de Bryan.

Une pensée désagréable vient troubler ses efforts pour restaurer sa sérénité. Eckersley n'a toujours pas répondu à sa lettre. Peut-être ne l'a-t-il jamais reçue – la distribution du courrier est de plus en plus perturbée –, à moins qu'un problème ne soit survenu de son côté.

Une bribe du discours de M capte alors son attention :

— La victoire est en vue…

Un murmure approbateur monte de l'assistance, lui masquant la suite, jusqu'à ce qu'il élève la voix :

— Deux ans au maximum !

— Bien dit ! exulte ce satané Fuller.

Une idée terrifiante surgit dans l'esprit de Diana : et si l'on avait intercepté son courrier ? Cela expliquerait le silence d'Eckersley. Non, c'est ridicule. Même si les services secrets s'étaient emparés de sa lettre, ils n'y auraient vu qu'un tissu de banalités. Sinon, elle ne serait pas là ce soir. On raconte que la police multiplie les rafles parmi les supposés soutiens des nazis.

M abat le poing sur son pupitre, la faisant sursauter.

— C'est pourquoi nous continuerons à proposer au peuple britannique une alternative au gouvernement actuel et à entretenir chez lui l'espoir de la paix !

Voilà qui est mieux ! Nul n'oserait arrêter Mosley pour avoir simplement exprimé des vues pacifistes, d'autant plus qu'il a appelé ses partisans à servir loyalement leur pays en tant que secouristes ou dans les comités de précaution contre les raids aériens. À moins de mettre la main sur les documents concernant leur projet de radio, les autorités ne disposent d'aucun élément pour les accuser de trahison.

68

Nancy

23 mai 1940
Londres, Angleterre

Winston n'avait pas exagéré : une fois la guerre déclenchée, tout s'est accéléré. Tous les belligérants ont rapidement avancé leurs pions sur l'échiquier, puis l'Allemagne a joué son Fou et ses Tours, envahissant la Belgique, les Pays-Bas, le Luxembourg puis la France. En réaction, la Grande-Bretagne a décidé de confier la partie à son meilleur joueur. C'est ainsi que Winston a remplacé Chamberlain au poste de Premier ministre. À peine installé dans ses fonctions, mon cousin a fait voter un amendement autorisant la détention sans procédure ni jugement de quiconque représente une menace en raison de ses sympathies nazies.

Ignorant quand les hostilités allaient commencer, au début du printemps j'ai proposé à Muv de veiller sur Unity avec elle pendant que Debo suivrait une formation comme volontaire civile. Tout me semblait alors préférable à mon poste au centre de premiers soins, qui me laissait certes le temps d'achever *Tir aux pigeons*, mais aussi de me faire du mouron pour Peter et Tom.

Je lavais des draps quand la radio a annoncé le début de la grande offensive allemande, le 10 mai. En entendant Muv se lamenter sur le caractère injuste de ce conflit, j'ai compris que j'avais choisi le pire endroit possible pour suivre le déroulement des combats. Je n'avais qu'une hâte, regagner Londres. Mais pour cela je devais attendre le retour de Debo ou me trouver une remplaçante. Je ne pouvais décemment pas laisser notre mère se débrouiller seule avec Unity.

Pendant que j'étends du linge dans le jardin, la sonnerie du téléphone me parvient par la porte de la cuisine, laissée ouverte pour faire entrer l'air frais et parfumé de cette belle journée de printemps.

— Diana, c'est toi, ma chérie ? dit Muv après avoir décroché. Je comprends à peine ce que tu dis… Je t'en prie, respire et calme-toi !

C'est la première fois que j'entends quelqu'un dire à Diana de se calmer. En général, elle affiche une impassibilité olympienne. Que lui arrive-t-il donc ?

— La police a fait quoi ? demande Muv en s'efforçant de garder un ton égal. As-tu obtenu qu'un avocat puisse lui rendre visite ?

Un avocat ? Pour qui et pourquoi ? Mosley s'est-il encore fourré dans le pétrin ? Il y a quelques semaines, il a déjà subi une agression physique en raison de ses opinions.

— Comment ça, aucun n'a accepté de le défendre ? Et son avocat personnel, Me Sweet… ? Lui aussi a refusé ? Ils ont *tous* refusé ? Quelle honte !

Dans sa fureur, Muv a presque crié. Elle se met à marcher de long en large en faisant claquer ses talons.

— De quel droit le gouvernement met-il les gens en prison sans les inculper ni les juger ? C'est une violation intolérable de l'habeas corpus. Les citoyens britanniques ne l'accepteront jamais. Tu n'as pas à t'inquiéter, Diana. Cette maudite loi d'exception sera révoquée en un rien de temps.

Mosley est en prison ? Prise de vertige, je m'assieds sur une marche à l'extérieur de la cuisine. Si mon beau-frère mérite évidemment son sort, s'il est impensable de le laisser semer les graines de la sédition alors que plane la menace d'une invasion, cela me brise le cœur de savoir ma sœur au désespoir. Même si j'ai peut-être joué un rôle dans l'arrestation de son mari : son nom figurait sur tous les documents concernant la radio, et les renseignements fournis par l'ex-nurse ont probablement permis aux agents de Winston d'infiltrer l'UFB.

— Tu as raison, reprend Muv d'une voix plus posée. La police va fouiller dans les papiers de Mosley, et comme elle ne trouvera rien, elle sera forcée de le relâcher. Ce n'est pas un crime de penser différemment dans ce pays. Sais-tu où ils l'ont emmené ?

Une brève pause, puis elle se récrie :

— Mais Max a à peine 5 semaines, et tu l'allaites ! Dis-moi que la nouvelle nurse prendra soin de lui pendant que tu iras voir Mosley à la prison de Brixton. Elle n'a pas donné sa démission, au moins ?

Jean a présenté la sienne pour s'engager dans l'effort de guerre. J'avoue avoir accueilli la nouvelle avec soulagement, car je vivais dans la crainte qu'elle ne fasse allusion à nos entrevues secrètes devant Diana.

La conversation s'oriente ensuite sur l'emplacement de la prison de Brixton et sur les affaires de première nécessité que Diana devrait apporter à son mari. Tout en écoutant d'une oreille distraite, je me demande quelle est ma part de responsabilité dans cette affaire. Le MI5 surveillait Mosley avant même que je ne collabore avec Winston, et il n'a rien fait pour arranger son cas. Alors que les Allemands ont enfoncé les lignes alliées il y a quelques jours à peine, repoussant les troupes britanniques à Dunkerque, il a lancé un nouvel appel à la paix avec Hitler. À un moment où le peuple anglais croit partout voir des espions tomber du ciel en parachute ou fabriquer des bombes dans l'immeuble voisin.

Muv raccroche. Aussitôt après, je l'entends sangloter. Devrais-je aller la prendre dans mes bras ? Ni elle ni moi ne sommes très portées sur les effusions. Ai-je seulement le droit de la consoler ?

Je respire profondément et rentre dans la maison. Même si je parviens à la cacher aux regards extérieurs, je devrai tôt ou tard affronter la culpabilité qui me ronge. Surtout qu'il me faudra vivre le restant de mes jours avec cette compagne encombrante.

69

Diana

29 juin 1940
Denham, Angleterre

Diana finit d'allaiter l'adorable Max, un bébé étonnamment robuste pour ses 11 semaines. Elle le recouche ensuite dans son landau en veillant à ne pas le réveiller, relève la capote pour le protéger du soleil et le fait rouler jusqu'à un banc à l'ombre d'un arbre. Là, elle s'assied avec son livre – *Élisabeth et le comte d'Essex, histoire tragique*, de son ami Lytton Strachey –, ferme les yeux et respire le parfum des pois de senteur qui poussent au pied des iris et des dahlias. C'est une magnifique journée d'été, mais comment ose-t-elle la savourer alors que son mari croupit dans une cellule sombre et infestée de vermine ?

Pour soulager sa conscience, elle réfléchit à ce qu'elle lui apportera lors de sa prochaine visite hebdomadaire. Quel livre serait le plus à même sinon de le réconforter, du moins de le distraire ? Elle devra aussi retrouver les vieux vêtements qu'il portait pour pêcher ou se promener dans les bois autour de Wootton Lodge. La dernière fois, il s'est plaint que ses costumes de gentleman-farmer suscitaient des « frictions » avec ses codétenus. Mais, malgré ses supplications, elle ne lui fournira aucun journal. Elle ne supporterait pas qu'il découvre les articles au vitriol que lui consacre la presse, seul dans cet endroit sinistre.

Elle se rappelle alors qu'elle doit préparer une caisse de livres choisis dans la riche bibliothèque de Savay Farm. La semaine dernière, elle a appris que l'armée avait réquisitionné la maison. D'autres propriétaires ont certainement subi le même sort, mais ils avaient peut-être des solutions de repli. Mosley et elle étant devenus des parias, Diana n'a pas cette chance. Baba a refusé de lui offrir le gîte avec ses fils. Heureusement, Pamela et Derek ont proposé de les accueillir à Rignell House, leur ferme du Berkshire. Diana leur sait gré de leur générosité. Il est vrai que sa sœur et son beau-frère n'ont jamais fait mystère de leur soutien au fascisme ; sa venue ne risque donc pas de ternir leur réputation.

— Milady ?

Une femme de chambre passe la tête au-dessus du mur de pierre qui borde le jardin.

— Oui ?

— Vous avez des visiteurs.

— Qui est-ce ? À moins que ce ne soit urgent, je préférerais éviter de réveiller le bébé.

— Ils n'ont pas donné leur carte.

Qui peut bien débarquer sans s'être annoncé et sans avoir la politesse de se présenter ? Des journalistes ? Cette maudite engeance n'a cessé de la harceler depuis l'arrestation de M.

— Ces gens, à quoi ressemblent-ils ? Ce ne sont pas des reporters, au moins ?

— Ils n'en ont pas l'allure, milady. Ils sont quatre : trois hommes et une femme.

Le cœur de Diana se met à battre plus vite. Les journalistes vont quelquefois par paire, mais jamais en groupe. Les mystérieux visiteurs sont peut-être des policiers, quoique la présence d'une femme parmi eux lui paraisse étrange. Après avoir emmené M, la police a retourné la maison de fond en comble. Ont-ils l'intention de la fouiller de nouveau ? Diana sait qu'ils ne trouveront rien – elle a brûlé les documents les plus compromettants –, mais elle redoute qu'ils ne mettent en désordre les affaires qu'elle a déjà rangées et empaquetées avec l'aide des domestiques.

Elle rentre après avoir chargé la femme de chambre de pousser doucement le landau de Max jusqu'à la nursery.

Les quatre visiteurs l'attendent dans le hall. Le contraste entre leur air d'autorité et leurs vêtements miteux trahit leur appartenance à la police.

— En quoi puis-je vous être utile ? demande-t-elle.

— Nous avons un mandat d'arrestation à votre nom, répond le plus grand des hommes, coiffé d'un chapeau de feutre froissé.

Ils sont venus l'arrêter, elle ? Depuis plusieurs mois elle s'inquiétait pour M à cause de ses déclarations intempestives, mais elle n'occupe aucune fonction officielle au sein de l'UFB, où son rôle se limite à soutenir son mari. Certes, c'est elle qui a mené les négociations pour la radio. Toutefois, elle a supprimé toute trace écrite de celles-ci. Est-ce devenu un crime d'avoir noué des liens d'amitié avec Hitler ?

Elle repense soudain aux marques d'effraction sur le tiroir secret où étaient rangés les documents qu'elle a fait disparaître. Le MI5 se serait-il introduit dans son bureau, comme elle le craignait ?

Elle se dresse de toute sa taille et puise dans ses considérables réserves de sang-froid pour réprimer le tremblement de ses lèvres et de ses mains.

— Pour quel motif ?

— Nous n'avons pas besoin de motif, réplique l'homme avec un sourire plein de suffisance.

— Je vous accompagne dans votre chambre, intervient la femme. Vous pourrez y prendre le nécessaire pour un week-end.

Un week-end ? Diana est un peu rassurée. Sans doute les autorités veulent-elles juste offrir à l'opinion publique le bouc émissaire qu'elle réclame. Mais même la pire des brutes s'indignerait de voir une mère séparée plus longtemps de son nourrisson. Cette injustice ferait les gros titres des journaux.

Pendant qu'elles montent l'escalier, Diana s'adresse à la policière :

— Il faut que je prenne aussi des affaires pour mon bébé. Je l'allaite, alors il doit venir avec moi.

— Les bébés ne sont pas acceptés à la prison de Holloway.

Holloway… La plus grande prison pour femmes d'Europe occidentale, où sont détenues les pires criminelles. Rien à voir avec la cellule du poste de police de Denham. L'image terrible d'une cour entourée de barreaux à travers lesquels les gardiens surveillent les prisonnières comme des animaux dans un zoo traverse l'esprit de Diana.

Elle s'arrête net et se retourne vers la policière.

— Mon fils a à peine 11 semaines ! Il mourra de faim si l'on nous sépare !

La femme hausse les épaules. Comment peut-elle se montrer aussi insensible ? Diana est tentée de la pousser dans l'escalier. Mais elle se retient et reprend sa montée.

— Dans ce cas, soupire-t-elle, je dois laisser des instructions à la nurse. En mon absence, c'est elle qui s'occupera des enfants – Max, le bébé, et Alexander, mon fils de 18 mois.

Diana a volontairement insisté sur l'âge des garçons, mais la policière reste de marbre.

— Vous avez cinq minutes, indique-t-elle.

Diana gravit deux à deux les marches jusqu'à la salle de jeux. Alexander court vers elle d'un pas encore hésitant, serrant un lapin en peluche dans sa main droite. Assise dans un fauteuil à bascule, la nurse berce le petit Max tout en surveillant son frère aîné.

Diana s'accroupit pour parler à Alexander.

— Maman part pour quelques jours en voyage. Promets-moi d'être gentil avec Nanny. Et maintenant, fais-moi un gros bisou.

Alexander se blottit contre elle et plaque sur sa joue un baiser mouillé qu'elle recouvre aussitôt de sa main, comme pour l'imprimer dans sa chair. *C'est juste pour un week-end*, se dit-elle, sentant venir les larmes. *Tu l'as déjà laissé plus longtemps pour aller en Allemagne.* Dieu merci, ses deux aînés sont en pension, ils ne souffriront donc pas de son départ. Elle n'aura même pas besoin de les mettre au courant. Elle sera de retour bien avant les prochaines vacances.

Elle ébouriffe les cheveux d'Alexander et s'approche de la nurse, qui s'extrait de son fauteuil. Diana lui prend le petit Max et se penche pour respirer sa douce odeur de bébé. Puis elle murmure :

— On m'emmène en prison.

Nanny étouffe un cri de surprise et éclate en sanglots.

— Il n'y a pas lieu de vous inquiéter, lui dit Diana, autant pour la consoler que pour se rassurer. D'après les policiers, c'est seulement pour le week-end, et je sais que vous prendrez soin des enfants en mon absence. Bien sûr, ce sera plus difficile pour le pauvre Max, qui tète encore. Je crains que nous ne devions le sevrer.

La nurse pleure de plus belle.

— Vous devrez être forte pour lui faciliter autant que possible cette transition, ajoute Diana. Je vais envoyer une des bonnes acheter des biberons et de la farine lactée. Ainsi, vous aurez tout le nécessaire sous la main.

— Vous pouvez compter sur moi, milady, lui assure Nanny en se tamponnant les yeux avec son mouchoir.

— Vous serez récompensée de vos efforts. Je vous le promets.

Après un dernier baiser, Diana rend le bébé à la nurse. Profitant de sa faiblesse passagère, une unique larme roule sur sa joue. Elle se ressaisit aussitôt et redevient la femme sereine, puissante et énigmatique qui a conquis le cœur de Mosley. Car, au bout du compte, elle n'a jamais agi que pour lui.

70

Nancy

20 avril 1941
Londres, Angleterre

J'ai failli ne pas venir aujourd'hui. Avant de me décider, j'ai ouvert et fermé de nombreuses fois la porte de ma maison, pleine d'appréhension. Cela fait plusieurs mois que la vision de Diana en prison me hante. En étant témoin de la déchéance de ma parfaite petite sœur, le scénario que j'ai bâti autour de ses supposés méfaits pour justifier ma trahison va-t-il s'écrouler comme un château de cartes ?

Diana et Unity étaient-elles réellement telles que je les ai imaginées ? Longtemps, je n'ai vu en la seconde qu'une gamine en quête d'attention, cherchant par tous les moyens, fût-ce les plus sordides, à exister au sein d'une fratrie composée d'individus tous plus brillants les uns que les autres. Dans cette version de l'histoire, sa propre sœur encourage ses penchants autodestructeurs pour accomplir ses desseins. Mais les choses se sont-elles déroulées ainsi ? N'est-ce pas plutôt Unity qui a mené Diana à sa perte ? Ou Hitler ? En faisant de Diana le moteur de leur association, n'ai-je pas simplement cherché à soulager ma conscience ?

Diana… Celle de mes sœurs que j'ai le plus aimée et le plus enviée. A-t-elle vraiment séduit et manipulé Adolf Hitler, ce monstre, pour servir ses intérêts ? Sans se soucier des conséquences pour Unity et pour le reste du monde ? Là encore, comment m'assurer de la véracité de ce récit, qui m'a incitée à l'espionner ? Diana a-t-elle agi de son plein gré, ou l'influence pernicieuse de son mari a-t-elle obscurci son jugement ? Peut-être, je dis bien peut-être, n'avait-elle rien à se reprocher. Peut-être Unity et elle se contentaient-elles de prendre le thé avec Hitler, et celui-ci leur offrait-il de l'argent, des appartements et des stations de radio par pure amitié.

Me suis-je méprise sur mes propres intentions ? Notre vieille rivalité et la jalousie que m'inspirait la fertilité de Diana ont-elles pesé sur ma décision ? Un reste de mesquinerie infantile et des raisons plus actuelles ont-ils concouru à embuer la lentille à travers laquelle j'observais le drame qui se jouait sous mes yeux ? Dans quelle mesure ma haine du fascisme a-t-elle influé sur ma perception ?

Je m'avise soudain que toutes ces assertions peuvent être vraies. J'ai pu être motivée par la détestation du fascisme et par la jalousie. Diana et Unity pouvaient être animées par une foi sincère en la cause nazie, par une soif de célébrité et par leurs sentiments pour des hommes qui n'en étaient pas dignes, qu'il s'agisse de Hitler ou de Mosley. Quelle importance, dès lors que l'on croit être dans le camp du bien et de la vérité ? Malgré mes doutes, je ne peux oublier que Diana nous a volontairement caché les intentions suicidaires de Unity. Mais en quoi son silence coupable a-t-il pesé sur le déroulement des événements ? Je crains de n'avoir jamais la réponse à cette question.

La porte du parloir s'ouvre en grinçant, et ma sœur entre, sa dignité intacte. Ses clavicules pointent sous un cardigan poil-de-chameau râpé et taché. Mais son visage est toujours aussi ravissant, et elle se meut avec une confiance presque surnaturelle qui l'enveloppe comme un manteau de fourrure dans cet endroit glacial et désolé. La prison ne l'a pas privée de tous ses atouts.

— Nancy, dit-elle en s'asseyant de l'autre côté de la table.

De près, je distingue des cernes sombres sous ses yeux et des marques de sécheresse sur sa peau d'ivoire.

Sans surprise, ma voix tremble lorsque je lui réponds :

— Diana. Quand j'ai su que l'on t'accordait davantage de visites, cela m'a ôté un poids du cœur.

Quel grossier mensonge. Je m'accommodais très bien de la sévérité de ses conditions de détention. Lorsque l'administration les a assouplies, notamment en lui permettant de partager avec son mari une petite maison dans l'enceinte de la prison, j'ai compris que je ne pouvais pas retarder plus longtemps ma venue. Sitôt qu'ils seront réunis, Mosley s'opposera à ce que je la voie, et elle se pliera probablement à sa volonté.

— En effet, acquiesce-t elle. La période où je n'avais droit qu'à deux lettres et deux visites par semaine a été éprouvante. Naturellement, ces visites étaient réservées aux enfants, et les lettres provenaient de la nurse et de M. Jusqu'ici, j'avais refusé tous les privilèges que me proposait Winston…

Son visage se durcit en prononçant le prénom de notre cousin.

— Je suppose qu'il cherche à se racheter. La plupart des femmes emprisonnées ici le sont en raison de leur appartenance à l'UFB. Ç'aurait été injuste pour elles que j'accepte des passe-droits. Toutefois, je n'ai pu résister à la tentation de recevoir plus de visites et de retrouver M.

Son expression s'adoucit à l'évocation de son mari, puis ses yeux bleus perçants se fixent sur moi.

— Merci pour les bouillottes et les pulls en laine que tu m'as fait apporter. Tu ne peux pas savoir combien cela m'a réconfortée, sans parler du pain, du fromage et du vin.

Ses deux aînés, Jonathan et Desmond, logeaient chez moi les jours où ils venaient la voir. Même si je n'avais pas l'autorisation d'entrer avec eux, lorsque je les accompagnais en voiture à la prison, je leur confiais toujours quelques provisions ou articles de première nécessité pour leur mère. Le froid était son principal motif de plainte. Cela, et d'être séparée de ses fils, bien sûr, en particulier des deux plus jeunes, qui ont trouvé refuge chez Pamela avec leur nurse.

— J'aimerais faire davantage, dis-je par habitude.

Je me tais aussitôt : même si c'est en partie vrai, je me sens hypocrite de parler ainsi, sachant ce que je sais et ce que j'ai fait. Certes, je n'ai jamais eu l'intention d'envoyer ma sœur en prison. Tout ce que je souhaitais, c'était empêcher Mosley – et, dans une moindre mesure, Diana et Unity – de trahir notre pays, mais aussi des êtres chers à mon cœur, en particulier Peter et Tom. Ou n'est-ce qu'un mensonge de plus ? Lorsque je réfléchis à tout ceci, seule dans mon lit au milieu de la nuit, je dois admettre qu'en remettant les documents à Winston je m'attendais à ce qu'il fasse arrêter Diana.

— Tu n'as pas le pouvoir de me rendre mes bébés, soupire-t-elle.

Les larmes qu'elle s'interdit de verser scintillent au bord de ses cils sous les néons du parloir. Comment parvient-elle à rester aussi belle dans cet endroit affreux ?

— Comment se passent leurs visites ?

La politesse m'obligeait à poser cette question, même si je ne suis pas sûre de vouloir entendre la réponse.

— C'est difficile. Ils ne se rappellent pas toujours qui je suis, surtout Max. Et juste comme ils commencent à sortir de leur réserve, un gardien entre et annonce que le temps est écoulé. Ensuite viennent les pleurs… pour nous tous.

En prenant sa main décharnée, je remarque que ses ongles, autrefois si soignés, sont abîmés. Je réprime un haut-le-corps. Pourquoi cette négligence me surprend-elle et me dérange-t-elle autant ?

La colère remplace la tristesse sur son visage.

— En dehors de leurs visites, les seuls moments où je m'autorise à pleurer dans cet enfer sont ceux où je me révolte contre l'injustice de cette détention arbitraire. Avec Mosley, nous sommes des substituts commodes à l'ennemi, propres à satisfaire l'appétit de scandale de la presse de caniveau. Si nous avions bénéficié d'un procès équitable, notre innocence aurait éclaté au grand jour en dépit de mon amitié avec Hitler. Ce n'est pas parce que j'aspire à la paix et à un État fasciste que je trahirais mon pays. Je n'ai jamais agi contre la Grande-Bretagne, sauf à désirer un gouvernement différent.

J'en reste littéralement sans voix. Diana est-elle persuadée de ce qu'elle raconte ? Si je n'avais pas vu ce qu'elle cachait dans le tiroir de son bureau, j'aurais pu la croire. Sans doute a-t-elle maquillé la vérité pour la rendre plus présentable à ses propres yeux.

Ne voulant pas la suivre sur ce terrain, je change de sujet :

— Y a-t-il quelque chose qui te ferait plaisir ?

— Oui, des livres. La lecture et les conversations avec mes codétenues sont mes seuls passe-temps.

— J'y penserai pour ma prochaine visite.

À condition que Mosley tolère ma présence… D'ici là, j'espère que personne n'aura l'idée de faire parvenir à Diana mon dernier roman, *Tir aux pigeons*. L'usage que les espions nazis y font de la radio pourrait lui mettre la puce à l'oreille. Toutefois, je sais qu'un jour ou l'autre je devrai faire amende honorable pour le rôle que j'ai joué dans son arrestation.

— De quoi parlez-vous ensemble ?

En réalité, j'ai du mal à imaginer l'impérieuse Diana papotant avec des prisonnières ordinaires.

— De nos lectures. Des informations qui nous parviennent concernant la guerre. De nos familles. Oh ! Bien sûr, elles me pressent toutes de questions sur Hitler. À quoi ressemble-t-il ? Comment a-t-il réussi à accéder au pouvoir et à tirer l'Allemagne du marasme ? Je leur réponds qu'on ne passe pas de l'état de peintre au chômage à celui de chef suprême d'un pays aussi immense si l'on ne porte pas le germe de la grandeur en soi. Et je leur dis à quel point il est charmant et raffiné. Beaucoup de ces femmes appartiennent à l'UFB. Il est donc naturel qu'elles considèrent avec bienveillance mon amitié pour Herr Hitler.

Je remarque qu'elle a appelé son héros « Herr Hitler », et non « *mein Führer* ». Ce changement lui coûte-t-il ?

Un sourire flotte sur ses lèvres. Peut-être se revoit-elle conversant au coin du feu avec le chancelier du Reich. Comment peut-elle se complaire dans ces souvenirs, alors que l'armée allemande menace les vies de nos concitoyens et de nos soldats, dont notre frère, mon mari et quantité de jeunes hommes de notre entourage ? J'ai envie de lui crier : « *Regarde où cette relation t'a menée !* » Mais le responsable de sa situation présente n'est-il pas plutôt Mosley… ou moi ?

Voilà que le doute me reprend. J'ai entremêlé les fils de l'existence de Diana de manière à tisser un récit qui justifiait mes choix. Mais ces mêmes fils auraient pu former un motif différent. Je ne suis pas dans la tête de ma sœur, et, comme chacun, j'ai besoin de croire que mes actions servent un dessein supérieur et résonneront positivement à travers le temps.

Soudain, la porte du parloir s'ouvre. J'éprouve un soulagement fugace à l'idée que notre entrevue se termine, mais au lieu d'un gardien c'est Mosley qui entre. Un Mosley amaigri, portant des vêtements élimés, mais imbu de son arrogance innée.

— On a avancé la date du transfert de votre mari, lâche le gardien qui l'escorte en guise d'explication.

Diana et Mosley courent l'un vers l'autre et s'étreignent fébrilement. Toujours enlacés, ils s'écartent un peu et échangent un regard chargé d'incrédulité. Leur longue séparation s'achève enfin, même si leur horizon immédiat reste la prison. Mais tout ce qui leur importe pour le moment, c'est d'être réunis. À les voir, on dirait qu'ils sont seuls au monde.

— Je n'arrive pas à croire que c'est vraiment toi, se réjouit Diana, les joues sillonnées de larmes.

— C'est bien moi, ma chérie. Et je te promets que nous ne serons plus jamais séparés.

— Jamais ! répète Diana.

Elle a parlé avec une intensité qui me stupéfie. Pourtant, plus rien ne devrait m'étonner de sa part. Que sais-je d'elle dans le fond ?

Le sourire de connivence qu'elle adresse alors à son mari m'indique que l'éloignement n'a pas diminué l'ascendant qu'il exerçait sur elle. Brusquement, j'ai la certitude qu'elle aurait pu tout sacrifier – sa patrie, sa famille, jusqu'à sa propre vie – pour cet homme et sa cause. Tout aussi dévorante était l'emprise de Hitler sur Unity. Quoi que j'aie pu me raconter sur mes sœurs, cette partie au moins est vraie. Cela justifiait-il ma trahison ? Seul l'avenir le dira… ou non.

En définitive, nos opinions politiques dépendent de motifs très personnels. Chacun de nous est l'auteur de sa propre légende, prêt à endosser l'habit du héros ou la défroque du traître en fonction des circonstances. Lequel de ces deux rôles me définit le mieux ? Cela, je ne saurais le dire.

Note de l'auteure

Ma première rencontre avec le monde singulier et fascinant des sœurs Mitford remonte à mes années d'études. Après avoir passé un semestre dans une université britannique, une de mes meilleures amies et moi avions entrepris un périple à travers l'Europe. En prévision des longs trajets en train, j'avais acheté quelques livres, dont une édition de poche réunissant les deux chefs-d'œuvre de Nancy Mitford, *La Poursuite de l'amour* et *L'Amour dans un climat froid*. Je me rappelle avoir été immédiatement happée par l'univers de la romancière, qui mêle l'humour à la tragédie, ainsi que par la peinture de son milieu social et familial. Ma fascination n'a pas faibli au fil du temps.

Des années plus tard, j'ai renoncé à une carrière d'avocate pour me consacrer moi-même à l'écriture. Plus récemment, j'ai replongé dans les recherches que j'avais faites à l'époque. Plus je m'enfonçais dans le dédale de ma documentation sur l'entre-deux-guerres, plus j'étais époustouflée – comme l'aurait écrit Nancy. Je m'attendais à une escapade joyeuse dans le passé, peut-être jalonnée de quelques épreuves et de réflexions plus graves, en compagnie de ces jeunes aristocrates qui incarnaient si bien l'air du temps. Au lieu de quoi, j'allais de surprise en surprise.

En épousant le fascisme, le communisme et le nazisme, ces ex-débutantes au pedigree impeccable se sont retrouvées au cœur des intrigues et des scandales politiques qui ont marqué les années précédant la Seconde Guerre mondiale. Leurs liens avec les classes dirigeantes de la plupart des nations européennes les plaçaient au centre des événements. Dans le cas de Diana et peut-être de Unity, leurs actions auraient pu changer le cours du monde si la prison ou un désastre personnel ne les avaient stoppées dans leur élan.

Ma découverte de ce chapitre de leur histoire a transformé ma vision des sœurs Mitford et soulevé une foule d'interrogations. Qu'est-ce qui a poussé ces jeunes femmes aisées, intelligentes et bien établies dans la société à dévier d'une voie qui semblait toute tracée ? Qu'est-ce qui les a attirées dans des idéologies aussi extrémistes que le fascisme et le nazisme ? Jusqu'où seraient-elles allées pour accomplir ce qu'elles considéraient comme leur destinée ? À quel moment leurs proches ont-ils eu le sentiment qu'elles avaient franchi une ligne rouge ? Quel rôle la loyauté a-t-elle joué alors dans leur décision de les arrêter ? Et que savons-nous réellement de ceux qui nous entourent, de leurs pensées, de leurs croyances et de leurs projets ?

En creusant le sujet, j'ai vu se dessiner peu à peu un canevas familier, autour de l'idée que nos opinions politiques dépendent de raisons très personnelles. Et il m'est apparu que les questions qui traversent ce roman trouvent un écho tout particulier dans notre époque marquée par une pandémie mondiale, par des divergences idéologiques créant des fractures jusqu'au sein des familles et par une invasion militaire qui fait planer la menace d'une nouvelle guerre. J'ose former le vœu que cette lecture, en incitant chacun à renouer le dialogue pour surmonter incompréhensions et divisions, nous permettra d'éviter les écueils sur lesquels se sont brisées les sœurs Mitford.

Remerciements

La substance de *L'Affaire Mitford* serait à jamais restée dans les limbes de l'entre-deux-guerres, cette période essentielle et pourtant souvent méconnue, sans l'aide d'un certain nombre de personnes. Je tiens d'abord à remercier mon agent, la magnifique Laura Dail, pour son soutien et ses conseils avisés, ainsi que la formidable équipe de Sourcebooks, qui a permis à ce livre de voir le jour et de trouver son public. Un merci tout particulier à mon éditrice, la fantastique Shana Drehs, à la directrice de Sourcebooks, l'incroyable Dominique Raccah, aux infatigables Molly Waxman et Cristina Arreola, ces génies du marketing et de la publicité, sans oublier les stupéfiants Todd Stocke, Valerie Pierce, Heather Hall, Margaret Coffee, Beth Oleniczak, Tiffany Schultz, Ashlyn Keil, Heather VenHuizen, Kelly Lawler, Brittany Vibbert et Danielle McNaughton. Je n'ai pas les mots pour dire ma gratitude aux libraires, bibliothécaires et lecteurs qui ont lu et recommandé *L'Affaire Mitford* ainsi que mes précédents romans.

Ma famille et mes amis m'encouragent depuis les coulisses. Je leur en sais gré, parmi tant d'autres choses. Merci à Jeanne et Coleman, mes parents et premiers supporters, à ma championne de belle-mère, Catherine, à mes nombreux et merveilleux frères et sœurs, à leurs conjoints et à leurs enfants, ainsi qu'à mes formidables amis : la tribu Sewickley, Illana Raia, Kelly Close, Laura Hudak, Daniel McKenna et Ponny Conomos Jahn. Et, comme toujours, Jim, Jack et Ben, « mes gars », ont droit à ma reconnaissance éternelle.

Celles et ceux qui voudraient en apprendre davantage sur les sœurs Mitford, ces héroïnes hors du commun, disposent d'une foule d'ouvrages non romanesques. Je leur conseille entre autres *Take Six Girls: The Lives of the Mitford Sisters* et *Life in a Cold Climate: Nancy Mitford, The Biography*, de Laura Thompson ; *The Mitfords: Letters Between Six Sisters*, de Charlotte Mosley ; *Diana Mosley, née Mitford*, d'Anne de Courcy ; *Unity Mitford*, de David Pryce-Jones ; *A Life of Contrasts*, l'autobiographie de lady Diana Mitford ; *Wait for Me!*, les mémoires de Deborah Mitford, duchesse de Devonshire, et *Hons and Rebels*, de Jessica Mitford. Mais, en dépit de leur qualité, aucun n'égale les romans de Nancy Mitford : *Highland Fling*, *Christmas Pudding*, *Tir aux pigeons*, *Charivari*, *Le Cher Ange* et, bien évidemment, *La Poursuite de l'amour* et *L'Amour dans un climat froid*.

Composition : Facompo, Rouen

Pour plus d'information :

www.lisez.com

Imprimé sur du papier issu de forêts gérées durablement.

CET OUVRAGE
A ÉTÉ ACHEVÉ D'IMPRIMER
SUR ROTO-PAGE
PAR L'IMPRIMERIE FLOCH
À MAYENNE EN SEPTEMBRE 2023

N° d'impression : 103129
Imprimé en France